KB174385

당신의 오늘은 안전하십니까

당신의
오늘은
안전하십니까

재난안전을 넘어
삶의 자유를 꿈꾸는 이들에게

윤재철 지음

작가와비평

들어가며

생의 종지부를 찍기 전에 나의 경험을 정리해보고 싶었다. 1986년부터 시작된 공무원 생활의 마지막 10년은 운명인지 숙명인지 모두가 싫어하는 재난안전 업무였다. 더 늦기 전에 재난안전에 대한 경험을 되돌아보고 기록해 두어 공유하고 싶다.

지방공무원 23년은 여러 분야에서 종합행정을 했고, 소방방재청과 행정안전부에서의 10년 넘는 세월은 재난안전 업무라는 전문 분야에서 보냈다. 특히 사회 재난이라는 어려운 분야에서 오랫동안 몸담았다.

누구도 재난안전 사고로부터 자유롭다고 말할 수 없다. 조금만 관심을 기울이면 우리는 재난안전 사고에서 벗어날 수 있다. 나와 가족을 구하기 위해 한 번쯤 안전을 고민해 보는 시간에 도움이 되었으면 한다.

우리의 삶에 올 수 있는 재난안전 사고든 개개인의 질병이든 예방이 최고지만 어쩔 수 없이 겪게 되는 각종 재난과 안전사고를 어떻게 극복할 것인지 미리 생각해 보는 시간을 갖길 바란다.

늘 조심하고 안전한 길을 걷고자 노력하면서 살아가야 한다. 재난안전 사고는 공무원들이 앞장서서 대비하고 예방하지만 한계가 있다. 우리 모두 최소한의 행동요령을 익혀 알고 있어야 한다. 대중교통 이용 시 안내 방송이나 공연장에서 듣는 안전에 관한 설명에 귀를 기울여야 한다. 평소 우리 주변의 안전을 위협하는 요소에 대하여 여러 각도로 생각해 보고 안전하게 살아갈 방안을 고민해 보아야 한다.

제1부 '재난과 안전'은 100% 사실 위주로 조사하여 정리한 것이 아니라 내가 직간접적으로 경험하고 느끼며 생각한 것을 토대로 정리했다. 요즘 우리나라는 재난안전이 큰 이슈로 자주 등장한다. 특히 사회 재난이 중요한 화제가 된다. 자연 재난이 다른 나라보다 상대적으로 적게 발생하는 것도 사회 재난이 더 주목 받는 이유 중 하나다. 특히 세월호 사고 이후 사회 재난에 대한 관심이 높다. 최근에 발생한 2022년 10월 이태원 압사 사고, 2023년 7월 오송 지하차도 침수 사고는 전 국민의 관심을 끈 사회 재난이었다.

정부와 공무원의 책임도 중요하지만, 우리 모두가 재난안전에 대한 기초 지식을 가지고 살아갈 필요가 있다. 언제 어디서 재난이 나더라도 스스로 조심하고, 대피 요령이나 행동 요령을 익혀두면 도움이 될 것이라는 생각에서 수필 형식을 빌려 정리한 것이 제1부 '재난과 안전'이다.

제2부 '나의 삶, 나의 생각'은 살면서 느끼고 깨달은 것들을 자전적 글쓰기로 정리해 보았다. 세상을 철학적으로 사유하고 해석함에 있어서 무엇보다 독자 여러분이 책을 많이 읽고, 명상과 고전 음악을 생활화 할 수 있기를 바라는 마음이다. 단편적인 이야기들의 궁극적인 메시지는 우리

가 인문학이라는 분야에서 정신적 상류층이 되기를 바라는 것이다. 나도 끊임없는 상호 비교와 경쟁에서 오는 스트레스를 이겨내는 길을 독서, 명상, 여행 그리고 좋은 음악 듣기에서 찾고자 노력한다.

제3부 '힐링과 자유'는 당신의 인생이 나그네라고 생각된다면 얽매이지 말고 자유를 누리며 살아가자는 메시지를 담고 있다. 정신적으로 힘든 삶이 현대인의 공통분모가 되었다. 힐링을 추구하는 모든 사람에게 여행을 떠나라고 권하고 싶다. 힘들다고 느낄 때, 세계 일주든 짧은 여행이든 어딘가로 떠나자. 새로운 세계에서 우리 자신을 편안하게 놔주어 자유로운 영혼이 되어 보자. 삶의 굴레를 벗어나 정신적 자유 속에서 참다운 나를 바라보자.

우리는 평화를 누리며 살고 있다. 발전을 거듭해서 선진국의 문턱을 넘어서고 있는 대한민국은 평화의 이면에 북한과의 대립도 위협이 되지만 수많은 재난안전의 위험요소가 곳곳에 도사리고 있다. 우리 사회의 이중성이다. 우리 각자 안전이라는 화두를 잊어서는 안 된다. 편안하고 발전하는 가운데 우리는 재난안전을 떠올려야 한다. 안전한 삶은 각자 노력하는 가운데 누릴 수 있는 것이다. 이를 위해서는 국가에 의존하기보다 각자 안전하게 살아가는 지혜를 가져야 한다. 여러분의 안전을 기원한다.

책을 출간하기까지 주변 사람들로부터 직간접적인 지원을 받았다. 특히 글 쓰는 길을 인도해 주신 가재산 디지털책쓰기코칭협회 회장님, 수필이 무엇인지 깨닫게 해주신 한국산문 김창식 교수님과 소나기마을 김종회 촌장님 덕분에 출판이 가능했다. 진심으로 감사드린다. 사회생활의 멘토이신 ACPMP 류영창 선배님께도 이 자리를 빌려 감사드린다. 출판사의 노고, 특히 임세원 에디터의 세부적 조언에 감사하다. 마지막으로 가까이에서 늘 조언을 아끼지 않는 아내와 가족의 사랑에도 감사의 마음을 전한다.

이 책을 국가와 민족을 위해 묵묵히 헌신하는 재난안전 업무 담당 공무원들께 바칩니다.

2024년 1월
윤재철 씀

차례

* **참고**: 박근혜 정부의 '안전행정부'는 직전의 이명박 정부와 직후의 문재인 정부에서 '행정안전부라고 불렸기 때문에 본문 내 시기별 명칭이 다릅니다. 시대적 특징이 반영된 부처명이기에 그대로 사용했음을 밝힙니다.

제1부

재난과 안전

재난 사례와
안전사고 예방

    여기에 소개하는 재난 사례는 내가 아는 범위에서 가급적 경험한 일을 중심으로 기억을 더듬고, 꼭 필요한 부분은 인터넷 검색을 통해 보완한 것이다. 오래전에 겪은 일이고, 제때 기록을 해두지 않아 기억에 의존한 부분이 많다. 재난은 보는 시각에 따라 다르기 때문에 반드시 내가 옳을 수는 없다는 점을 밝힌다.

    세부적 사례를 정리하기보다 이 글을 읽는 사람들이 전체적 흐름을 보면서 보다 안전한 삶을 추구했으면 하는 바람에서 작성해 보았다. 다른 사람이 객관적 증거를 가지고 반론을 제기한다면 토론도 하고, 기꺼이 받아들이겠다. 더 담고 싶은 내용도 많았지만, 민감한 부분은 가급적 생략하고 간단히 정리했다.

    나는 구미 불산 누출 사고, 여수 GS칼텍스 기름 유출 사건, 미국 샌프란시스코 아시아나기 불시착 사건, 2011년 대규모 정전사태, 메르스,

AI, 구제역, 2013년 포항 산불, 마우나 리조트 붕괴 사고, 경주 지진, 세월호 참사 등 많은 재난안전 업무에 직간접적으로 관여했다.

대한민국이 경제 발전을 하면서 나타난 많은 사회 재난이 주로 맡았던 업무였다. 지금은 재난안전이 국민 모두의 관심사로 부각해서 다행이다. 세월호라는 뼈아픈 사건 때문이다. 평화로울 때 전쟁을 생각하고 대비해야 하듯이 재난도 미리 대비하여 국민 모두 교육을 받아야 피해를 줄일 수 있다.

재난은 모두가 다른 특징을 갖는다. 장소, 시간, 우연성, 관계된 사람들이 다르고, 그렇기 때문에 대응도 쉽지 않다. 재난과 안전사고에서 살아남는 경우에도 창의성과 유연성이 필요하다. 다양한 재난 사례를 읽으며 우리가 그런 상황에 처해 있다고 가정하면서 살아남을 방법이 무엇인지에 대해 스스로 고민해 보자.

재난에서 살아남는 길은 상황마다 다르고 사람마다 운도 따라야 하겠지만, 무엇보다 각자 살 길을 찾는 것이 기본 원칙이다. 내 삶은 내가 책임진다. 개인이 할 수 없을 때 국가가 돕는다고 생각해야 한다. 조그만 안전사고가 나건 재난이라는 대규모 사태가 나건, 상황에 따라서는 개인의 판단이 필요하며 신속하게 대응하는 것이 중요하다.

안전사고나 재난이 발생하면 육지에서는 소방공무원, 바다에서는 해양경찰이 초동 대응을 통해 인명을 구조하도록 되어 있다. 소방공무원과 해양경찰이 재난안전사고의 초동 대응 기관이다. 화재 진압, 구조, 구급, 수색, 위험물 제거라는 초동 대응을 한다. 하지만 사고 상황에서 그러한 외부 지원만 기다리고 있는 것은 바람직하지 않다. 우선 각자 살 길을 찾아야 한다. 골든타임 내에 구조대가 도착할 가능성은 높지 않다. 사건 발생 후 추가 사망자가 발생한 안전사고와 재난이 골든타임 내에 초동 대응이 성공적으로 이루어지지 않았던 경우라고 볼 수 있다.

화재가 나면 유독 가스가 나오기 때문에 5분이 지나면 살아남기 힘들다. 유독 가스는 한 모금만 마셔도 쓰러진다. 육지에서 5분 이내에 소방 구조대가 오거나, 바다에서 30분 이내에 해양경찰 구조대가 사고 현장에 도착할 가능성은 높지 않다.

우리는 각자의 사무실이나 집에서의 화재 진압 방법에 대해 평소 생각해 보고 위기 시 대피 방법을 한 번쯤 생각해 두어야 한다. 최소한 집안에서 화재가 났을 때의 대처 방법을 생각이라도 해 본다면 큰 도움이 될 것이다. 재난이 발생하면 모두가 당황해 한다. 평상시에 위기 상황을 깊이 생각해 보고 대책을 세워두면 실제 위기 상황 시 생존할 가능성이 높다. 규모가 큰 조직에서는 구성원이 화재 진압을 위한 소화기 사용법도 익히고, 대피 유도조도 편성해 두면 피해를 줄일 수 있다.

예를 들어 화재가 났다면 우선 안전한 곳으로 대피해야 한다. 본인의 안전이 확보되었고, 소화기 사용법도 알고 있다면 안전핀을 뽑고 손잡이를 눌러 불을 공격한다. 그러면 피해를 줄일 수 있다. 119 신고도 빠를수록 좋다. 아파트에 사는 사람은 베란다에 있는 완강기 사용법을 알고 있어야 현관 쪽에서 불이 난 경우 창문을 통해 탈출할 수 있다.

재난은 유형별로 특성이 다르고 개인별 생존법도 차이가 있다. 따라서 개략적인 방법이라도 알고 있어야 한다. 수영을 못한다면 물에 빠졌을 때 죽을 가능성이 높지만 개헤엄만 할 수 있어도 살아날 가능성이 높다.

몸을 물과 수평으로 눕히는 동작과 손으로 헤엄치는 동작만 취해도 되는 것이 개헤엄이다.

각각의 재난에 대해 간단한 대피 방법을 알고 있으면 살아날 가능성이 높아진다. 우선 기본적으로 사고 현장으로부터 대피하는 것이 최고다. 위험한 사고 현장에서 가능한 한 신속하게 멀리 벗어나는 것이 가장 중요하다.

안전은 평소에는 무관심하지만 사태가 발생하면 가장 중요해지는 가치다. 평소에도 건물 안에 들어가면 비상구가 어디 있고 비상계단은 어디 있는지 파악해 두면 좋다. 3~10층은 완강기를 통해 탈출할 수 있다. 완강기는 어디에 있고 어떻게 사용하는지, 11층 이상은 피난 층이 어디인지, 자동심장충격기는 어느 곳에 있는지 살피고 파악해 둔다면 예측하지 못한 일이 발생했을 경우에 생존 가능성이 높아진다.

사회 재난 사례

사례1__대구 지하철 화재

2003년 2월 18일 오후 5시 30분경 대구 중앙역에서 방화 사건이 발생했다. 이 사건으로 192명이 사망했다. 50대 정신지체 장애인이 자신의 신병을 비관하여 들고 있던 플라스틱 기름통에 갑자기 불을 질렀다. 당시의 지하철 내부는 타기 쉬운 소재였고, 전동차 바닥의 양탄자, 의자가 빠르게 타올랐다.

지하철에 방화를 하자 승객들은 열린 문으로 모두 대피했다. 그러나 불길은 계속 커지고 소방의 지하철 내부 진입이 늦어졌다. 지하 3층에서 시작된 화재로 인해 유독가스가 발생했고 이는 지하 1~2층 역사 내 가득 찼다. 진화가 늦어지면서 상황을 잘 파악하지 못한 반대편 노선의 열차가 중앙역으로 들어왔다. 불에 타고 있는 반대편 열차를 보면서 이제 막 들어온 열차의 기관사는 당황했다. 이때 지하철 문을 열어 승객들을 탈출시

켰어야 하는데 엉뚱하게도 문을 잠근 상태로 방송을 했다. 그대로 앉아 계시면 소방이 출동해서 모두 구조해줄 것이라고 방송했다. 기관사는 키를 뽑아 들고, 대구 중앙역 통제실에 가서 상황을 알렸지만 통제실은 이미 알고 있는 상태였다. 그는 다시 열차로 가려고 했으나 연기가 올라와서 내려가지 못하고 승객은 놓아둔 채 자기만 밖으로 대피했다. 소방공무원이 바로 와서 구조할 것으로 생각한 것이다.

지하철 승객들은 열차에 그대로 남아 있었다. 도망쳐야겠다는 생각보다는 방송만 믿은 채 소방이 구출해 주기를 기다렸다. 그러는 동안 전기가 끊겼고 불길이 옆 선로에서 이쪽 열차로 옮겨 붙었다. 여전히 소방공무원은 구조하러 지하철 안으로 오지 않았다. 유독가스가 심하고 연기 때문에 시야 확보가 안 된 탓에 역사로 진입하기가 어려웠던 것이다. 그 긴 시간이 흘러도 승객들은 방송만 믿고 소방 구조대를 기다리고 있었다. 192명에게 소방의 구조는 없었다.

한 명의 젊은 청년만 유리창을 깨고 나가면서 함께 도망가자고 권했지만 아무도 따라 나서지 않아 혼자 도망쳤다고 들었다. 방송에서 기다리라고 했으니 그 말을 믿고 기다린 것이다.

해양구조대가 올 때까지 객실에서 기다리라는 안내방송만 믿고 구조를 기다리다 참변을 당한 세월호 승객들과 유사하다. 위기상황에서 듣는 안내 방송은 옳고 그름을 판단할 이성을 약화시켜 그대로 따르게 한다는 것을 알 수 있다. 이 두 경우에 필요한 대처는 안전한 곳으로 대피하는 것과 위험한 상황에서 탈출하는 것이었다.

지하철 안에 갇힌 승객들은 가족들에게 전화하며 기다렸다. "지하철 중앙역인데 옆 선로의 지하철이 타고 있어. 우리는 곧 구조된다고 해서 기다리고 있어." "옆 선로 지하철 불이 우리 열차로 옮겨 붙었어. 타는 냄새가 나기 시작했어." 끝으로 "오늘 못 들어갈지도 몰라. 숨쉬기가 곤란해. 사랑해, 엄마!"

열차가 불타는 가운데 소방의 구조를 기다리다 참변을 당한 사상 최악의 지하철 참사였다. 그 이후 지하철은 불에 견디는 재질로 개선을 하고, 화재를 예방하기 위한 전동차로 대체 되었다. 화재가 났을 시 대피하는 방법도 열차 내 모니터에서 수시로 알려주고 있기 때문에 평소에 잘 익혀두면 도움이 될 것이다.

사례2__구미 불산 누출 사고

태풍이나 홍수는 어느 정도 미리 예측이 가능하다. 그래서 대비가 가능한 경우가 많다. 또한 하늘이 내린 재난이라는 생각 때문에 자연 재난이 나더라도 국민들은 누구에 대한 원망이 없다. 그러나 사회 재난은 인간이 만든 시설이나 구조물에서 재난이 발생한 것이기 때문에 원망이 생기게 된다. 특히 우리나라에서는 최근 사회 재난 관련 책임을 묻는 경향이 강하다. 사회 재난은 인위적인 요소가 가미되어야 발생하는 재난이므로 원인 행위자가 있기 마련이다. 원인 행위자의 민형사상 책임뿐만 아니라, 재난 관리에 관여한 사람 중에서 잘못을 찾아 문제를 삼는다.

구미 불산 누출 사고가 그 예다. 2012년 9월 27일 발생한 경상북도 구미 4공단의 ㈜휴브글로벌 불산가스 누출 사고의 직접 원인은 작업 노동자의 실수였지만, 회사와 감독 당국의 허술한 관리 등이 문제가 되었다. 탱크로리에 실린 플루오린화 수소가스(일명 불산가스)를 공장 내 설비에 주입하던 중 실수로 탱크로리의 밸브가 열리면서 가스가 유출되었고 공장 근로자 5명이 사망했다. 또한 가스 누출 이후 신속한 조치가 이루어지지 않아 산업단지 인근 지역까지 가스가 퍼지면서 농작물이 죽고 가축이 가스 중독 증상을 보이는 등 피해가 속출하였다.

액체 형태의 불산은 19.5℃가 되면 기화한다. 비중이 1.2 정도여서 공기 중에 분말이 되어 안개처럼 떠다니는데, 공중에 떠돌다가 녹색 식물의 잎에 닿으면 잎 색깔이 하얗게 변한다. 이것이 백화현상이다.

불산은 맹독성으로 반도체 산업이나 브라운관을 만들 때 먼지를 없애는 용도로 사용한다. 구미 공단에 있는 사고 현장은 중국에서 수입한 불산 농도를 낮추는 공장이다. 농도를 낮추어 필요한 전자 산업 공장에 공급하는 것이 주된 작업 공정이었다. 이 공장에서 불산이 흘러나오면서 기화되어 공장 내부에 있던 작업자 5명이 치명상을 입고 병원에서 사망했다. 또한 기자들과 공무원 일부가 민방위 방독면을 쓰고 기화된 불산을 마셔 병원으로 이송되었다. 방독면은 화학탄의 공격에 대비하기 위한 것이다. 불산은 화학탄에 사용되지 않기 때문에 방독면의 용도에 맞지 않다. 방독면은 화학탄에 주로 사용되는 화학물질만 걸러내는 것이다.

구미 공단의 불산가스 공장에서 소방이 초기 진화에 어려움을 겪었다. 당시 소방대원이 가진 보호 장비는 한 시간 가량 활동이 가능한 것이었다. 불산이 나오고 있는 현장까지 걸어가서 봉쇄하고 복귀하는 과정을 나누어 보면, 15분 정도 걸어서 현장에 도착한 뒤 15분 정도 활동하고 15분간 복귀, 15분 여유 시간(만약의 비상 상황을 고려한 것임)이 되다 보니 공장 내에서 실제 활동 가능한 시간은 15분에 불과했다.

회사 구조를 잘 아는 임원이 소방대원을 안내하기로 했는데 가다가 불안감에 휩싸여 복귀하겠다고 하는 바람에 돌아와야 했다. 다시 소방대원만으로 팀을 구성하여 현장에 가서 밸브가 열려있는 위층을 확인하고 돌아왔다. 다시 가서 밸브를 잠근 것이 사고 발생으로부터 6시간이 지난 시간이었다. 밸브를 잠그고 나서도 위쪽 뚜껑에서 불산가스가 소량 새어나오는 곳이 있어 최종 봉합한 것이 자정을 넘었다.

새벽 2시경, 중앙사고수습본부(환경부, 불산의 재난 관리 주관기관)의 판단 결과 주민들이 복귀해도 된다고 했다. 안개처럼 떠다니던 불산 기체가 더 이상 보이지 않는다는 것이고, 불산 측정 환경부의 특수 차량이 근처를 측정하고 다녀도 더 이상 감지가 되지 않는 상황이었다. 경상북도 도청과 구미 시청에 지역재난안전대책본부를 가동하며 상황을 계속 주시하고 있었다.

유해 화학 물질에 대한 전문성을 가지고 있는 중앙사고수습본부(환경부)가 상황 판단을 하도록 했다. 광역지역 재난안전대책본부인 경북도청에도 공문을 보내 구미시의 상황이 위중하니 상황을 파악하고 도울 일이 있으면 적극 돕도록 했다. 경상북도도 부지사를 사고 현장에 파견하고 상황 유지에 들어갔다.

기초지역 재난안전대책본부인 구미 시청에는 현장 상황 파악과 위험지역 내에 있는 구미 시민들의 대피, 대피 이재민에 대한 생필품 지원 등의 책임이 있음을 알렸다. 상황이 더 악화할 경우 중앙재난안전대책본부(당시는 소방방재청)와 광역지역 재난안전대책본부(경상북도)에 필요한 사항을 요청하도록 전화로 설명하고 공문도 시행했다.

불산은 독성이 강하다. 전자 산업에 필요하지만 독성을 가지고 있다. 한 친구가 불산 용액을 사용하는 공장에 근무하며 겪은 경험담을 이야기해준 적이 있는데, 불산 근처에 갈 때는 방호복과 보호 장갑을 착용하는 것이 기본이라고 한다. 그날도 보호 장갑을 이중으로 착용하고 작업하던 중 장갑이 찢어지면서 한 방울 정도 소량의 불산이 그 사이로 스며들었고, 불에 타는 고통을 받았다고 한다. 바로 씻어내고도 2박 3일을 수도꼭지에 대고 있었다며, 수돗물을 틀어놓고 오염 부위를 가져다 대지 않으면 엄청난 통증을 느꼈다고 한다.

그날 자정을 넘기면서 소방의 초동 대응이 끝나고, 중앙사고수습본부

(환경부)에서는 새벽 2시경 상황 종료를 선언했지만 조금 더 지켜보기로 하고 중앙재난안전대책본부(소방방재청)는 비상 근무를 유지했다.

사고 다음 날 아침, 구미 시장이 간부회의 및 주민들과의 대화를 8시부터 11시까지 하고 난 뒤 12시경 주민들이 집으로 들어가도 좋다고 발표했다. 현장의 상황 판단이 중요하다고 생각해서 그로부터 30분 뒤 중앙재난안전대책본부도 종료했다.

하지만 이틀 뒤 상황은 완전히 반전되었다. 사고 지점 인근 두 부락과 그 사이의 논밭에 있던 작물과 나무 등 녹색 식물이 모두 하얗게 변한 것이다. 2012년 9월 30일은 추석이었다. 외지에 나가있던 가족들이 고향에 왔는데 녹색 식물이 하얗게 말라죽는 광경을 보게 된 것이다. 유해 화학 물질에 대한 전문 부서인 환경부가 이 정도의 예측은 할 수 있었으면 좋았겠지만 예고 없이 일어난 일에 모두가 당황했다.

우선 중앙재난안전대책본부, 중앙사고수습본부(환경부), 지역재난안전대책본부(경상북도, 구미시)를 다시 가동하였다. 현장 피해조사반을 투입해서 조사를 하고, 국무회의 자료를 준비했다. 국회 행정안전위원회에서도 불호령이 계속 되었다. 자료 요구, 상황 설명과 각종 질문에 대한 답변서 작성, 현장 조사를 했다.

눈코 뜰 새 없는 상황이었고, 마침 국정감사 기간이 되어 두어 달 동안 집에는 옷만 갈아입으러 가는 상황이었다. 함께 일하던 과장은 매우 유능하고 말없이 업무에 적극적이었다. 대응 기간 중 천안에 있는 국가민방위 재난안전교육원(중앙소방학교)에서 소방방재청 국정감사를 받았다.

국정감사가 끝난 뒤 서울 종합청사로 돌아왔다. 직원들과 과장도 재난 대응과 더불어 국정감사까지 치르느라 지난 한 달간 고생했다. 국정감사가 끝난 날이니 홀가분하게 쉬어야 하는데 집에도 못 가고 사무실에서 일을 해야 했다.

사무실에 저녁 10시경 도착했는데 직원들은 샌드위치로 저녁 식사를 때우면서 일을 하고 있었다. 잠깐 이야기를 나누는 중에 김 과장이 갑자기 코피를 주룩 흘리는 게 아닌가. 깜짝 놀랐다. 모두가 계속되는 야근에 지쳐 피로가 겹친 것이다. 기념으로 남기자며 인증 사진을 찍었다. 그 사진을 지금도 내 휴대폰에 저장하여 간직해 두고 있는데 사진을 볼 때마다 그때 기억이 되살아나면서 가슴이 아려온다.

불산가스 누출 사고 이후 피해자에게 국비가 지원된다고 하니 피해가 눈덩이로 불어났다. 직접 피해 지역이 아닌 곳에 사는 사람들도 자기 차가 녹슨 것은 불산 때문이라고 지원을 요구했다. 불산가스를 흡입해 불편한 주민은 차량을 제공해 병원에서 건강검진을 했다. 당초 500명 정도가 검진했다. 그러다가 정부가 지원해 준다고 하니 10,000명이 넘는 사람들이 건강검진을 받았다. 농작물은 물론 집에 있던 먹을 것과 식량, 반찬, 된장, 고추장까지 정부 지원을 요구했다. 집의 벽지까지 모두 교체해 주기로 했다.

사실 이러한 보상 업무는 환경부가 중앙사고수습본부로서 해야 할 업무인데 국무조정실장 주재 차관급 회의에서 엉뚱하게도 소방방재청이 하도록 결정했다. 그 때문에 우리의 업무량이 엄청 늘어났다.

몇 달 동안 업무에 시달렸다. 김 과장은 지병이 심하면서도 업무에 열중이었다. 청와대는 우리를 더 힘들게 만들었다. 사고가 나고 열흘쯤 지났을 때 대통령이 이번 구미 사고와 관련해 공무원들의 잘못이 있다면 문책하겠다고 했다.

이 사건은 민간 회사에서 발생한 안전 부주의와 안전 불감증이 발단이었다. 이런 명확한 사고인데도 불구하도 청와대는 공무원을 희생양으로 삼고자 한다는 생각이 들었다. 업무가 폭주해서 잠도 잘 못 자는데, 국무총리실 공직기강팀에서 나와 조사를 하는 동안 이중고를 겪게 했다. 우리의 잘못을 이야기하라는 것이었다. 낮에는 감사를 받고 밤에는 업무를 수행했다. 두세 달 동안 실컷 고생해서 겨우 마무리가 되었지만 그 누구도 고생했다는 말이 없었다. 국무총리실 조사를 호되게 받았지만, 아무런 지적도 받지 않았다.

이렇듯 불산 같은 사회 재난은 업무 담당자만 고생하고 징계를 받는 일이 그동안 반복되어 왔다. 그래서 공무원들이 재난 부서를 탈출하려고만 한다. 업무의 담당자가 자주 바뀌니 전문성이 생기지 않고, 이런 일을 하는 공무원만 바보가 되는 것이다.

자연 재난은 토목 공무원으로 구성되어 자리 이동이 거의 없지만, 사회 재난을 담당하는 소방방재청 예방안전국은 직원들이 수시로 나가고 들어왔다. 자연 재난은 전문성이 생겨날 정도로 공무원이 오랜 기간 근무했다. 반면 사회 재난은 전문성이 취약한 공무원들로 구성되어 있었다.

게다가 자연 재난은 여름철 태풍, 겨울철 폭설이 주된 것이고 그것도 자연이 만들기 때문에 문책도 거의 없다. 사회 재난은 고생하고도 반드시 감사를 받아 잘못이 있으면 문책을 당한다. 일반적으로 사회 재난을 대응하고 있으면 감사원이 감사에 나선다. 초기 대응 과정이 규정대로 잘 되었는지 복기해 보고 하나하나 따진다. 불산 사고에 대해 감사원의 감사에서 환경부가 느슨하게 일을 처리한 것이 드러나기도 했다.

구미 불산 사고가 일어난 날 업무 소관을 가지고 산업부, 노동부, 환경부가 서로 자기 업무가 아니라며 떠넘기다가 환경부 소관으로 최종 정리되었다고 한다. 산업단지 내의 사고였으므로 산업부 소관이기도 하고, 공장 내의 사고이므로 노동부가 직접 담당부처이다. 환경부는 '불산'이라는 유해 화학 물질이 원인이 된 사고라는 측면을 강조해서 볼 때 주관부처이다.

재난을 담당하게 되면 평소 하던 일은 그대로 하면서 재난 관리를 추가로 하고, 기자들의 취재에 응해야 하며, 국회 요구에 따른 자료 제공과 국회의원 질문에 대한 답변까지 업무량이 몇 배로 늘어난다. 좋은 일은 하나도 없다. 잘못을 지적하고자 감사원도 나서서 각종 자료 요구에, 조사한다고 수시로 불러 힘들고 어려운 상황이 되기도 한다. 이런 문제 때문에 재난이 나면 각 부처가 서로 언쟁을 하고 불편해진다. 그 불편함을 꺼려서 누군가 맡게 되면 두세 달은 할 일이 엄청 많아진다. 일이 끝나면 징계라는 몽둥이를 들고 죄인 다루듯 하는 것이 재난 관리다. 억지로라도 죄를 만들어 내려고 잘못을 자발적으로 말하라는 조사를 두 번, 구미 불산 사고와 세월호 사고에서 직접 경험했다.

칭찬은 한 마디도 없고 마치 이 사건·사고가 너희 재난공무원들의 무능 때문에 발생한 것이라고 단정하듯이 다그칠 때 정말 가슴으로 울어야 한다. 잠도 설치면서 몇 달간 일하는 것은 당연히 받아들이지만 그보다 힘든 것은 열심히 일해도 죄인 취급을 받는다는 점이다. 나를 도와주거나 구조해 줄 사람은 아무도 없다. 살아남기 위해서는 법전을 뒤져 여러 자료를 찾고 정리하고 문제가 없음을 스스로 입증해야 한다. 이렇게 해서 아무 죄가 보이지 않으면 마지막에는 경고장을 준다.

사례3_댐 붕괴

2011년 비가 많이 내리던 어느 날, 기상청에서 중앙재난안전대책본부로 파견 나온 공무원이 장관에게 상황 보고를 하면서 갑자기 엉뚱한 보고를 했다. 충청도 어느 댐의 시간당 유입량이 최대 배출량보다 많아서 붕괴 위험이 있다고 보고한 것이다. 장관은 물론 우리 모두 놀라서 댐 하류 주민 대피령을 내렸다. 당시 밤 9시경이었다.

비가 많이 와도 댐은 견고하게 건설되어 있기 때문에 쉽게 무너지지 않는다고 알고 있었지만 일단은 기상청 직원의 전문성을 중요시 해야만 했다. 우리 쪽에서는 인위적인 폭파가 아니고서야 비 때문에 댐이 무너질 수 없다는 것이 다수 의견이었다.

결과는 해프닝으로 끝났다. 기상청에서 파견 나온 세 명 중에 휴식조인 사람을 수배해 긴급히 불렀다. 전혀 문제가 없는데 당일 근무자가 오판을 한 것으로 결론이 났다. 장관 이하 간부들 상당수가 불필요한 야간 대기를 하고, 댐 하류의 주민들은 아닌 밤중에 홍두깨를 경험해야 했다.

우리나라의 댐은 전력 생산용, 농업용, 식수용으로 환경부에서 주로 관리한다. 댐의 견고함은 수시 확인 점검과 정밀 안전 진단을 하면서 관리 중에 있다. 지진이나 폭파가 아니고는 무너지기가 어렵다. 내진 설계도 우리나라에서 지진 발생이 가능한 것보다 더 높은 기준으로 설계되어 있어서 안전하다.

댐보다 작은 저수지 중 큰 것은 농어촌공사, 아주 작은 규모는 시장·군수·구청장이 관리한다. 이러한 소규모 저수지까지도 농식품부와 농어촌공사 등이 유기적으로 관리하고 있다. 저수지를 조성한 지 오래되다 보니 일부 저수지 둑이 변형을 일으키거나 물이 새는 곳이 발생하는데 이러한 변화까지 관리하고 있다.

댐과 대규모 저수지의 하류 지역에 대해서는 붕괴에 대비해서 대피계획을 수립한다. 댐이 붕괴될 때 일시적으로 수몰될 지역을 별도로 지정해서 만약의 사태에 대비한다. 평소 대피 계획에 따라 대피 훈련을 받도록 하고 있다. 대피는 가급적 빨리 가까운 고지대로 가는 것이다. 대피 방송 시설도 갖추고 있다.

평소 댐이나 저수지 가까이 사는 사람은 육안으로 이상은 없는지도 살펴보고, 이상이 있는 것은 즉시 신고해야 한다. 우리나라의 댐은 붕괴 가능성이 매우 낮다. 그러나 고의적인 폭파 등 여러 가지 가능성은 있을 수 있다. 붕괴의 속도에 따라 댐 아래에 사는 사람들의 위험도는 차이가 있겠지만, 우선은 고지대로 빨리 이동하여 댐에서 흐르는 물에 휩쓸려가지 않도록 피하는 것이 중요하다. 댐은 견고하게 건설하기 때문에 인공적인 폭파가 아니라면 거의 안전하다. 드물게 사고가 있을 가능성까지 배제할 수는 없겠지만, 우리나라의 경우는 모범적으로 관리되고 있다.

댐과 같은 주요 식수원이 오염되면 국가에서 오염원을 제거할 때까지 생수를 사서 마시거나 깨끗한 물을 구해 마셔야 한다. 여러 가지 이유로 식수 오염이 있을 수 있으므로 일단은 국가와 지방자치단체의 조치 상황을 지켜보아야 한다. 이는 매우 중요한 문제이므로 행정기관에서 적극 대처할 것이다.

사례4_대규모 정전

 2011년 9월 15일 전국에 대규모 정전이 있었다. 하루 전날부터 15일은 이례적으로 더운 날씨라고 일기예보가 있었다. 서늘한 날씨가 되어 가을에 접어들었다고 생각한 때에 더위가 찾아온 것이다. 기자들에게 브리핑까지 해둔 상황이었음에도 위기 대응 능력 부족 때문에 재난으로 달려가고 있었다.

 한국전력이 여러 자회사로 나뉘면서 전력의 생산은 전력거래소가 맡았다. 전력거래소는 매일 '전기의 수요량'을 예측해서 공급하는 기능을 수행한다. 전기의 공급은 우리나라의 경우 화력 발전이 가장 많이 공급한다. 원자력 발전이 그 다음이다. 수력 발전은 보완적 공급이다. 태양광은 가장 깨끗한 친환경이지만 한계가 있다.

 전력 수요는 여름과 겨울에 많다. 여름은 가장 무더운 7월 말 8월 초, 겨울에는 한파가 강하게 올 때 전력 사용이 가장 많다. 주로 낮에 많이 사용하고 심야에는 사용이 적다. 심야에 남아도는 전력으로 산 위에 물을 퍼 올려두었다가 낮에 갑자기 전력 예비율이 떨어져 위험할 때 수력 발전을 한다. 전력을 생산하는 데 있어 수력은 필요시 바로 생산에 들어갈 수 있다.

 화력 발전은 정상적으로 전력을 생산하는 데 3일 이상이 걸린다. 서서히 가동해서 전력을 생산하기 때문에 시간이 필요하다. 원자력은 생산 기간이 약 일주일 정도로 가장 오래 걸린다. 쉬고 있는 원자력 발전소를 발전하게 하면 준비와 예열, 문제점은 없는지 점검하면서 본격적으로 생산하는 데 일주일이 걸리는 것이다. 풍력 발전은 바람이 있어야 전력이 생산된다. 태양열 발전도 해가 내리쬘 때만 전력이 생산된다.

　2011년 재난종합상황실장을 하고 있을 때, 우연히 보게 된 TV 화면에 '전국 순환정전 중'이라는 자막이 떴다. 직감적으로 내가 챙겨 보고해야 할 일임을 판단하고, 상황실에 근무하는 직원들에게 하고 있는 일을 잠시 중단한 뒤 정전과 관련한 정보를 파악해 보고하도록 했다. 직원들이 이곳저곳 전화해도 아무런 성과가 없었다. 그렇게 10분이 흐르자 안 되겠다 싶어서 인터넷 포털에 '정전'이라고 검색어를 쳤다.

　벌써 기자들이 글을 많이 쓰기 시작하고 있었다. 기사를 보며 대강 노트에 정리했다. 전력 공급량이 수요량에 못 미쳐서 권역별로 돌아가며 강제 정전 조치를 취하고 있다는 것이었다. 이 조치를 취하고 있는 기관은 전력거래소였다. 생소한 조직이었다.

　나는 심각한 사태를 인터넷으로 파악하여 직접 쓴 노트를 토대로 장관에게 구두 보고했다. 그때까지 전력거래소의 보고서를 못 받아보았다. 기자들이 현장에서 취재한 내용은 정확하고 신속했다. 나는 보고 과정에서 전 공무원 비상근무를 건의했지만 실행하지는 못했다. 비상근무를 통해 자기 소관 업무 분야에서 사태를 파악하고 대책을 마련하도록 하자는 취지였다.

　공룡 조직 한국전력이 여러 기관으로 나뉘어 업무별로 분화하면서 산업통상자원부 산하 위탁집행형 준정부기관이 된 전력거래소가 매일 발전량을 예측해서 공급업자들에게 발전량을 할당하는 구조였다. 대략 화력 발전(60% 이내), 수력 발전(10% 이내), 원자력 발전(30% 이상), 태양광 발전과 풍력 발전 등이었다.

대규모 정전 사태가 발생한 2011년 9월 15일은 7~8월의 더위가 가고 바람이 가을을 실어 나르던 때였다. 가을이 다 왔는데도 가끔은 더운 날이 있는데 이 날이 바로 그 날이었다. 9월 14일 기상청은 기상예보를 통해 15일은 한여름 날씨가 될 것이며 매우 더운 하루가 될 것이라고 예보했다.

사고가 마무리 된 후에 알게 되었지만 전력거래소는 당일 전력 공급량이 부족할 수 있다고 판단하여 모든 생산 가능한 전력 시설을 풀가동하도록 했다. 오전에는 기자들에게 대국민 협조 안내문까지 배포했다. 그러나 전력 수요를 이기지 못하고 공급량이 부족해지자 헤르츠(Hz)를 떨어뜨려 전기의 질이 나쁘지만 전력 공급량을 맞추어보았다. 그래도 전력 부족이 계속되자, 전국적 블랙아웃 정전 사태가 오기 전에 권역별로 순환 정전을 실시했다. 자동화 공장은 갑작스러운 가동 중단으로 불량품 등 손실이 발생하였다. 양식장은 집단 폐사, 도로에는 신호등 가동 중단으로 인한 교통마비와 건물 내 승강기 고립 사고 등이 있었다.

사고 후 재난 대응에 여러 문제점이 드러났다.

첫째, 전력거래소는 이 문제 발생을 예견하고 어떻게 할 것인지 산업부(중앙사고수습본부) 담당과장에게 심각성을 분석한 보고서를 서면으로 보고했다. 산업부 담당과장은 다른 업무가 바빠서 정전이 될 때까지 보고서를 보지 못했다. 전력거래소는 자신들이 백방으로 노력했어야 함에도 불구하고 서면보고한 것에 대한 산업부의 지시를 기다렸다. 유연하고 창의적이지 못한 대응이 아쉬웠다.

둘째, 전력이 부족한 큰 원인은 원자력 발전소 한 곳을 조기 정비했기 때문이다. 아직 정비 기간이 되지 않았음에도 불구하고 가을이 다 되었다고 판단하여 전력이 남아도는 것 같으니 조기 정비하도록 한 것이 드러났다. 원전은 끄고 켜는 데 일주일 가까이 사전 예열과 준비 기간이 필요하다. 따라서 무엇보다 신중하게 결정해야 할 사안이었다.

셋째, 전력거래소는 대기업과 국가기관에서 보유한 자가 발전기를 가동하도록 요청했어야 했다. 모든 대규모 공장은 정전이 되면 엄청난 피해액이 발생한다. 불량품이 나오거나, 재가동에 많은 손실이 발생하는 것이다. 그래서 대규모 공장은 자가 발전기를 필수적으로 갖추고 있다. 국가가 주는 산업용 전기가 훨씬 싸고 질이 좋기 때문에 모든 기업이 이용하는 것일 뿐이다. 또 모든 국가 기관에는 자가 발전기가 있다. 지방자치단체나 국가기관, 공사, 공단은 비상사태를 대비하여 자가 발전기를 보유하고 있다. 이러한 대기업과 국가기관의 자가 발전기에 대해 전력거래소는 알고 있었을 것임에도 상황에 유연한 대응을 하지 못한 것이다.

전력은 평소 참 편리하지만 수요가 부족할 경우 블랙아웃이라는 엄청난 피해를 입게 된다. 원자력 발전에 대해서 찬반양론이 오랫동안 계속되고 있다. 나는 정치적으로 이용하는 찬반론은 반대한다. 전력의 수급에 차질이 없도록 하면서, 친환경과 탈 원전의 진정한 가치를 고려해야 한다고 생각한다.

사례5_ 원자력 발전소

안전행정부에 근무하던 시절, 광화문에 있는 원자력안전위원회를 방문한 적이 있다. 원자력 재난이 발생하면 많은 복합 재난을 가져오기 때문에 다른 부처와 직접적으로 관련이 있다. 환경오염과 더불어 일정 지역 내 주민 소산도 중요하므로 원자력안전위원회만으로는 어렵다. 어차피 중앙재난안전대책본부의 도움과 협조가 필요하다. 그래서 몇 번이나 훈련을 함께 하자고 해도 문을 굳게 닫고 독립성을 강조했다.

내가 방문을 하겠다고 해도 응하지 않아, 여러 차례 요구하니 그제야 와도 좋다고 했다. 사무총장 면담을 하고 국장을 만나 의견을 주고받았다. 짧은 시간이지만 많은 이야기를 나누었다. 원자력안전위원회 내부에서 여야 대립이 강하다는 이야기를 처음 들었다. 정치인에 가까운 대립관계라고 한다.

원자력 발전 업무와 원자력 안전 업무는 분리되는 것이 바람직하다. 소위 발전 업무와 안전 업무를 같은 조직이 장악하고 있는 형태를 '셀프 안전'이라고 하는데, 이는 무용지물이 되기 쉽다.

일본의 후쿠시마 원자력 발전소에는 지진해일(쓰나미)이 10m 높이의 담장을 넘어 들어왔다. 쓰나미가 발전소를 덮치면서 외부의 전력은 끊어졌다. 핵 용융이 일어나지 않도록 식히는 바닷물이 들어오고 나가면서 에너지를 얻고 열을 식혀주는데, 발전이 안 되면 큰 문제가 발생한다.

외부 전력이 안 들어오면, 원자력 발전소가 보유한 비상발전기를 가동하도록 안전장치를 두고 있다. 문제는 쓰나미가 원자력 발전소로 넘어 들어오면서 비상발전기도 가동을 못하게 된 것이다. 지상에 설치된 비상

발전기가 가동되지 않아, 담장에 둘러싸인 원자력 발전소는 물바다가 되어 속수무책이었다.

결국 핵 연료봉을 식혀줄 바닷물이 들어오지 못해 핵 용용이 발생했다. 수증기가 많아져 밖으로 새고, 마침내 폭발하여 연료봉이 노출되는 핵 관련 최악의 사고가 발생했다. 핵 물질이 통제를 벗어난 것이다.

우리나라는 원자력안전위원회가 여야의 첨예한 대결 양상을 띠고 있다. 또한 원자력 발전소는 우리나라 것이 일본 것보다 더 좋다고 한다. 늦게 지으면서 더욱 발전된 모델을 사용해 지었기 때문이다. 일본은 초기 미국의 실험용 원자로를 모델로 해서 지었기 때문에 최근 지어진 발전소에 비하면 다소 취약하다.

원자력 시설에서 핵 용용이라는 최고 단계, 즉 7단계까지 간 사고는 3건이다. 미국의 스리마일 섬, 일본의 후쿠시마 원자력 발전소, 구소련의 체르노빌 핵 발전소다.

1986년 4월 26일 새벽 1시 23분 정전 대비 실험을 하는 과정에서 통제 불능으로 연쇄반응이 일어나 체르노빌 핵 발전소가 폭발했다. 우크라이나 체르노빌은 벨라루스와의 국경 근처에 있었고, 치명적인 방사능이 나오던 사흘 동안 바람이 벨라루스로 불어 가장 큰 피해 지역이 되었다. 사고 발생 36시간 뒤, 원자로 주변 30km까지 강제 이주를 했다. 모든 물건을 남겨두고 몸만 빠져나온 13만 명이 이주했다. 사고 당시 방사능 피해가 확산되는 것을 막기 위해 인공적으로 비가 내리도록 하면서 벨라루스는 심각한 피해 지역, 방사능 오염 지역이 되었다. 응급처치를 했지만 비가 내리면 계속 오염 물질이 흘러나와 문제를 일으켰다. 2016년 폭발한 원자로를 철제 돔으로 덮어 방사능이 현저히 줄었다.

원자력 발전을 반대하는 입장에서 보면 위험성이 커 보이고 방사능이라는 재앙이 떠오른다. 찬성하는 입장에서 보면 기름 한 방울 안 나는 나라에서 효자이고, 전력 생산 단가가 싸서 유용하다.

우리나라는 다행히 원자력 발전에 관해서는 셀프 안전을 하지 않고 있다. 원자력을 발전하는 전력 공급 회사가 한국수력원자력(이하 한수원)이다. 한수원은 원자력, 수력 및 신재생의 발전 설비를 가지고 사업을 하고 있는 회사다. 태양광과 풍력은 친환경이기 때문에 국가가 전량 구매해 주지만 발전량은 미미하다.

그리고 원자력안전위원회가 원자력의 생산과 이용에 따른 방사선 재해 등 원자력 전반에 대한 규제 기능을 담당한다. 원자력 발전에 대한 감시 역할을 하는 것이다. 원자력안전위원회는 내부에 정치적 대립이 팽팽하다고 한다. 원자력안전위원회 직원들이 우려할 정도로 폐지론자와 찬성론자 간 대립각이 확실하다.

참여정부는 원자력 발전에 부정적이어서 원자력 발전 축소 정책을 폈다. 윤석열 정부는 원전 존치 정책을 펴고 있다. 원자력 발전은 시설비가 막대하게 들어가는 반면 발전 단가는 화력 발전보다 훨씬 싸다. 그러나 원전의 안전 비용, 해체 및 폐기물 처리 비용, 사고 발생에 따른 비용 등을 감안할 경우 오히려 비싸다는 의견도 있다. 전력의 60%가 산업용이고 10%가 가정용이기 때문에 국민들 입장에서는 손해가 더 크다는 논리도 목소리가 높다.

핵은 무서운 것이다. 이러한 것을 비용으로 정리할 때 원자력 발전은 모두 없애야 할 대상이 된다. 우리나라도 예외가 아니기 때문에 언제라도 사고가 발생할 가능성이 있다. 그렇다고 우리나라 원전을 모두 없앤다면 정전이 자주 발생하고, 전기료는 비싼 가격이 될 것이며 각종 물가도 오르면서 수출 경쟁력도 떨어지게 된다.

　우리나라는 원자력안전위원회가 주식회사 한수원과는 독립적인 국가기관으로 있으면서 감시를 하고 있기 때문에 국민의 입장에서는 바람직하다. 지진도 일본보다 훨씬 약해서 지진 때문에 국내 원자력 발전소에 피해가 날 가능성은 낮다는 것이 다수 전문가들의 의견이다.

　원자력 발전소에 문제가 발생하여 오염 물질이 밖으로 나왔을 경우에는 인근 주민을 안전한 곳으로 대피시키도록 되어 있다. 물론 이러한 일은 일어날 가능성이 낮고, 일어나지 않아야 할 끔찍한 재난이다. 인류가 만든 유용한 원자력 발전이 언제든 커다란 재앙이 될 수 있다. 하지만 원자력 발전이 없다면 지금의 전력 수요를 감당할 수 없다.

　가능성은 낮지만 원자력 발전소에 문제가 생기면 엄청난 피해가 발생한다. 후쿠시마 발전소 사고에서 볼 수 있듯이 피해는 광범위하고 오래간다. 그러므로 평소에 원자력 발전에 대한 감시 및 관리를 철저히 하여 안전사고가 발생하지 않도록 주의해야 할 것이다.

사례6_붕괴 사고

| 경주
| 마우나 리조트

2014년 2월 17일 경북 경주시 마우나 오션 리조트에서 체육관 붕괴 사고가 발생했다. 이 사고로 체육관에서 신입생 환영회 행사를 하고 있던 부산외국어대학교 학생 9명과 이벤트 업체 직원 1명, 총 10명이 사망하였다. 눈이 내린 체육관 지붕에는 60cm의 습설이 쌓여 있었다. 습설은 물을 머금어 다져진 눈으로, 이제 막 내려서 쌓인 건설과 무게 차이가 크다. 60cm의 습설은 180cm의 건설에 맞먹는 무게다.

나중에 부실 공사로 밝혀진 이 체육관은 신입생 환영 행사를 진행 중이던 시간에 눈의 무게를 이기지 못하고 무너졌다. 지붕에 깔려 많은 사람이 피해를 입었다. 소방대원들과 주위 사람들이 구조에 나섰다. 경찰의 통제가 늦어지는 바람에 현장에는 일반인들까지 들어가 구조에 동참했고, 이는 2차 피해를 키울 수도 있는 상황이 되었다.

이후 마우나 리조트 붕괴 사고를 자연 재난으로 볼 것이냐 사회 새난으로 볼 것이냐 하는 문제가 생겼다. 정확히 말하자면 '복합 재난'이다. 우선 건물의 붕괴만 보면 사회 재난이다. 하지만 건물 붕괴의 주된 원인은 습설 때문이었다. 눈이 지붕에 쌓여 있었기 때문에 발생한 재난이다. 물을 머금은 눈이 60~70cm 쌓여 있었기 때문에 발생한 사고이므로 자연 재난이 주된 원인이지만 사회 재난으로 규정하고 대응했다.

삼풍백화점

　서울 서초동 삼풍백화점이 1995년 6월 29일 부실공사 등의 원인으로 갑자기 붕괴되었다. 1,000명 이상의 종업원과 고객들이 사망하거나 부상을 당한 대형 사고였다. 1994년 10월 21일 성수대교 붕괴 사건과 함께 가장 수치스러운 안전사고였다.

　삼풍백화점 붕괴 사고의 인명 피해는 사망 502명, 실종 6명, 부상 937명으로 한국전쟁 이후 가장 큰 인적 피해였다. 붕괴 이전에는 경고 메시지가 계속되었다. 옥상에 30cm 정도 금이 가고, 천장이 내려앉았으며 기둥에 금이 갔다. 5층 식당가 천장에서 물이 새어 나오기도 했다. 사고 당일 오후 2시 긴급대책회의를 하고도 고객 대피 방송을 하지 않았다. 오후 4시 긴급안전대책회의를 했지만 여전히 그대로 운영을 하다가 오후 5시 55분 붕괴된 것이다.

　사고 뒤 여러 가지 원인과 문제점이 드러났다. 처음에는 근린상가 용도로 공사를 하다가 구조전문가의 검토 없이 백화점으로 용도를 변경하였고, 4층 높이 건축 허가를 5층 건물로 변경해서 완공했다. 무게 3천t의 콘크리트가 아무런 지지대의 보강 없이 추가된 것이다. 또한 기둥 두께는 줄이고, 옥상에 에어컨과 냉각수 87톤을 임의로 추가한 것도 원인이 되었다.

　다중 밀집 건축물 붕괴 대형 사고는 사고 즉시 재빨리 밖으로 대피해야 한다. 추가 붕괴 위험성이 있기 때문이다. 붕괴 시 인화 물질이 있다면 화재도 발생할 수 있다. 갇혀서 대피할 수 없는 경우에는 가급적 튼튼한 내력벽이나 기둥 근처에서 추가 붕괴를 대비하면서 구조를 기다려야한다. 구조가 오래 걸릴 경우 먹을 물을 확보할 수 있다면 좋을 것이다.

참고로 화장실로 대피하면 좋다. 화장실은 내력벽으로 지어져 추가 붕괴 위험성도 낮고, 물을 확보하기도 다른 곳보다 용이하다. 지진이나 건축물 붕괴 시 대피가 어려운 경우 우선 화장실이 대피하기에 좋은 곳이 되는 것이다.

| 판교 환풍구 붕괴

2014년 10월 17일 오후 5시 53분 판교 환풍구 붕괴 사고가 있었다. 당시 야외 광장에서 '2014년 제1회 판교 테크노밸리 축제'가 개최되었다. 첫 순서로 걸그룹 포미닛의 공연 도중 지하 주차장과 연결된 환풍구 덮개가 무너지면서 사고가 발생했다.

27명이 환풍구에서 아래 지하 주차장으로 추락했다. 16명이 사망하고 11명이 부상을 입었다. 사고 원인은 공연을 잘 보기 위해 환풍구 위로 한꺼번에 여러 사람이 올라선 것이었다. 무게를 견디지 못한 환풍구 덮개가 붕괴되고 말았다. 유명 가수들의 공연이 잘 보이는 곳이라 그곳에 20여 명이 올라갔다. 공연은 계속되었고 환풍구 위의 그물처럼 덮여있는 쇠붙이 판이 무너지면서 깔때기처럼 사람들을 지하 18m 아래로 추락하게 한 사고였다. 사고 현장에 도착하니 구조구급과 부상자 병원 이송을 마무리한 상태였다.

경기소방본부장으로부터 사망자, 부상자에 대한 처참한 이야기를 들으며 몸서리쳤다. 당시 행사를 진행할 때 환풍구 덮개 부위에 올라간 사람은 내려오도록 두 번 방송했다고 한다. 사람들은 설마하고 다시 올라가서 구경하고, 어떤 사람은 음악의 리듬에 맞춰 휘청거리는 환풍구에서 춤을 추는 사람도 있었다고 한다. 사고 직전 환풍구에서 내려온 여자 두 사람의 증언이 있었다.

처참한 현장을 보고 난 후, 저녁 9시 국무총리와 안전행정부 장관이 도착해 현장을 보고 사고 경위에 대한 설명을 들었다. 공연은 언론사가 주관하는 행사였다. 이 언론사는 K화학이라는 모회사를 중심으로 한 계열사였다.

판교 환풍구 붕괴 사고나 이태원 압사 사고에서도 볼 수 있듯이 사고는 언제나 우리 가까이에 있다. 행사 주최자의 안전 계획, 경찰의 안전 질서 유지, 행사 참여자의 안전 의식이 모두 중요하다.

사례7_교통사고

2013년 7월 7일 아시아나 항공 여객기가 샌프란시스코 국제공항 활주로 지면에 추돌했다. 조종사 과실이었고 이로 인해 3명이 사망했다. 이 사건은 광화문 정부청사 TV 방송을 통해 알게 되었다. 당시 1층에 있는 상황실에 내려갔는데 아무런 보고 준비가 안 된 상태에서 장관이 상황실로 들어오셨다. 통제관인 나는 서면 없이 구두로 보고했다. 인터넷 검색을 통해 자료를 10분 동안 수집해둔 덕이다.

나에게 관련 자료를 줄 사람이 아무도 없었다. 인터넷 자료는 장관도 TV를 통해 알고 온 상황이었지만 나름 순식간에 정리해 보고한 것이다. 전국 순환 정전 등 다른 재난 때도 인터넷 덕을 보았다. "미국 샌프란시스코 공항에서 아시아나 비행기가 착륙하던 중 꼬리 부분이 먼저 땅에 닿는 사고가 났고, 아직 조사 중이다." 여기에 덧붙여 "항공기 사고는 국토교통부장관 소관이다. 중앙사고수습본부이자 재난 관리 주관기관이 국토교통부이고 해외 재난인 관계로 외교부가 중요한 역할을 해야 하는 재난이다. 외교부도 마찬가지로 해외재난사고수습본부를 운영하면서 국토부와 긴밀히 협조해야 할 사항이다"라고 설명했다.

안전행정부(중앙재난안전대책본부)는 상황을 유지하면서 중앙사고수습본부인 국토교통부가 제대로 역할을 수행하는지 모니터링하며 차후 대책을 논의해가면 된다는 취지로 설명했다.

나는 장관 상황판단회의 전에 국토교통부에 중앙사고수습본부를 가동하라는 지시를 유선으로 알리고 중앙재난안전대책본부 명의로 공문을 시달하도록 했다. 그러고는 놀라운 일이 벌어졌다.

생각보다 빠르게 국토교통부 교통 관련 C실장이 브리핑을 했는데 신속하고 정확했다. 내가 장관께 보고한 내용을 국민들께 브리핑으로 간단히 전달했고, 국토교통부 간부를 현장으로 급파했다는 내용이었다. 모범답안에 가까운 내용이어서 놀랐다. 그때까지 이렇게 빠르고 정확하게 움직이는 부처를 본 적이 없었기 때문이다. 국토교통부가 살아있다는 점이 안심이 되었다. 거의 모든 부처가 재난이 나면 허둥대고 복지부동하는 느낌을 받았는데 국토교통부는 예외였다.

이 사건이 종료되고 전해들은 이야기에 따르면 이렇게 깔끔하게 업무 처리 된 이유가 있었다. C실장은 인사이동으로 항공기 등 교통 업무를 맡게 되면서 업무를 파악해 가던 중에 '항공사고 표준 매뉴얼'이 자기 업무 소관에 있음을 알았다. 그 뒤 별도로 시간을 내서 직원들과 토론을 했다. 항공기 사고가 나면 무엇을 할 것인지에 대해 깊이 검토한 것이다. 그런 시간을 통해 브리핑이 핵심이라는 것을 파악하고 미리 준비해서 리허설까지 해 두었다고 한다.

그렇게 준비를 해둔 상황에서 미국 항공기 사고가 나자 바로 기자 브리핑을 매끄럽게 한 것이다. 재난에 대한 준비를 해둔 경우와 아무런 대책 없이 재난을 맞이하는 차이가 바로 여기에 있다.

화재가 난 교통사고는 사고 지점에서 가능한 빨리 그리고 멀리 피신해야 한다. 고속철도나 비행기 사고 시 탑승자는 빨리 안전한 곳으로 대피해야 한다. 속도가 빠른 것일수록 사고가 나면 치명적일 수밖에 없다.

화재를 동반한 교통 안전사고의 경우 질식으로 인한 대형 사고로 이어질 가능성이 높다. 터널 사고는 차문을 닫고 버티면서 상황을 지켜보아야 한다. 바깥 상황을 주시하면서 어디로 어떻게 움직일지 먼저 생각해야 한다. 바람이 불어오는 방향으로 탈출해야 하지만 터널 내는 특수한 상황이기 때문에 생존자가 냉철하게 판단해야 한다. 섣불리 움직이지 말고 사태의 흐름을 주시하면서 방법을 찾아보고, 구조대가 빨리 올 것 같으면 침착하게 기다릴 수도 있지만 스스로 여러 가지 대안을 강구해 보면 좋을 것이다. 터널은 생각보다 견고하다. 최근에 만든 터널일수록 안전하다고 보면 된다.

교통 안전사고를 생각할 때 음주운전이 가장 치명적이다. 빗길 운전, 안갯길 운전은 반드시 감속하고 안전거리를 충분히 둬야 한다. 물이 고인 곳에서 고속 주행을 하면 수막현상이 나타난다. 눈길이나 빙판길 운전은 급출발, 급제동이 위험하므로 주의해야 한다.

사례8_대규모 해양 오염

태안 기름 유출과
여수 GS칼텍스

태안의 기름 유출 사고는 2007년 12월 7일에 발생해 원유가 태안 해역으로 유출된 사건이다. 이 때문에 양식장 8천여ha가 피해를 입었다. 2013년 1월 16일 대전 법원 서산지원의 사정재판 결과 7,341억 원의 피해를 인정했다. 우리나라 최대 규모의 기름 유출 사고였다.

2014년 1월 31일 설날 아침에 발생한 여수 GS칼텍스 기름 유출 사고도 사회적 파장이 컸다. 예인선이 기름을 실은 배를 접안하는 과정에서 속도가 제어되지 않았고 송유관이 부서지는 사고가 발생했다.

전남 여수 산업단지 내에 있는 GS칼텍스에 나프탈렌과 기름 등을 싣고 와서 공급하는 큰 배를 도선이 접안하는 과정에서 하역배관과 충돌이 발생했다. 큰 배가 부딪혀 송유관이 터졌고 기름 등이 바다로 유출되었다. 당시 기름이 해안을 오염시켜 많은 어민이 망연자실한 상황이었다. 악취도 심각했다. 해양수산부 장관은 이 현장을 방문하여 GS칼텍스를 옹호하는 발언을 해 구설수에 올라 장관직에서 해임되었다.

GS칼텍스는 당일 유출된 기름이 800여 ℓ, 4드럼이라 했고, 어민들은 20km까지 바다를 덮은 기름띠가 4드럼으로 가능하겠느냐며 반발했다. 해양경찰은 당일 오후 늦게 그 10배 정도라고 했다가, 2월 3일에는 중간수사 결과 당초 4드럼보다 200배 많은 16만ℓ, 820드럼이라고 수정했다.

기름 유출 사고가 다 잊혀져가던 3월 20일경 최종수사 결과가 신문에 간단히 났는데 이번에는 총 75만 ℓ로 원유 33만 ℓ, 납사 28만 ℓ, 유성 혼합물 3~13만 ℓ라고 수정했다(그 후 검찰 수사 결과 유출된 기름의 양은 92~102만 ℓ였고 나프타 유출을 의도적으로 은폐했다는 것이 밝혀졌다).

베트남 해양경찰이 우리나라를 방문하는 날이었던 2014년 3월 31일, 인천 해양경찰청장실에서 해양경찰청장을 만났다. 해양경찰의 재난 관리 문제점으로 업무 협조가 잘 안 되어 큰 사고를 안전행정부에 보고해야 함에도 보고가 없다는 점과 여수 GS칼텍스 사건의 발표를 지적하면서 앞으로 재난 관리에 신경을 써 줄 것을 요구했다. 이대로 가면 해양경찰의 재난 관리는 큰 문제가 생길 수 있다고 항의하는데도 반응은 별로였다.

사실 이때까지 넓은 바다에 비해 인력이나 예산이 낮은 수준이었다. 또한 당시 해양경찰의 주된 관심은 중국 배 단속에 있었다. 어민들과 국회, 대통령의 관심사이자 현안이었기 때문이다. 그로부터 보름 뒤 4월 16일에 일어난 세월호 사고는 해양경찰 조직에 엄청난 소용돌이를 몰고 왔다.

사례9_핵전쟁의 위험과 대비

　최근 핵무기에 대해 주목하게 된 것은 북한 때문이다. 대치 중인 분단 국가의 상황에서 북한의 핵무기 개발은 대한민국을 불안하게 한다. 요즘의 핵무기는 그동안의 성능 개선 경쟁으로 일본 히로시마, 나가사키에서 폭발한 초기의 핵폭탄보다 훨씬 강력해졌다. 우리나라도 미국과 맺은 핵확산금지조약(NPT)에 따른 핵 개발 금지만 없다면 핵무기를 개발하는 것은 시간문제다. 충분한 핵무기 개발 능력을 갖추고 있지만 세계 평화와 미국의 반대로 개발하지 않는 것이다.

　북한은 경제적 어려움과 정권 유지 차원에서 극단적 선택을 할 수 밖에 없었기 때문에 핵무기를 개발한 것으로 보인다. 핵무기 이외의 무기로는 대한민국을 따라잡을 경제력이 없는 것도 원인이 되었다.

　2011년 3월 11일, 규모 9.0의 동일본 대지진으로 후쿠시마 원자력 발전소의 핵 용융과 방사능 누출 사고가 발생했다. 끔찍한 재앙이다. 반영구적으로 방사능 피해는 계속될 것이다. 지금까지 있었던 최악의 원자력 발전소 사고 중의 하나지만 핵무기는 살상용으로 개발된 것이기 때문에 그것보다 훨씬 강력하다. 일본은 세계적으로 유일하게 원자폭탄이 살상용으로 사용된 나라다. 1945년 8월 두 도시 히로시마와 나가사키에서 약 20만 명이 원자폭탄의 직간접 피해로 사망했다.

　모택동은 "핵무기는 가지고 있다는 것만 보여주면 된다"는 말을 했다고 한다. 사용 가능성은 매우 낮다는 점을 지적한 것이다. 핵무기의 사용은 누가 보아도 인류 최후의 날을 앞당기는 불장난이 될 가능성이 높기 때문에 사실상 어렵다. 미국과 러시아가 보유한 핵무기만도 지구를 충분히 멸망시킬 수 있는 양이다.

문제는 인간이 만든 종교나 이념에 대한 신념이다. 종교 또는 인종 간의 갈등, 이념적 갈등에 극단적 핵무기를 사용하거나, 위력은 떨어져도 재래식 미사일에 핵 물질을 장착해서 사용하는 집단이 나타나지 않는다고 누가 보장하겠는가?

이러한 이유로 핵무기는 통제되어야 하는데도 점점 더 많은 나라가 핵무기를 만들어 내고 있다. 핵무기를 만드는 기술이나 비용이 경제 발전과 과학 기술의 발달로 인해 상대적으로 쉬워지고 있기 때문이다. 이란도 핵무기 보유 여부가 불분명한 나라라고 의심받고 있다. 이미 미국, 러시아, 영국, 프랑스, 중국 5개 UN 상임이사국은 핵무기 보유 기득권을 가졌다. 인도, 파키스탄, 이스라엘도 핵무기 보유 국가이다.

한편 핵무기가 전쟁 억제 역할을 한다고 보는 견해도 있다. 핵무기의 사용은 집단 자살이 되기 때문이다. 또한 역사상 모든 전쟁은 엄청난 비용이 들고 쌍방 간에 손실이 크다는 것을 알기에 그것을 일으키는 입장에서도 망설여지는 결정인 것이다. 손익 분석을 해서 얻는 것이 많아야 전쟁도 가능한 시대가 되었다. 과거와는 달리 앞으로의 전쟁은, 들어가는 비용 대비 결과적으로 얻는 이익을 면밀하게 검토해서, 실제로 할 것인지 여부를 결정하게 될 것이다.

스위스는 세계 어느 나라보다 최고의 핵전쟁 대비 능력을 자랑한다. 타의 추종을 불허한다. 핵무기 공격에 살아남기 위해서는 스위스 정도의 시설 투자가 있어야 한다. 스위스를 자세히 들여다보면, 우리도 고민해 보아야 할 문제가 많다. 영세중립국이지만 지금도 전 국민이 사격 연습을 하는 나라다. 전쟁이 나면 모든 국민이 국가를 위해 싸우는 군인이 되는 나라다. 스위스는 가난하던 시절 다른 나라의 용병이 되어 먹고 살았다. 지금까지도 로마 바티칸의 교황청은 스위스 용병이 지키고 있다.

스위스의 산은 그림처럼 아름답다. 그러나 그 산 아래에는 전쟁을 대비한 땅굴이 있다. 땅굴 안에 탄약과 식량을 준비해둔 것이다. 스위스 군사용 땅굴을 직접 보고 온 우리나라 사람이 대단히 놀랐다고 나에게 말한 적이 있다. 그 규모와 철저한 대비에 감탄을 한 것이다. 두 달 이상 외부 지원 없이 전쟁을 수행할 수 있는 식량과 무기, 장비와 시설을 갖추었다고 한다.

스위스는 핵전쟁이 발생할 것에 대비하여 각 가정마다 상당 기간 먹을 식량과 물을 별도로 비축하도록 법으로 정해 놓았다. 각 가정에서는 식량과 물을 새로 사올 때마다 기존에 비상용으로 사다놓은 것과 교체해서 놔두고 기존 것을 먹고 마신다. 국가에서는 이러한 사항을 잘 지키고 있는지 확인하기 위해 개인 주택까지 조사를 나오기도 한다.

또 공기 정화기를 단 피난 시설을 집집마다 만들어 두었다. 두꺼운 철문을 닫으면 오랫동안 버틸 수 있도록 설계되어 있다. 식량, 양초, 라디오, 간이 배변 시설까지 철저히 갖추고 있다.

시내에 있는 일반 차량 주차장에도 들어오고 나가는 곳은 콘크리트 문을 닫고, 별도로 두꺼운 철문을 이중으로 닫게 되어있다. 그만큼 견고한 대피공간이 되도록 하고, 별도의 공기 정화 시설을 갖추었다. 철문이 닫히는 입구와 출구 양면을 제외한, 나머지 두 면은 대피 중에 사용할 장비와 물품들로 가득 채워져 있다. 비상 발전기, 취사 시설, 간이침대, 간이 배변 시설 등 필요한 것을 미리 준비해 놓은 것이다. 내 눈으로 보면서도 믿어지지 않았다. 이토록 평화로운 나라가 당장 오늘이라도 전쟁에 돌입할 듯이 만반의 대비를 해두고 있다는 것이 놀라웠다.

스위스의 공무원은 비상발전기를 보여주면서 얼마나 치밀하게 대비하고 있는지 설명했다. 외부 전력이 끊기면 대피소의 비상발전기를 가동한다. 기간이 길어지면 비상발전기를 돌리는 유류도 떨어질 것이다. 이때는 사람의 힘으로 전력을 생산할 수 있도록 크랭크 손잡이를 양쪽에서 마주보고서 두 사람이 계속 회전을 시켜 필요한 전력을 생산할 수 있게끔 만들어져 있다.

침대는 간이침대로 군용 야전침대 형태이지만 나무 대신 쇠 파이프로 만들어 가늘고 튼튼하다. 3층으로 간이침대를 연결해 설치함으로써 좁은 공간에 많은 사람이 함께 잘 수 있게 했다. 식량도 두 달 먹을 분량을 비축한다. 시내 곳곳에 있는 주차장들이 이런 시설을 갖추고 있다.

또한 스위스는 지역별 민방위 지휘소를 두고 있는데 지휘소 벙커에는 침대를 3단으로 펴서 평시에도 설치해 둔다. 다른 비축물자와 치료 약품, 회의실, 상황실 등을 갖추었고 혹시라도 전쟁이 나면 바로 사용할 수 있도록 이미 대비를 완료한 상태로 평소에도 유지한다. 나도 스위스 민방위청 직원의 권유에 따라 3단 침대의 맨 위층에 올라가 실제로 누워 보았다. 움직임이나 흔들림이 없이 편안했다.

스위스 국민은 일정 기간 군대를 가거나, 소방대원이 되거나, 민방위대원으로 복무하도록 하는 것 중에서 개인별로 선택할 수 있다. 우리나라의 군복무처럼 이들 가운데 하나만 일정 기간 근무하면 되는 것이다.

핵전쟁 대피 시설을 갖춘 스위스지만 이 나라에도 고민이 있다. 이러한 시설을 갖추는 과정에서 천문학적 비용이 들었고 지금은 시설에 대한 유지관리 비용 때문에 어려움이 많다. 핵전쟁이 발생하지 않고 있고 가능성도 거의 없음에도, 시설과 장비는 계속해서 유지관리하고, 보수하고 필요시 교체해 보강해야 한다. 일어나지도 않을 핵전쟁에 대비하느라 만든 시설에 대한 유지관리 비용이 너무 많이 든다며, 스위스 국회에서도 비판이 거세다고 한다. 일부 비판이 있음에도 아직까지는 전쟁에 대한 준비를 철저히 하고 있다.

스위스는 민방위 훈련도 관계 공무원만 한다. 민방공 경보는 주기적으로 울리지만 "훈련 상황이니 국민 여러분은 대피하지 마십시오. 훈련 경보입니다"라는 내용으로 라디오 방송을 한다. 민방위 훈련에는 관련 공무원들만 참여하고 일반 국민은 하지 않는 것이다.

참고로 스위스 민방위복은 짙은 국방색이다. 우리는 노란색에서 청록색 등을 검토 중이다. 대부분의 국가는 얼룩무늬 군복이다. 후진국은 대부분 군인들이 민방위 업무를 맡아 보는 경우도 많다.

기타 재난 사례와 안전

사례1__지진과 지진해일

우리나라는 기상청이 전국에 지진관측소를 운영하고 있다. 기상청은 전국에서 수집된 실시간 지진 관측 자료를 활용한다. 지진의 발생 시각, 발생 위치 및 규모를 자동으로 계산한다.

지진의 조기경보는 피해를 일으키는 지진파(S파)가 도달하기 전에 지진 발생 상황을 사전에 알려주는 시스템으로 P파(초당 6~7km 속도)와 S파(초당 3~4km 속도)의 진행 속도에 차이가 나는 점을 이용한 것이다. P파 도착 즉시 피해를 주는 S파의 도달 시각과 규모에 대한 예측 정보를 발표한다. 20초의 여유가 있으면 예고 없는 경우보다 95%의 생명을 보호할 수 있다고 한다.

우리나라 지각은 유라시아판 동남쪽에 위치한다. 지진의 발생 빈도가 낮고 규모가 상대적으로 작으며, 발생 위치가 불규칙하다. 지질학자들은 우리나라를 6.5 이하의 규모로 발생하는 지진 안전지대 중 하나로 분류하고 있다. 2016년 9월 12일 경주 일대의 지진 규모가 5.8이었다. 지진 계측 이래 아직까지 우리나라에서 발생한 최대 규모다.

대다수 지질학자들이 우리나라도 규모 6.5까지 지진이 날 수 있다고 하는데, 한두 명의 연구자가 명확한 근거도 제시하지 못하면서 규모 6.5 이상의 지진이 날 수 있다고 한다면, 우리는 누구의 의견을 따라야 할 것인가. 안전불감증과 함께 과잉근심 사회 역시 조심해야 한다. 필요 이상의 근심은 불필요한 국가 재정의 낭비를 가져오기 때문이다.

경주 지진은 사망자가 없는 규모 5.8이었다. 다만 부상자가 있었다. 지진이 나자 국가 보상을 요구하던 지방자치단체는 사고의 심각성을 열심히 알렸다. 널리 알려 주민 보상을 극대화하고자 한 것이다. 이것이 언론에 계속 나오면서 더 확대 인식을 시키고 결국은 국민적 공포감이 조성되었다. 이렇듯 지진 관련 보도가 연일 이어지면서 놀란 사람들이 경주 가기를 두려워하게 되었고 한때 경주 방문 기피가 전국적으로 확산되었다. 학교에서도 수학여행 행선지에 단골로 들어가던 경주를 빼고 다른 곳으로 돌렸다. 이 때문에 경주 지역 경제가 한때 어려움을 겪었다.

진도 6.5의 지진이 발생할 때 피해 면적은 한 개 시군구 면적 정도다. 이웃나라 일본과 비교할 때 피해가 그다지 크지는 않다. 다만, 지진 발생 시간이 낮이냐 밤이냐, 발생 지역이 도시 지역이냐 산간 지역이냐에 따라 피해 규모는 크게 달라질 것이다.

우리나라 아파트의 경우 6.5로 내진 설계를 하고 있다. 대부분의 아파트가 실제로는 7.0까지 견딜 것으로 전문가들은 보고 있다. 철근 콘크리트로 지은 건물은 지진에 강하기 때문이다. 새 아파트에 사는 사람은 지진 발생 시, 집안에 있는 것이 우리나라의 경우에는 더 바람직하다. 벽돌집이 지진에 가장 취약하다. 벽돌집은 지진 규모가 낮아도 무너질 수 있다.

지진을 경보로 알려주면 좋을 것이라 생각하지만 우리나라의 경우 실제로는 효과가 아주 적을 것이다. 지진 규모가 큰 경우에는 경보가 위기 대처에 도움이 되지만, 우리나라처럼 지진 규모가 크지 않으면, P파와 S파의 속도 차이가 상대적으로 적어서 위기 대처에 큰 도움을 줄 수 없다. 지진 경보를 알리더라도 대피할 정도의 충분한 시간적 여유가 없다.

지진이 나면 아파트의 경우, 가능한 한 화장실로 문을 열어놓고 대피해야 한다. 화장실의 3면이 튼튼한 내력벽이고 벽의 간격이 조밀해서, 건물이 무너져도 가장 안전한 공간이기 때문이다. 지진이 나면 현관문을 열어두어, 건물이 기울더라도 현관문을 통해 나갈 수 있게 해야 한다. 대피는 상황을 보면서 머리를 보호하는 가운데, 밖으로 나가 공터로 이동한다.

우리나라 지진의 경우, 일본과 비교할 수 없을 정도의 축복을 받았다. 일본은 지진 규모 7.0 이상도 1925년 지진 관측 이후 50회가 넘게 발생했다. 일본은 최고 9.0 이상도 가능하다는 것이 지질학자들의 의견이다.

규모 7.0은 규모 9.0의 대략 1/1,024 수준이다. 규모 0.2마다 두 배의 힘이 있다. 규모 7.0은 우리나라 최대 규모 5.8의 64배다. 개략적으로 말하자면, 우리나라 최대 규모(5.8)×64,000=일본 최대 규모(9.0)다. 2011년 동일본 대지진의 규모는 2016년 경주 인근에서 일어난 지진의 64,000배 만큼의 에너지를 가진 것이다.

결론적으로 우리나라의 지진은, 일본의 경우와 비교할 수 없을 정도로 그 차이가 크다. 화산도 마찬가지다. 우리나라는 2023년 현재 활화산이 없지만, 일본은 110개의 활화산이 있다. 평면 비교를 할 수 없을 정도로 지진과 화산에 관한 한 일본은 불의 고리, 환태평양지진대가 일본 동해안을 지나고 있어서 대단히 위험한 지역이고, 우리나라는 상대적으로 매우 안전한 나라다. 자연 재난은 누구도 장담할 수는 없지만, 과학적으로 지진학자들이 연구한 결과를 신뢰하고 정확하게 인식해서, 불필요한 근심이나 현혹된 이야기에 넘어가서는 안 된다고 생각한다.

지진이 났다면 4층 이하 건물, 특히 벽돌 적조 건물 같은 곳은 위험하다. 지진이 느껴지면 빨리 머리를 보호하면서 밖으로 대피해야 한다. 철골조 건물, 즉 철근 콘크리트 건물이나 아파트는 지진에 대비가 되어있어 비교적 안전하다. 오래되지 않은 대부분의 아파트는 집안에 있어도 안전하다. 참고로 동일본 대지진의 경우, 지진으로 인해 죽은 사람은 많지 않고 지진해일(쓰나미)에 의해 대부분이 사망했다.

지진 해일은 해저에서 발생한 규모 7.0 이상 지진으로 해저 지각의 융기 또는 침강에 의해 해수면의 변화가 일어나 발생한다. 지진해일은 지진뿐만 아니라 해저 화산이 분화하거나, 핵폭발, 운석의 충돌에 의해서도 발생한다. 심해에서는 파장이 길고 파고는 작지만 빠른 속도로 전파되며, 해안선 근처에서는 파장이 작아지고 파고는 크지만 느리게 전파된다.

우리 모두 지진과 지진해일의 안전 대책에 대해 알고 있어야 한다. 지진 발생 시 테이블 밑에 들어가거나 방석으로 머리를 보호하고, 전기를 차단하고 가스레인지나 난로의 불을 끈다.

외부는 유리창이나 간판 등의 낙하물이 위험하기 때문에 지진 상황에 따라서 건물 안이 오히려 안전할 수 있다. 엘리베이터를 이용하지 말고, 타고 있다면 신속히 내려 대피한다. 주행 중에는 자동차 키를 꽂아 둔 채로 피신한다.

지진 발생 시 기상청이 지진해일 특보를 사전에 발표한다. 일본 서해안에서 규모 7.0 이상의 지진이 발생하면, 두 시간 후 동해안에 지진해일이 발생한다. 동해안 바닷가에는 대피 방송 시설이 되어있다. 안내 방송에 따라 관광객이나, 해안 지역 주민은 높은 지대로 대피한다. 해안도로는 유실이 있을 수 있어서 피해야 한다. 대양에서 지진해일은 큰 문제가 없으므로 선박은 항구로 복귀하지 않는 것이 좋다.

사례2_산불

　산불은 산림청 소관이다. 산림청과 지방자치단체가 주로 헬기를 사용해 진화한다. 지방자치단체는 산불이 잦은 계절에 집중해서 계약을 통해 확보한 헬기를 이용하여 산불을 진화한다. 소방청은 일원화해서 관리하겠다고 하고, 산림청은 독립적으로 운영해야 할 특수성이 있다며 해묵은 논쟁을 해왔다. 지금까지는 산림청의 의견에 따라 각각 자기 영역에 대한 화재 진압을 책임지고 있다. 산불은 11월부터 이듬해 5월까지가 조심해야 할 기간이다. 건조할 때 마른 나뭇잎은 불길을 쉽게 번지게 한다. 겨울에도 눈이 적을 때는 산불에 노출된다.

　우리나라보다 훨씬 강한 산불 피해를 보는 호주, 캐나다나 미국에서는 며칠씩 산불이 나서 상당히 많은 인명 피해가 나기도 한다. 산불이 발생해 2009년 9월 호주에서 173명이 사망했다. 그 뒤 2019년 가을 호주에서는 6개월 동안 사상 최악의 산불 사태가 발생했다. 산불로 남한 면적보다 넓은 땅이 불에 탔고, 33명이 사망했으며 코알라 1만 마리를 포함하여 10억 마리 이상의 동물이 희생되었다.

　미국 캘리포니아에서는 9~10월 기간에 대형 산불이 연례행사처럼 발생해 왔다. 2018년에는 11월 8일부터 산불이 3주 동안 이어졌다. 이로 인해 1,600여 채의 집이 전소되었고 85명이 사망, 실종자가 600여 명에 이른다. 캘리포니아 전력회사가 책임을 인정하고 약 12조 원의 배상 과정에서 파산했다. 또한 2020년 7월 말부터 사상 최악의 산불이 발생하여 10월까지 사망자 37명, 7,500채 이상의 건물 전소 등 막대한 피해를 남겼다.

우리나라도 강원도 삼척이나 고성에서 산불이 발생해 온 나라가 비상이 걸린 적이 있다. 바람이 강하면 특히 빨리 번진다. 2013년 3월 10일 포항에서 산불이 났을 때 바람이 강해서 민가가 타고 산이 타는 일도 있었다. 소위 도깨비불이라고 불씨가 바람에 날려 급속도로 번진 것이다.

2005년 양양 산불 때 진화에 참여한 공무원은 산불이 하늘 높이 솟아오르면서 초속 20m의 바람을 타고 이 산 저 산으로 마치 미사일처럼 날아갔다고 전했다. 200~300m씩 날아가는 불꽃은 차량 이동속도보다 빨랐고 평소 1주일 걸려야 번질 거리가 2시간도 채 안 걸렸다고 했다.

산불이 난 경우 바람이 불면 매우 빠른 속도로 번지기 때문에 바람이 부는 방향으로 신속히 대피한다. 그리고 산불보다 낮은 곳으로 대피해야 한다.

산불은 주로 헬기로 진화하고, 어느 정도 산불이 잡히면 지방자치단체 공무원들과 군인들이 삽과 분무기를 이용해서 잔불을 정리한다. 다시 산불이 살아날 수 있는 불씨를 찾아 흙으로 덮고 물을 뿌려 완전히 진화한다.

바람이 부는 날 산불은 날아다닐 정도로 빠르게 번지기 때문에 주의해야 한다. 삶의 터전을 지키려다 목숨을 잃는 경우가 허다하다. 가능한 한 멀리 대피해서 안전을 도모하는 것이 상책이다. 무엇보다 인명 보호가 최우선이다.

사례3_ 산사태

2011년 7월 26~28일 장마 전선이 우리나라를 오르락내리락하면서 연일 비를 뿌렸다. 3일간 지속적으로 내린 500mm의 비로 지반은 빗물이 스며들어 젖어 있었다. 당시 안전행정부 상황실장으로 근무하면서 이 상황을 주시하고 있었다. 장마 전선은 서울을 관통한 상태에서 거의 정체를 보인 가운데, 서해안에서 불어오는 바람이 구름을 몰고 깔때기처럼 장마전선에 비구름을 몰아넣었다. 매우 드문 일이었다. 어마어마한 비가 내렸다. 서울이 물바다가 됐다.

27일 새벽부터 시간당 강수량이 30mm가 넘는 기습 폭우가 쏟아지고 서울에만 하루에 301mm가 내렸다. 서울이 물바다가 되면서, 강남에 물난리가 났고 주택과 도로 침수가 발생했다. 이때 우면산 산사태가 엄청난 규모로 발생했다. 토사와 흙탕물이 아파트 3층 높이까지 들이쳤고 진흙은 지하 주차장을 밀고 들어왔다. 역대 최악의 서울 지역 산사태가 발생한 것이다. 18명이 사망 또는 실종 되었다. 우면산은 사유림이 많아 사방구조물이 비교적 적었고 숲 가꾸기 등 산지 관리도 취약했다.

대개의 산사태는 폭우로 바로 발생할 수도 있지만, 연이은 비로 지표면이 충분히 젖은 상태에서 비가 많이 내려 발생하는 것이 일반적이다. 이러한 조건에 해당되면 집을 떠나 다른 곳으로 단기간 대피해 지내다 안전해지면 귀가하는 것이 좋은 방법이 될 수 있다. 토질과 암반이 흘러내리는 급경사 지역은 대피 계획을 미리 알아두는 것이 좋다. 산사태 예상 방향과 멀어지는 방향의 높은 곳으로 피신한다. 대피할 때 가스나 전기를 차단하고, 나무나 건물이 밀집한 곳으로 피한다.

우면산 산사태가 나던 26~29일 경기 양평군과 강원도 화천군에서도 산사태가 났고 사망자 62명, 실종 9명, 3,050여 명의 이재민이 발생했다. 농지 침수, 정전, 급수 중단, 12만 마리의 가축이 죽고, 도로와 철로 유실 피해를 입었다. 산사태가 난 뒤 분석에 의하면 무분별한 공원과 산길 개발, 사방구조물의 부족 등이 피해를 키운 것으로 지적되었다.

산림청에서도 해마다 겪는 산사태의 정확한 예측과 예방을 위해 노력하고 있다. 산사태로부터 안전한 곳은 어느 곳도 없기 때문에 우리 모두가 예방 노력을 해야 한다. 비가 지속적으로 내리면 일단 산사태 발생 가능성이 높아진다. 지하 암반과 흙의 경계가 분리되기 쉽기 때문이다.

지구 온난화로 인한 기상이변은 집중호우의 증가와 산사태 예측 불가를 초래하기도 한다. 산지 토양 내부의 정보를 정확히 알 수 없다는 것도 산사태 예측 정확도를 떨어뜨린다. 산사태 위험지도가 정확하다고 보기 어려운 이유다.

사례4_적조와 녹조

적조는 여름에 생기는 조류로, 바닷물을 붉게 변하게 하는 갈색 조류가 과다 증식한 것이다. 녹조와 유사한 현상으로 용존 산소 부족 때문에 물고기 폐사가 발생한다. 주로 장마 후 맑은 날 발생한다. 이 적조는 물고기들의 아가미를 통과하지 못한다. 적조 끝에 못처럼 생긴 부분이 아가미에 걸리게 되므로 물고기들이 숨을 쉬지 못하여 폐사하는 것이다. 적조는 순식간에 바다에 번지기 때문에 양어시설의 물고기들이 집단 폐사하게 된다. 어류가 집단 폐사할 경우, 악취가 심하게 발생하고 건져내서 묻어야하기 때문에 어부들의 고생이 이만저만이 아니다. 손해도 크고 사후처리도 어려운 것이다.

우리나라 인공 양어 시설은 전남 여수, 경남 통영에 집중되어 있다. 적조가 기승을 부릴 때는 여수와 통영이 단골로 신문, 방송에 보도된다. 적조가 많아지면 바닷물에 산소를 공급하기 위해 배로 바닷물을 저어주는 것도 방법이다. 황토를 뿌리는 것도 적조 감소에 도움이 되기 때문에 황톳물을 바다에 뿌리는 방법도 사용한다.

적조는 해양수산부, 녹조는 환경부와 지방자치단체가 담당한다. 녹조와 적조는 가정 하수나 공장의 영양염류가 대량 유입되어 식물성 플랑크톤이 급격히 증가하는 현상이다. 적조는 바다에서, 녹조는 하천에서 발생한다. 적조는 적색을, 녹조는 녹색을 띤다는 점을 제외하면 본질적으로 같은 현상이다. 녹조는 유속이 느린 하천이나 호수에 주로 나타난다. 녹조가 물의 표면을 덮어 햇빛이 차단되고 물의 용존 산소가 부족해 물고기 등 수중생물이 폐사할 수 있다. 따라서 예방을 위해서는 영양염류를 제거해야 한다.

나는 구미 불산 누출 사고에서 교훈을 얻어 군부대나 국방부의 재난 대응 참여가 적극적으로 이루어져야 할 필요성을 기회가 될 때마다 늘 주장해 왔다. 이러한 적조처럼 한 순간에 반짝하는 자연 재난에도 효과적이다.

경남 수산국장이 체험했던 적조 재난은 군부대가 아주 도움이 되었다고 한다. 적조가 급격히 번지자 내가 교육 중에 강조한 것이 생각나서 군부대에 지원을 요청하는 노력을 했다고 한다. 해병대가 와서 악취를 풍기는 폐사한 물고기를 건져내 주고, 육군은 땅을 파서 묻거나, 아직 폐사한 지 얼마 안 되는 물고기는 사료공장으로 옮겨 주었다. 해병대와 육군 부대 지원이 없었다면 며칠씩 해도 쉽지 않을 일을 짧은 시간 안에 말끔히 처리해 주었던 것이다. 해군은 어민들보다 훨씬 큰 배를 가지고 있다. 해군의 군함들이 바닷물을 효과적으로 저어주어 적조를 줄이는 데 큰 도움이 되었다. 해양경찰이 가진 배중에는 바닷물을 공중으로 쏘아 올리는 것도 있었다. 적조 시 바닷물에 산소를 공급하는 데는 적격이었다.

군인은 우리 사회의 가장 좋은 인적 자원이다. 재난 시에 일시적으로 많은 인력과 장비가 필요할 때 국방부 군대 조직이 큰 도움이 된다. 20대 초반의 건강한 군인들은 우수한 국방장비까지 갖추고 있어서 재난이 발생했을 때 이들의 도움은 필수적이라고 생각한다. 군부대도 국민에게 도움을 줌으로써 긍정적 평가를 받기 때문에 군사작전에 차질을 주지 않는 범위에서 국민에게 봉사할 기회를 반가워할 것이다.

2012년부터 국방부 재난 분야의 간부들을 만날 때마다 재난 시 군부대가 참여해야 한다고 설득했지만 고개만 끄덕일 뿐이었다. 이를 몇 년간 계속했다. 듣지 않아 실망도 했지만 국방부가 회의에 오기만 하면 줄곧 설득했다. 그러던 어느 날 국방부가 '전군 재난관련 지휘관 회의'를 한다고 해서 놀랐다. 매년 두 차례씩, 6개월에 한 번씩 한다는 것이다. 이는 아주 모범적인 재난 대비로서 바람직하고 적극적인 재난 관리라 하겠다. 다른 부처도 국방부처럼 국민의 생명과 재산을 지키는 재난관리를 위해 6개월 단위로 재난 관련 간부 워크숍을 개최해야 한다. 교육과 토론을 통해 전문성을 높임으로써 각 부처 소관 재난의 예방, 대비 및 대응에 적극적인 자세로 임해야 할 것이다.

사례5_재선충

재선충은 소나무를 파괴한다. 소리 없는 살인마처럼 국토의 침엽수 종류에 말라죽는 병을 퍼뜨린다. 소나무 재선충은 소나무, 잣나무, 해송 등에 기생해 나무를 갉아먹는 1mm 내외의 실 같이 생긴 선충이다. 재선충은 육안으로 볼 수 없고 현미경을 통해서만 볼 수 있는 미세한 벌레다. 솔수염하늘소가 매개체인데 이 솔수염하늘소는 몸 안에 재선충 수 만 마리가 살고 있다. 솔수염하늘소가 소나무를 뜯어 먹을 때, 재선충은 솔수염하늘소의 침을 타고 소나무로 옮겨진다. 소나무에 들어간 재선충은 기하급수적으로 증식한다.

재선충이 퍼지는 것은 인간의 힘으로 막기 힘든 그 무엇, 말하자면 자연의 섭리라는 생각이 든다. 산림청 내부에서도 재선충 박멸이 어렵다는 견해와 예산이 문제일 뿐 예산만 있다면 얼마든지 퇴치할 수 있다는 의견이 맞선다. 재선충은 스스로 이동이 어렵기 때문에 힘을 모아 노력하면 완전 박멸이 가능하다는 것이다. 또 다른 의견은 자연의 섭리이기 때문에 확산을 최대한 지연시키는 것은 좋으나, 완전 박멸하고자 노력하는 것은 일본의 사례가 보여주듯이 헛수고이고 국고 낭비라는 견해다. 1900년대 초에 일본에서 처음으로 재선충이 발견되었고, 우리나라는 1988년 부산 금정산에서 나온 것이 처음이었다.

재선충 한 쌍은 20일이면 20만 마리로 늘어나니, 3주쯤 지나면 소나무의 수액, 즉 물이나 양분이 흐르는 수관을 막을 정도로 번식한다. 소나무는 말라죽기 시작한다. 솔수염하늘소가 소나무 잎을 먹고 나서 약 4주면 소나무가 죽는다. 죽은 소나무에 솔수염하늘소는 알을 낳는다. 살아

있는 소나무에는 송진이 있어서 솔수염하늘소의 알이 죽어버린다. 솔수염하늘소는 11월부터 3월까지 추운 계절에는 알만 남기고 모두 죽는다. 알이 죽은 소나무에서 동면을 하고 봄이 오면 세대교체와 종족 번식을 하는 것이다.

겨울에 재선충에 감염되어 말라죽은 소나무를 수거해서 태우거나 가루로 파쇄하고 혹은 화학약품 처리를 해서 재선충을 죽일 수 있다. 재선충은 자발적으로는 다른 나무로 옮겨갈 수 없다. 날개도 없고 다리도 없는 세균 같은 벌레이기 때문이다. 솔수염하늘소가 재선충을 옮겨줄 때만 다른 소나무에 옮겨진다. 소나무의 수액을 먹으면서 급속도로 번식해서 소나무를 죽게 만든다. 죽은 소나무는 솔수염하늘소 알이 자라는 토양이 된다. 겨울을 알 상태로 보내고 봄이 오면 솔수염하늘소는 다시 재선충을 다른 나무로 옮기며 죽은 소나무에 알을 낳아 번식하는 공생관계가 된다.

현재까지 밝혀진 바에 의하면, 재선충은 미국에서 100년 전쯤 일본으로 건너왔다. 일본도 우리나라와 같이 소나무를 사랑하는 나라다. 그래서 일본도 소나무를 구하고자 재선충 박멸에 온 힘을 쏟았지만 실패했다. 재선충은 우리나라와 중국에 상륙해서 많이 번졌지만 우려했던 만큼 소나무가 많이 죽지도 않아 다행이다.

사례6_폭우와 폭설

짧은 시간에 많은 양의 집중호우가 내릴 때는 저지대보다 고지대로 안전한 곳을 찾아 대피해야 한다. 호우에 안전한 곳에 사는 경우에도 호우나 태풍이 닥쳤을 때 경보·특보가 발령되면 가급적 외출을 자제하고 기상 상황을 파악해야 한다.

특히 태풍은 강풍과 호우를 동반하기 때문에 피해가 크다. 이때는 가급적 야외 활동을 자제해야 한다. 여름철 장마전선과 태풍 내습 시 주로 발생하는 호우는 침수와 산사태로 인한 피해를 발생시켜 예측이 어렵다. 호우는 홍수의 원인이 된다.

계곡물은 치명적인 산지 돌발 홍수를 만들어 아무도 예상치 못하는 무서운 사고를 일으킨다. 높은 산은 비도 많이 내린다. 1998년 지리산에서 7월 31일부터 8월 1일까지 내린 232mm 비는 95명의 인명 피해를 냈다.

야영은 지정된 장소에 텐트를 설치하고 장마철에는 위험한 지역을 피한다. 일시적으로 불어난 계곡물은 물살이 빠르기 때문에 횡단을 해서는 안 된다. 하천 근처는 급류에 떠내려 갈 수 있으므로 접근을 피하고 계곡도 물이 급격히 불어나기 때문에 높은 곳으로 대피한다.

우리나라에서 눈사태는 없지만 폭설은 가끔 발생한다. 영동 지방에 폭설이 내리는 경우가 많다. 2011년 2월 12일 강원도 동해안 지역에 폭설이 70~80cm 내리고 강릉시, 동해시와 삼척시는 1m 10cm가 내려 교통 대란이 발생해 지역 전체가 마비되었다. 국도를 이용하던 차량들은 최소 6시간에서 많게는 20시간 고립되었다. 차량은 고속도로에 버려둔 채 탈출하는 사람도 많았다. 고립된 가옥도 많았다.

이 폭설 대란에는 인근 군부대, 특히 23사단이 적극 나서서 많은 도움이 되었다. 지금은 국방부가 재난에 적극 개입하지만 당시에는 시스템이 안 되어 있었다. 그럼에도 불구하고 23사단은 고속도로에 눈을 치우고 고립된 차를 구하는 노력을 했다. 이는 국방부와 군부대가 재난에 적극 참여해야 한다는 생각을 갖게 된 계기가 되었다. 불산 사고 같은 사회 재난부터 자연 재난에 이르기까지 많은 경우 군인이 중요한 기여를 할 수 있다. 국민의 생명과 재산을 지킨다는 점에서 국방과 재난관리는 공통점이 있다.

당시 소방 헬기는 작아서 바람이 불면 뜨기가 어려운데 국방부 군용 헬기는 대형이어서 바람이 아주 강하지 않는 한 뜰 수 있었다. 고립된 지역에 물과 빵 등을 긴급 지원하는 데도 주로 국방부의 헬기가 사용되었다.

2014년 경주 마우나 리조트 붕괴 사고의 원인도 눈이 많이 내려 적설 하중을 견디지 못하고 건물이 무너진 것이다. 폭설은 많은 양의 눈이 내리는 현상으로 소나무들이 부러지는 원인이 되기도 한다. 눈이 쌓이면 문제가 될 수 있기 때문에 사고가 나기 전에 미리 치우는 노력과 관심이 필요하다.

사례7_바이러스

| AI(조류 인플루엔자)와 | 구제역

　AI와 구제역은 제도 개선이 필요하다는 의견이 많아 점차 개선 중이다. AI 발생은 연례행사가 되었다. 미국, 일본은 발생 농가만 살처분을 하는데, 우리는 500m 이내를 모두 살처분해서 지나치다는 평가를 받았다.

　대부분의 축산 농가도 방역에 대한 인식이 부족하고 정부가 손해를 보전해 주는 제도 때문에 방역이 소홀하다는 지적을 받았다. 축산 농가별로 보험도 가입하고, 정부도 손해 보전을 해주는 상황이 적극적 개별 방역 추진에 대한 필요성을 절박하게 느끼지 못하게 하는 것이다.

　조류 인플루엔자나 구제역이 발생하면 축산 농가 근처에 가지 말아야 한다. 바이러스나 균을 옮길 수 있기 때문이다. 중증 급성 호흡기 증후군(사스), 신종플루, 중동 호흡기 증후군(메르스) 같은 호흡기 증후군은 가급적 여러 사람이 있는 곳을 피하고 자주 손을 씻는다. 외출을 자제하는 것이 좋고 외출 시에는 마스크를 착용한다.

　코로나19가 전 세계를 뒤흔들며 많은 사망자가 발생했다. 이를 극복하기 위해 힘든 과정을 겪으며 마스크 사용, 손 씻기, 사회적 거리두기 등을 배웠다. 이러한 방법들은 AI와 구제역 확산 방지에도 도움이 된다.

메르스와
신종플루, 사스

호흡기 관련 질병이 6년 간격으로 우리나라에 찾아왔다. 2003년 사스(SARS, Severe Acute Respiratory Syndrom, 중증 급성 호흡기 증후군)로 인해 약 7개월 동안 32개국에서 8천여 명의 환자가 발생했고 그 가운데 774명이 사망했다. 그로부터 6년 뒤인 2009년, 미국에서 발생해 전 세계로 확산된 신종플루로 우리나라 확진자가 75만 명, 그 가운데 적어도 270여 명이 사망했다. 당시 사회 재난 최초로 중앙재난안전대책본부를 운영하였다.

다시 6년 뒤, 2015년 메르스(MERS, Middle East Respiratory Syndrome, 중동 호흡기 증후군)의 경우 사망자는 36명이었지만 국가 전체를 흔들었다. 중동에서 온 호흡기 증후군은 높아진 국민의식과 안전의식으로 대단히 큰 반향을 일으켰다. 우리나라에서는 2015년 5월 20일~7월 28일 기간 동안 메르스가 유행했다. 186명이 확진 판정을 받아 38명이 사망했다. 지금도 중동 지역을 중심으로 산발적으로 발생한다.

서울 S병원의 병원장이 호흡기 내과의 국내 권위자라는 명성답게 최초로 메르스 환자를 밝혀냈다. 그러나 뒤이어 들어온 메르스 환자를 구별해내지 못했다. 그 환자는 응급실에 입원해 서울 S병원 곳곳으로 돌아다니면서 많은 사람을 감염시켰고 병이 확산하는 원인을 제공했다.

코로나19

2019년 말경 중국 우한시에서 발생해 아시아로 확대되고, 유럽과 미국 등 전 세계로 확산하였다. 코로나19는 신종플루보다 빠르고 독하다고 한다. 감염 초기, 증상이 경미할 때 바이러스를 많이 배출하는 특성에다 치료제가 없어서 치사율도 1% 가까이 나오는 등 상황이 심각했다.

코로나19는 대부분의 확진자가 경미하게 끝났지만 일부는 빠르게 중증 폐렴으로 진행되었다. 코로나 바이러스는 목에서 자라는데 일정 기간이 지나면 폐로 내려간다. 목에서 끝나면 다행이고, 폐로 내려가면 폐렴으로 발전해 이것이 악화하면 사망하는 것이다. 생강차 마시기, 사우나, 따뜻한 물 마시기 등 가짜 예방법도 인터넷을 타고 기승을 부렸다.

현재로선 손 씻기, 마스크 착용이 최선이다. 병원에서도 일일이 체온 검사를 한다. 코로나19는 쉽게 끝나지 않았다. 감염자의 일부는 무증상이라 걸린 줄도 모르고 퍼뜨리며 돌아다녔다. 증상에는 발열도 있지만, 식욕 감퇴, 피로감이 느껴지는 정도의 증상도 있다. 우리나라 코로나19 사망률은 백신 등장 이후 다소 둔화하고 있지만 여전히 많은 이가 두려워하고 있다.

우리 국민은 미세먼지 때문에 마스크 착용에 익숙해 있었지만, 남에게 바이러스를 혹시 옮기지 않을까 하는 이기적 이타주의도 잘 실천한 덕에 코로나 방역은 잘 되었다.

독감은 항체가 생긴 사람이 많아 계절적으로만 유행하는데 코로나19는 외부 환경보다 사람 간 전파를 통해 계속해서 발생하고 있다. 사람 간

실내 전파가 감염의 주요 원인이다. 마스크 착용과 손 씻기는 다른 감염병의 유행도 막아주어 효과가 있으나, 경제 활동이 어려워지고 특히 자영업자들이 어려움을 겪는 부작용은 더 큰 문제가 되고 있다.

콜레라

콜레라는 1817년 인도에서 처음 발생했는데 역사적으로 코로나와 비슷한 현상이었다. 원래는 갠지스 강 유역의 풍토병이었으나, 1817년 유행하면서 전 세계로 퍼졌다. 이후 전 세계적으로 6차례 대유행을 통해 수백만 명의 목숨을 앗아갔다.

콜레라는 원인균이 인체에서 6시간~5일의 잠복기를 거쳐 설사와 구토, 발열, 복통을 일으키고 이를 통해 사람이 죽는다. 당시 사망률이 높아 공포의 대상인 병이었다.

1차 대유행은 1817~1824년에 일어나 주로 인도, 중국, 우리나라(1821년 유입) 등으로 확산되었다. 1830년 이후 제2차 대유행 때는 모스크바, 폴란드, 독일, 영국, 아일랜드, 미국, 캐나다, 멕시코, 이슬람 국가 등 전 세계가 콜레라로 고통을 겪었다.

점차 수세식 화장실이 보급되었지만 당시 대부분의 인분이 강으로 버려져 수인성 전염병은 속수무책이었다. 근대 상수도와 하수도 시설이 보급되고, 1883년 콜레라균 발견, 1893년 콜레라 백신 개발로 예방접종이 일반화 되었다.

우리나라와 외국의 재난 관리 비교

| 일본 |

자연 재난을 비교한다면, 우리나라는 일본에 비해 크게 복 받은 나라다. 일본은 지진 발생이 9.0 이상 규모까지 가능하고, 우리나라는 규모 6.5 이하까지 발생할 수 있다는 것이 전문가들의 의견이다. 지진 규모 면에서 보자면, 9.0 이상과 6.5 이하는 4천 배 이상의 에너지 차이가 있다.

또 일본은 110개의 활화산이 있는 반면, 우리나라에는 활화산이 없다. 휴화산인 백두산과 한라산 두 개가 있을 뿐이다. 백두산은 마그마가 지하에 있고 폭발성이며, 천지에 물까지 가득 차있어 화산이 폭발한다면 피해가 클 것으로 전문가들은 보고 있다. 그러나 한라산은 마그마의 존재도 안 보이고 화산이 폭발해도 백두산보다 피해 규모가 작을 것으로 예상된다. 백두산은 일본의 후지산과 같이 위험한 휴화산으로 분류된다. 그러나 백두산 화산이 폭발해도 남한 지역에 대한 피해는 거의 없고 일본에는 화산재로 인한 피해가 있을 것으로 예측되고 있다. 그 이유는 백두산이 946년 대폭발을 한 적이 있는데 당시의 화산재가 남한에서는 발견되지 않고 일본에서 발견되고 있기 때문이다.

일본은 지진 규모가 크기 때문에 그에 비례해서 지진해일, 즉 쓰나미의 규모도 크다. 동일본 대지진 피해의 대부분은 지진해일에 의한 피해다. 지진 규모가 클 때 지진해일 피해는 클 수밖에 없다.

반면 우리나라는 지진해일 피해가 적다. 지진 발생이 주로 일본의 동해안에 위치한 환태평양 지진대에서 일어나기 때문이다. 동일본에서 발생한 지진해일에 일본 땅이 우리나라를 지켜주는 방패 역할을 하고 있는 것이다.

북해도나 노토 반도에서 발생하는 지진해일이 우리나라에 영향을 줄 수도 있다. 북해도 쪽에서 발생한 지진해일이 우리나라 동해안에 도달하기까지는 약 두 시간 가까이 걸리기 때문에 힘도 약해지고 그 사이 대피가 가능하기 때문이다. 일본 서해안에서 규모 7.0 이상의 지진이 발생했을 때 우리나라에 영향을 준다.

일본의 아래쪽 오키나와 등지에서 7.0 이상 대규모 지진이 발생해서 지진해일이 오는 것은 더 어렵다. 오키나와와 우리나라 사이에는 해구가 길게 있기 때문이다. 바다 밑에 천연 방어벽이 있는 셈이다. 지진해일은 이 해구를 넘을 때 많이 약화한다는 사실을 과학자들이 실험을 통해 증명했다. 더구나 남해안은 대륙붕이 발달되어 있어 지진해일이 우리나라에 피해를 주기가 어렵다.

재난 영화 〈해운대〉는 대한해협에서 발생한 지진에 의해 만들어진 지진해일이 불과 수 분 만에 부산 앞바다에 도착하면서 벌어지는 여러 가지 상상을 다루었는데, 과학적으로 실현되기 어려운 지진해일을 가정한 것이다.

결론적으로 우리나라에서 지진해일이 발생할 확률은 낮고, 일본에서 발생하기 때문에 우리나라에 도착하기 두 시간 전쯤에 미리 알고 방송을 하게 된다. 동해안 바닷가에는 지진해일 발생을 대비한 방송시설이 있다. 방송에 따라 고지대로 대피하면 된다.

태풍도 일본은 대표적 위험 지역이다. 태평양에서 매년 20~30개 태풍이 발생하고 그 중 우리나라와 일본에 직간접적인 영향을 미치는 것은 대략 열 개 정도인데, 우리나라에는 직접 영향을 미치는 일이 매우 드물고 대부분 간접 영향을 미친다. 그러나 직접적으로 영향을 줄 때는 피해가 크다. 그 예로 1959년 '사라'가 849명의 사망자를 냈고, 2002년 '루사'도 246명 사망·실종에 경제적으로 5조 원이 넘는 피해를 주었다. 2003년 '매미'는 131명 사망·실종에 4조 원이 넘는 피해를 남겼다.

일본은 매년 예닐곱 개의 대형 태풍이 직접적 영향을 미치며 본토를 지나가지만 상대적으로 피해는 많지 않다. 매년 태풍 피해를 보기 때문에 예산 투입을 통한 예방과 사전 대비를 철저히 한다.

태풍은 가끔 우리나라에 큰 영향을 미치는데 이때는 가급적 집안에서 태풍이 지나가기를 기다리는 것이 안전하다. TV나 라디오의 일기예보가 미리 알려주기 때문에 태풍이 제주도에 오기 3~5일 전부터 어느 길로 지나갈 것인지를 대충 알 수 있다. 태풍의 크기, 중심기압, 바람의 세기, 몇 시에 어느 길로 지나가고 어디서 소멸할 것인지를 미리미리 예보해 준다.

태풍의 진로에 들 경우 태풍 경로의 오른쪽 지역은 왼쪽 지역보다 비바람이 강하기 때문에 피해가 크다. 따라서 피해를 줄일 수 있도록 지방자치단체의 요청에 따라 대비를 철저히 해야 한다.

요약하면 일본의 자연 재난은 세계적으로 가장 위험하다. 반면에 이웃한 우리나라는 일본과 비교할 때 상대적으로 매우 약하다. 지진과 지진해일은 일본 동해안이 가장 위험한 지역이고 태풍도 매년 강하게 지나가는 곳이다. 일본은 그만큼 많은 예산과 노력을 기울여 자연 재난을 예방하고 대비하며 살아간다.

미국

재난 발생 시 대규모 단일 통신망이 없어서 재난이 커진다는 것은 오해의 소지가 있을 수 있다. 세월호에 통신망이 부족한 것이 아니었다. 해양경찰 소속 선박에는 육군, 해군과 교신할 수 있는 무선통신 시설은 물론 해양수산부, 해운항만청, 민간해운조합 등과 연결된 무전기가 조타실에 배치되어있다.

미국 9·11 테러에서도 소방이 많이 희생된 이유에 대해 재난 통신망이 없어서였다는 이야기가 있었다. 당시 미국 경찰은 통신망이 잘 갖추어져 희생자가 거의 없었는데, 소방공무원들은 많이 희생된 것이 그런 이유 때문이라는 것이다. 하지만 9·11 테러 최종 보고서에서 이에 관한 내용은 찾지 못했다.

2001년 9월 11일 미국 뉴욕의 110층 세계무역센터 쌍둥이 빌딩과 워싱턴의 국방부 건물에 대한 항공기 동시 다발 자살 테러 사건이 발생했을 때 소방의 희생이 컸다. 그 이유는 경찰은 출입 차단을 위해 건물 외곽에 폴리스 라인을 치고 통제하기 때문에 희생이 적었고, 소방은 신고를 받고 초동 대응을 위해 건물로 진입했기에 희생이 컸던 것이다. 당시 비행기가 건물과 부딪혀서 화재가 발생했다. 화재 진압과 구조·구급을 위해 건물로 뛰어드는 것이 소방의 중요한 임무인데 그 과정에서 건물이 무너지는 바람에 많은 희생자가 발생했다. 소방의 통신망은 아무 문제가 없었다.

소방공무원은 구조·구급 기관의 구성원으로서 화재 현장에 가서 화재를 진압하고, 구조, 구급, 수색, 위험물 제거라는 임무를 수행한다. 비행기가 빌딩에 부딪혀 대형 화재가 발생한 상황이었기 때문에 구조·구급을 하러 들어간 것이다. 이것이 소방공무원의 중요한 임무다. 그때까지는 철골조 건물이 무너지리라고 누구도 예측하지 못했다. 무너지고 나서야 왜 무너졌는지 설명을 한 것이지 붕괴 사고가 날 때까지는 그 큰 건물이 속수무책으로 그렇게 빨리 무너지리라고 그 누구도 예측하지 못했다.

재난은 사태가 커질 때까지는 어떻게 대규모 사태로 갈지 모르는 경우가 많다. 사고가 나면 사후 약방문식으로 이런 저런 설명을 하거나 비난을 하는 사람은 많다. 그러나 급박한 사고 현장에서는 누구도 이성적 판단과 과학적 계산을 정확하게, 그것도 빠르게 해내기는 어려운 것이다.

재난이 나면 경찰은 질서와 치안 유지가 주요 임무이다. 접근 금지라는 폴리스 라인을 지키도록 해서 무질서하게 재난 현장으로 접근하는 사람들을 막는다. 당연히 쌍둥이 빌딩의 외부에서 질서를 유지했기 때문에 건물이 무너질 때 희생자가 적었던 것이다. 미국의 소방이나 경찰이나 모두 자체 비상 통신망이 잘 구축되어 있다. 9·11 테러 사건 때도 모두 활용되었다.

대구 지하철 사고 당시에 재난통신망이 없어서 재난이 컸다는 말이 있었다. 2003년 사고 당시 현장에 참여했던 소방대원 10여 명을 수소문해서 2013년 개별 면담을 했다. 소방대원들이 증언하기를 대구 지하철 화재 사고 시 통신에는 아무런 장애가 없었다고 한다.

기관사 간 통화도 가능했다. 그럼에도 불구하고 원래 불이 났던 기관차가 한참 불에 타고 있을 때 반대편에서 기관차가 들어온 것은 잘못된 소통이 부른 재앙이다. 지하철은 당초부터 사령실과 기관사 간에 수시 통화가 가능했다.

재난통신망의 가장 큰 문제는 개발에 비용이 많이 들어가고, 모든 재난 기관이 통신망을 공유하는 것이 쉽지 않다는 것이다. 초기 대응자인 소방이나 경찰이 자기들의 재난 대응 상황을 생중계하는 것에 대해 꺼릴 가능성이 높다. 생중계가 되었을 때 초기 대응의 문제점이 있을 경우, 쉽게 드러나게 될 것이기 때문이다. 만약의 경우 잘못이 드러날지도 모른다는 불안 때문에 재난통신망 사용에 소극적이게 될 수 있다. 재난 관리가 끝난 뒤에는 서로 상대 기관의 잘못을 부각하는 자료로 이용할 수도 있다. 한편 국민의 입장에서는 바람직할 수도 있다. 재난통신망이 일원화되면 어느 기관의 대응이 소홀했는지가 쉽게 드러나기 때문이다.

이와 같이 재난통신망이 안 되어 대구 지하철 사고가 커졌다거나 미국 9·11 테러 시 소방공무원의 희생이 컸다는 주장은 사실무근이다. 이런 잘못된 주장을 하는 사람들은 그럴듯하게 말을 만들어 확대 재생산한다.

기타 안전사고
유형별 행동 요령

안전사고란 일상생활에서 생활, 범죄, 교통, 산업, 시설, 식품안전, 화재 등 기타 안전 부주의로 인한 사고를 말한다. 재난은 대규모이거나 사회적 파장이 큰 안전사고인데 비해, 안전사고는 재난은 물론 비교적 규모가 작거나 사회적 파장이 작은 경우까지 포함하는 개념이다. 안전사고와 재난의 경계는 매우 모호하다. 재난이라 할 수 없는 안전사고를 여기에서 살펴보고자 한다.

안전은 인간의 생명과 신체를 지키고, 재산과 환경을 보호하는 중요한 가치다. 안전은 개인의 삶은 물론 사회 전체의 발전과 번영에 필수적인 요소다. 안전은 개인과 국가의 노력이 모두 필요하다. 개인은 안전에 대한 의식과 책임을 가지고 안전한 행동을 실천해야 한다. 국가는 안전에 대한 투자와 지원을 확대하고, 안전문화를 확산해야 한다. 개인은 안전에 대한 교육을 받고, 안전수칙을 준수해야 한다. 안전사고의 위험성을 인식하고, 이를 예방하기 위한 노력을 기울여야 한다.

또한 재해, 사고 등으로부터 재산을 보호함으로써 경제적 손실을 막고, 환경을 보호함으로써 지속 가능한 발전을 이룰 수 있다. 안전한 사회는 사회 구성원 모두가 행복하고 생산적으로 살아갈 수 있는 사회다.

안전은 크게 물리적 안전과 정신적 안전으로 나눌 수 있다. 물리적 안전은 신체적 피해로부터 보호하는 안전을 의미한다. 사고, 재해, 질병 등으로부터 신체를 보호하는 것이다. 정신적 안전은 정신적 피해로부터 보호하는 안전을 의미한다. 스트레스, 우울증, 불안 등으로부터 정신을 보호하는 것이다.

안전은 또한 개인 안전, 사회 안전, 국가 안전 등으로 구분할 수 있다. 개인 안전은 개인의 삶을 보호하는 것을 의미한다. 사회 안전은 사회의 구성원 모두를 보호하는 안전을 의미한다. 국가 안전은 국가의 존립과 안전을 보호하는 것을 의미한다.

안전은 인간의 삶과 사회의 발전에 필수적인 가치다. 그러므로 안전을 위한 노력을 지속적으로 이어나가고, 더 안전한 사회를 만들어 나가야 할 것이다. 앞으로는 인공지능, 빅데이터, 사물인터넷 등 첨단 기술을 활용한 안전 기술이 더욱 발전할 것이다. 이러한 기술은 안전사고를 예방하고, 안전을 더욱 강화하는 데 기여할 것이다. 안전에 대한 인식이 높아지고, 안전에 대한 책임의식이 강화되면 안전사고가 줄어들 것이다.

생활 안전은 일상생활에서 발생할 수 있는 각종 안전사고를 예방하고, 안전한 생활을 영위하기 위한 노력을 말한다. 이는 개인의 삶의 질을 높이고, 국가의 발전과 번영을 위해 필수적인 요소다. 생활 안전을 위한 개인의 노력은 안전에 대한 교육을 받고, 안전수칙을 준수하는 것이다. 안전에 대한 교육을 통해 안전사고의 위험성을 인식하고, 안전사고를 예방하기 위한 방법을 익혀야 한다. 또한, 안전수칙을 준수하여 안전사고를 예방해야 한다.

안전사고는 언제 어디서나 발생할 수 있다. 따라서 주변의 위험 요소를 파악하고, 안전사고의 위험성을 인지하여 안전사고를 예방해야 한다. 안전사고를 예방하기 위해서는 안전시설의 확충이 필요하다. 그러므로 안전에 대한 투자를 확대하여 안전시설을 확충해야 한다.

몇 가지 안전 유형별 행동 요령을 알고 있으면 유익하다.

전기

우리에게 필수품인 전기의 사용과 관련하여 안전사고에도 유의해야 한다. 여러 제품을 동시에 사용하면 화재의 원인이 되므로 문어발식 배선은 주의해야 한다. 감전사고 시에는 우선 전원을 차단한 후 피해자를 안전한 장소로 대피시킨다. 전기 충격으로 호흡이 중지되면 구급차를 부른 뒤 인공호흡으로 응급조치를 한다. '고압'이라고 쓰인 전기시설에는 접근을 피한다.

대설

'내 집 앞 눈은 내가 치운다'는 원칙을 모든 국민이 지켜야 한다. 지붕이나 옥상에 쌓여 단단해진 습설은 그냥 두면 위험하므로 안전한 방법으로 치울 수 있으면 최대한 빨리 치운다. 커브길, 고가도로, 교량, 결빙

구간에서는 안전을 위해 서행한다. 부득이 대피할 때는 연락처를 남겨 두고 자동차 키를 꽂아둔다.

태풍과 호우

태풍이 지나갈 때는 안전을 위하여 외출을 삼가고, 물에 잠긴 도로나 교량을 걸어 다니지 말아야 한다. 태풍은 진행 방향의 우측 반원이 좌측 반원보다 비바람이 1.5배 정도 강하다. 침수가 예상되는 지하주차장, 하천변에 주차를 하지 않는 것이 좋다. 주택 주변에 산사태 위험이 있을 경우 미리 대피한다.

호우가 예상되면 급경사 계곡은 피해야 한다. 약 60cm 정도의 수심에도 자동차가 쓸려 내려갈 수 있어 하상도로를 건너지 않는 것이 좋다. 강풍 발생 시 외출을 자제하고, 해안가 접근이나 바다낚시를 자제한다.

화재

아파트 비상 칸막이벽은 통행이 가능하도록 한다. 탈출한 경우 다시 화재가 난 건물로 들어가지 말아야 한다. 대피가 어려운 경우 밖으로 통하는 창문이 있는 방에서 구조를 기다리거나 완강기를 이용한다.

폭염

폭염이 있는 동안에는 야외 활동을 자제하고 물을 자주 많이 마신다. 가능한 한 주변의 무더위 대피소로 대피한다.

낙뢰

벼락이 칠 때 낚싯대나 골프채, 농기구, 등산 스틱, 우산도 위험하다. 가급적 건물 안으로 피하고, 야외의 경우에는 지대가 낮은 곳으로 대피한다.

황사

실외 활동을 자제하고 손을 자주 씻는다. 물을 자주 마시고 호흡기 및 안질환에 유의한다.

어린이 안전사고

어린이에게 위험한 물건은 손이 닿지 않는 곳에 두거나 보이지 않도록 치운다. 모서리가 예리한 가구에는 모서리 보호대를 붙인다. 매트는 미끄럼 방지 처리가 된 것을 구입한다. 수시로 어린이들에게 안전 교육을 한다.

승강기 안전사고

승강기 안전사고가 나더라도 엘리베이터 내부는 밀폐된 공간이 아니므로 질식할 위험은 없다. 119에 구조 요청을 하고 침착하게 기다려야 한다. 엘리베이터의 밧줄(로프)이 끊어져도 비상정지 장치가 있다. 에스컬레이터는 두 줄로 타고, 걸어 올라가지 않는 것이 바람직하다. 만약 사고가 나면 에스컬레이터에 있는 빨간색 비상정지 버튼을 누른다.

농기계

농기계 음주운전은 사고의 주범임을 명심한다. 운전에 방해가 되고

급정지나 급회전 때 튕겨 나갈 수 있으므로, 농기계에 동승자를 태우지 않는다.

물놀이

준비운동을 한 뒤 물에 들어가고, 식사 직후에는 수영을 피한다. 물에 빠진 사람이 허우적거리는 경우 직접 수영을 하여 구조하기는 쉽지 않다. 이럴 때는 구명환 또는 구명줄을 던져 주거나 후면에서 밀어내 준다.

등산

얼음이 녹는 3월 해빙기, 잔설이 남아 있는 봄철 산행은 등산화와 아이젠을 준비한다. 등산은 높은 산일수록 사전에 꼼꼼히 준비한다. 봄과 가을에 높은 산을 갈 경우 바람막이 옷을 준비한다. 산행 전에 일기예보를 확인하고, 무리한 등산은 자제하는 것이 바람직하다. 늦가을과 겨울에는 보온장갑과 방한모, 보온의류, 보온병, 아이젠과 스틱 등을 준비하고 일조시간이 짧으니 늦지 않게 하산한다.

공연장

공연 전에 행사 안내를 하면서 비상사태 발생 시의 행동 요령과 비상구 안내 등 안전교육을 하므로 이를 잘 들어두는 것이 좋다. 대피 요령을 들으면서 실제 상황이 되었을 때 나는 어떻게 대피할 것인지 구체적으로 생각해 두는 것이 바람직하다.

스키를 타기 전에 준비운동을 하고, 자신의 실력에 맞는 슬로프를 선택한다. 속도에 따른 위험이 있어서 생각보다 위험하다. 스키상해보험 가입이 필요할 수도 있다.

뱀이 있을 경우에 대비 등산화나 장화를 착용한다. 벌집이 있을 경우 손대지 말고 119에 신고한다. 벌초를 할 때는 긴 옷과 장화, 장갑 등 보호 장구를 착용한다.

*중대재해처벌법: 우리나라의 경우 재난안전에 대한 의무와 책임이 날로 강화되고 있다. 특히 2022년 1월부터 시행된 중대재해처벌법의 경우 안전 및 보건 확보 의무를 위반하여 사망자 발생 등 중대산업재해 발생 시 사업주 또는 경영 책임자를 처벌하는 것은 파격적인 변화다.

재난안전과 건강의 유사성*

- 재난 인문학 ① -

2022년에 허리디스크로 고생한 적이 있다. 퇴행성 허리디스크다. 초기에는 허리디스크 돌출이었다가 한두 달 뒤 안정화 단계에 들어섰다. 처음에는 이것이 허리디스크인지도 모르고 열흘을 허비했다. 한의원과 정형외과에 다녀도 하루하루 심해져서 대형 종합병원에 갔더니 MRI, 즉 자기공명영상진단을 찍어보고는 허리디스크라고 진단했다. 의대 교수는 간단히 허리디스크라고 했지만 여러 유튜브를 통해 세부 병명까지 알아낼 수 있었다. 그 뒤 허리를 조심하며 살아간다.

몇 해 전에는 보통 사람에겐 드문 병인 이석증을 두 번이나 겪었다. 처음에는 끔찍했다. 잠을 자면서 뒤척일 때 세상이 뱅뱅 도는 느낌이 들었다. 깜짝 놀랐다. 아침에 일어날 때도 어지러운 증상이 아주 기분 나쁘게 느껴졌다. 네이버 검색창에 '돌아누울 때 어지럼증'이라고 치니, 이석증

* 이 글은 저자가 신문에 게재한 칼럼 전문입니다. (윤재철, "재난안전과 건강의 유사성", 《전남일보》, 2022.11.10.)

이라는 단어가 나왔다. 이비인후과 개업의인 친구에게 전화로 설명하니 이석증이라며 가까운 이비인후과에 바로 가라고 했다. 이비인후과에서 치료 시술을 해주어 바로 나왔다. 2~3년 뒤에 두 번째 이석증이 나타났을 때는 병원에도 안 갔다. 아내보고 인터넷에 나온 자가 치료법을 읽어주라고 하고, 그대로 동작을 따라했더니 어지럼증이 나았다.

지금도 몇 년째 천식 약을 먹고 흡입한다. 처음에 어느 대학 병원에서 천식이 아니고 알레르기성 비염이 심화한 것이라고 했다. 관리를 소홀히 하다가 심해지자 다른 대학병원으로 갔더니 심각한 천식이라고 했다. 그때부터 3개월마다 약을 받아와 복용하고 있다. 치료가 되는 것은 아니고, 증상만 완화한다.

이처럼 우리 인간은 여러 가지 질병에 시달리며, 질병과 함께 살아간다. 여기저기가 잠깐씩 아프기도 하고, 오래가는 병도 있다. 현대인은 대부분 건강 최우선을 부르짖으며, 예방 차원에서 운동을 하거나 음식에 신경을 쓰면서 살고 있다.

인간의 몸에 나타나는 병은 재난의 경우와 유사하다. 재난은 안전사고가 커진 경우로 대규모 또는 사회적 파장이 큰 사고를 일컫는다. 경제가 급격히 발전한 우리나라는 개발 연대에 적은 돈으로 빨리 건설하고 부실공사를 많이 한 탓에 재난안전 측면에서 위험 사회라고 할 수 있다. 주위에 많은 안전사고 요인이 널려있다. 재난의 종류는 질병의 종류만큼 많고 발생 형태도 다양하다. 최근 이태원 참사는 우리나라에서는 드문 형태의 재난이었다. 참으로 다양한 것이 재난이다.

예를 들어, 태풍과 같은 재난은 미리 며칠 전부터 기상예보가 된다. 기상청에서 국민에게 태풍의 위치를 알려줄 의무가 있다. 큰 재난이지만 미리 알 수 있고, 그래서 대비를 할 수 있다는 점에서 그나마 다행이다. 우리나라는 일본에 비해 태풍이 대단히 약한 정도이지만, 태풍이 다가오면 많은 공무원이 비상근무에 들어간다. 개인적인 건강관리를 미리 하는 대장내시경처럼 검진 결과를 보고 사전에 대비할 수 있는 경우와 유사하다. 태풍이 불면 그 피해는 엄청나지만, 미리 경고 방송이 나오고 주의 사항을 사전에 알려준다는 점에서 개인 건강관리 차원의 내시경과 유사하다. 언제 어디에 위기가 올지, 재난이 발생할지를 대략 예측해 볼 수 있다.

반대로, 지진은 언제 온다는 경고가 없이 갑자기 찾아온다. 땅이 움직인다는 것은 대단히 기분 나쁜 경험이다. 다행히 우리나라는 지질학자들이 지구상에서 지진으로부터 가장 안전하다고 말하는 지진 규모 6.5 이하가 예상되는 땅이다. 지진은 화산 폭발, 지진해일, 비행기 추락 사고나 교통사고 같이 미리 예측도 되지 않고, 치명적 손상을 주는 등 그 피해는 엄청나다. 지진처럼 갑자기 찾아오는 췌장암이나 뇌졸중 같은 질병도 큰 시련을 안겨 준다. 누구도 자유롭지 못하다.

또 다른 유형은 유해 화학 물질이다. 유해 화학 물질은 경제 발전에 비례해서 많이 사용하게 된다. 종류도 많고 사용량이 많다 보니 유출 사고가 자주 일어난다. 1~2명이 사망하는 소형 사고인 경우가 많아 우리가 못 알아차릴 뿐이다. 다행히도 2012년 구미 공단의 불산 유출 사고 이후 인식이 많이 개선되어 해당 기업들이 대비를 철저히 하고 있다. 내가 겪은 이석증처럼 평소 조심하고, 대처 요령을 익혀두면 쉽게 극복할 수 있는 재난이다. 매뉴얼대로만 하면 심각 단계까지 가지 않고 안전사고를 수습할 수 있는 경우가 대부분이다.

코로나19처럼 초기에는 이것이 심각한지 어떤 대응이 필요한지 모르고 한두 달이 지나가는 것은 천식이나, 허리디스크 판정을 받기까지 시간이 소요되는 경우와 같다. 구제역이라든가 조류독감처럼 처음에 나타나고 심각해지기까지 시간이 흘러야 정확하게 재난 여부를 알 수 있는 경우도 같은 종류의 재난이다. 상당수의 재난은 처음에는 재난인지 아닌지 알 수 없이 시작되었다가 점차 심화한다.

우리가 겪는 질병의 종류도 많고 사람마다 증상이 다르듯이 재난도 많은 종류가 있고 발생 장소와 시간, 발생 환경에 따라 다양한 결과를 가져온다. 재난은 거의 대부분 예측하지 못한 곳에서 예측할 수 없는 일들이 함께 벌어지면서 일어난다.

많은 재난 전문가는 각자가 모든 상황에서 안전을 우선하면서 살아가는 것이 가장 중요하다고 말한다. 위험하다고 여겨지는 곳은 피하고, 스스로 자기 안전을 추구해야 한다. 마치 건강을 위해서 건강검진을 하고, 늘 개인위생을 지키는 노력과 운동, 영양 섭취에 관심을 갖듯이 말이다. 주위에 위험 요인은 없는지, 만약의 경우 피난 경로는 어디인지 등 평소 관심을 가지고 살펴보는 것이 중요하다. 안전도 건강도 늘 조심해서 살아가야 지킬 수 있다.

인생도 재난을 만난다

- 재난 인문학 ② -

2014년 4월 16일 오전 8:52, 전남 진도 팽목항으로부터 해양경찰 쾌
속선으로 빨리 가면 40분 걸리는 거리에 위치한 물살이 빠른 곳에서 세
월호가 좌초하고 있다는 신고가 들어왔다. 이날 오전에는 해양경찰청이
거의 다 구조한 것으로 알려 주었다. 그러나 차츰 말이 바뀌고 상황은 아
주 심각하게 바뀌었다. 초기 구조에 실패한 엄청난 사건이었다.

안전행정부가 해양경찰청을 대신해서 여러 차례 언론 브리핑을 했다.
국민을 위해 정확한 내용을 알리겠다는 브리핑이 하루가 지나기도 전에
사고를 쳤음을 깨달았지만 늦었다. 수습이 안 될 정도였다. 해양경찰의
초기 구조가 잘 되었다면 그날의 브리핑은 그럭저럭 지나갔을 것이다. 안
전행정부의 본래 업무는 아니지만 크게 문제될 것은 아니었다. 하지만 이
날의 세월호 침몰 사고의 초동 대응은 아주 심각하게 잘못되었다. 해양경
찰의 초기 잘못된 구조 통계를 안전행정부가 브리핑으로 발표해버린 것
이다.

이 대규모 재난은 즉각 정치 이슈화 되었고, 세월호 침몰 사고는 마치 안전행정부가 책임을 진 것처럼 초기 보도가 되는 등 엉뚱한 방향으로 급물살을 탔다. 누구도 잘한 것이 없건만 서로 남 탓하기 바빴다.

해양경찰청이 직접적으로 현장의 구조·구급 업무를 총괄 수행하는 기관이고, 지도감독 권한은 해양수산부에 있었다. 해양수산부가 중앙사고수습본부이고, 안전행정부는 중앙재난안전대책본부이다. 세월호 사고와 같은 사회 재난은 재난 관리 주관기관인 해양수산부가 수행하는 중앙사고수습본부의 업무이고, 태풍이나 지진과 같은 자연 재난은 중앙재난안전대책본부의 업무다.

브리핑을 하는 바람에 엉뚱하게 안전행정부가 비난의 중심에 섰다. 수난의 시작이었다. 재난의 크기와 비중으로 볼 때, 안전행정부는 바람 앞의 등불이었다. 온 국민의 분노가 몰려드는 중심에 섰다. 업무 관련자는 역적이고, 나쁜 사람으로 분류되었다. 비난만 쏟아지고, 걱정해 주거나 함께 슬퍼해 주는 사람도 없이 고립무원 상태였다.

세월호 참사가 나고 얼마 안 되어 감사원에서 여덟 명이 나와 감사가 시작되었다. 감사원은 해양수산부, 해양경찰청에 자체적으로 여력이 되는 인력을 수십 명씩 집중적으로 투입해 감사에 돌입했다. 재난 업무 관련자 중에서 죄를 물을 만한 사람을 최대한 처벌하고자 했다. 그만큼 강도 높은 조사를 받았다. 이 때문에 몸무게가 8kg이나 줄어, 바지가 헐렁해졌다.

안전행정부에 대한 두 달간의 강도 높은 감사는, 특히 휴일까지 반납하고 요란하게 진행 되었다. '네 죄를 네가 알 것이니 불어라' 하는 감사에 바짝 엎드렸다. 열심히 일해 온 결과는 앞이 안 보이는 처량한 신세였다.

감사를 해 가면서 점차 해양경찰청에 중점을 두고, 안전행정부보다는 해양수산부가 이번 사태와 관련해서 업무 관련도가 훨씬 높다는 것을 감사원도 깨달았다. 정치권과 국민의 관심이 쏠린 감사원 감사는 보강을 하느라 몇 달이 더 지나서 결론이 났다. 해양수산부와 해양경찰청은 여러 사람이 기소되어 형사 재판을 받았다.

6개월이 지나 감사원이 감사위원회 상정 자체를 포기함으로써, 행정안전부는 완전하게 무혐의라는 것이 밝혀졌지만, 나는 그 일에 시달리다가 만신창이가 되었다. 세월호 참사는 내 인생이 바뀌는 변곡점이 되었다. 약 1년을 정신이 나간 사람처럼 살았다. 세월호 사건과 관련된 많은 사람이 형사 재판을 받아 고초를 겪었고, 고생 끝에 무죄로 나오기도 했다.

재난으로 형사 소송에 휘말리면 개인이 변호사를 고용해야 하기 때문에, 많지 않은 월급에 평생 일만 해온 공무원들은 경제적으로 아주 힘들게 된다. 유죄로 판결이 나는 경우에는 더 말할 것도 없다. 세월호 참사는 각종 특별검사와 위원회가 아홉 차례 만들어졌다. 2023년 11월 세월호 사고 당시의 해경청장에 대하여 대법원은 무죄를 선고했다.

세월호 참사는 재난에 대한 인식의 전환을 가져왔다. 무엇보다 재난에 대한 국가와 지방자치단체의 책임을 강하게 묻는 쪽으로 바뀌었다. 과거보다 공무원의 책임을 강하게 묻는다. 내가 알기로 사회 재난으로는 세계적으로 유례가 거의 없다. 선출직까지도 책임을 묻는다. 2022년 10월의 이태원 압사 사고가 그 예다. 159명이 사망하고 196명이 부상을 당했다. 엄청난 초유의 사고에 온 국민은 충격을 받았고, 이 일로 용산경찰서장,

용산구청장 등 6명이 구속되었으며, 17명이 불구속 재판을 받았다.

2023년 7월 폭우로 14명이 사망한 오송 침수 사고를 조사한 국무조정실은, 사고의 책임을 물어 선출직은 제외하고 행정중심복합도시건설청장, 충청북도 행정부지사, 청주시 부시장, 청주흥덕경찰서장, 충북소방본부장의 해임 또는 면직의 인사 조치를 건의했다. 36명은 수사 의뢰, 63명은 징계 조치하기로 했다.

사고의 진상을 규명하고 책임 소재를 밝히는 것은 꼭 필요하고 중요한 일이다. 다만 이러한 징벌 조치가 공무원들의 재난안전 부서 근무를 기피하는 현상을 초래하고 있다. 업무량은 많고 재난 안전사고 발생 시 책임까지 물으니 견디기 힘든 것이다.

2023년 언론 보도에 따르면 재난안전 부서를 경험이 풍부하고 능력 있는 공무원이 맡아야함에도, 현실은 기피 부서가 되었고 초임 보직자들이 주로 근무하는 부서가 되고 있다고 한다. 재난안전부서 근무를 기피하는 한, 전문성 있는 재난 대응 인력을 확보하기 어려워진다. 별도의 대책이 필요하다.

당신의 오늘은 안전하십니까

재난안전을 넘어서,
삶의 자유

- 재난 인문학 ③ -

재난 관리 공무원으로서 정신없이 업무를 위해 힘쓰던 시기가 있었습니다. 퇴직을 하고 인생을 되돌아보면서, 후배 공무원들에게 드리고 싶은 이야기가 있습니다. 누구나 국가와 민족을 위한 일을 하고, 공무원은 누구나 재난안전 관리 업무를 직간접적으로 하고 있습니다. 재난안전 업무는 많은 사람의 생명과 재산을 지키기 위한 것입니다. 그러므로 우리에게는 꾸준한 노력과 열정이 필요합니다.

이 일은 쉽지 않습니다. 때로는 예상치 못한 상황이 발생하여 긴장감이 높아질 수도 있습니다. 그렇다 하더라도 국민을 사랑하는 마음으로 몸 바쳐 일하는 공무원이 많아져야 국가의 미래가 밝아지는 것 아닐까 생각해 봅니다. 재난 관리 업무는 인간이 하는 일이기에 결코 완벽할 수 없습니다. 그럼에도 불구하고 우리가 계속해서 배우고 성장한다면, 더 나은 재난 관리를 할 수 있을 것입니다.

후배들에게 드리고 싶은 몇 가지 말씀이 있습니다.

먼저, 항상 배움의 자세를 갖추고 계속해서 전문성을 향상시키는 것입니다. 재난 관리 분야는 국민의 관심도 높고, 아직 발전시킬 분야가 많습니다. 제가 최근에 주장하고 있는 '사회재난 저감종합계획'을 시군구 기초자치단체에서 수립하여 시·도 광역자치단체로 확대하고, 지역의 재난 관련 최신 동향을 파악해서 새로운 재난 관리 정보와 기술을 습득하는 것이 중요합니다. 조금씩 발전하다 보면 국민이 원하는 수준에 도달하는 날이 올 것입니다. 저도 재난 업무를 맡아

보면서 남이 걷기 싫어하는 가시밭길을 걸어왔다는 생각이 듭니다.

또한, 재난은 개인의 노력으로는 해결하기 어렵기 때문에 팀워크와 협업이 매우 중요합니다. 다른 팀원들과의 원활한 소통과 협력은 우리의 업무 성과에 큰 영향을 미칠 것입니다. 재난의 전문성도 중요하지만, 인력과 장비가 단기간에 많이 소요되므로 협업이 매우 중요한 부분이 될 것입니다. 이러한 점에서 국방부의 재난 지원이 중요하다고 할 수 있습니다. 좋은 장비와 젊고 우수한 인력을 많이 보유하고 있기 때문입니다.

끝으로, 재난안전을 넘어서 정신적 삶의 자유를 추구하시길 기원합니다. 시간을 내어 책을 가까이 하고 지식과 지혜를 추구하는 수양을 계속하시길 바랍니다. 책은 여러분의 고민 분야에서부터 읽어나가시면 됩니다. 그리고 가능하면 문학과 철학, 역사와 관련된 인문학 서적들을 기회가 되는대로 섭렵하시길 바랍니다. 독서와 더불어 가능하다면 고전 음악을 듣고, 명상을 하면서 정신적 성장을 이루시길 바랍니다. 이러한 노력을 하다 보면 재난 관리뿐만 아니라 인생에서 겪게 될 수많은 고난과 정신적 괴로움, 육체적 질병 같은 고난을 견딜 수 있게 될 것입니다.

법정 스님이 말씀하신 '그물에 걸리지 않는 바람처럼' 살아갈 신념과 자신감을 갖게 될 것입니다. 평상시에 우리에게 올 수 있는 어려움을 깊이 생각해 보고 대비할 기초 지식을 깨우칠 필요가 있습니다. 그러한 노력과 함께, 건강할 때 여행도 자주 다니길 권장합니다. 작은 행복을 지속적으로 추구하며 공무원 생활을 즐겁게 하시기를 당부 드립니다. 이어지는 제2부와 제3부는 이러한 의미에서 참고가 될 수 있을 것입니다.

제2부

나의 삶,
나의 생각

건강한 숲,
건강한 사회

건강한 숲에는 큰 나무, 작은 나무가 다양하게 골고루 공존한다. 건강하지 못한 숲은 한 종류의 나무가 주류를 이루는 경우다. 특히 소나무나 잣나무만 있도록 인공적으로 조성하는 숲은 다른 나무가 자라기 힘든 환경이 된다고 한다.

건강한 숲은 참나무가 많고 떨기나무, 양치식물, 이끼 등 수분이 많은 식물이 많아 산불이 느리게 번지도록 한다. 건강한 숲에는 키 작은 나무가 많아 숲을 구한다는 것이다. 반면에 소나무 숲은 다른 나무가 자라지 못해 소나무만의 세상을 만들지만, 키 작은 나무가 없다 보니, 결국 건조하고 바람이 잘 통해서 불이 쉽게 번지고, 산불에 취약해지는 것이다.

건강한 자연의 숲과 비교해 보니, 우리나라는 건강한 사회라는 생각이 든다. 건강한 사회는 다양한 사고와 주장을 하는 것이 자유로워야 한다. 모두가 획일화된 사고를 하는 것은 바람직하지 않다.

우리 사회는 전체적으로 자유롭다. 대통령에 대한 비판도 가능하다.

언론도 충분히 자유롭다. 열린사회고 모든 비판을 허용한다. 장관도, 국무총리도 후보자 지명 당시만 해도 전혀 몰랐던 많은 잘못들이 드러난다. 언론이 막혀 있다면 불가능할 것이다. 얼마든지 비판하고 어느 정도 범죄 사실이 드러나면 자기들의 상사이자 책임자였던 사람도 수사한다. 국민들이 오히려 놀랄 정도다.

뒷산을 산책하면서 지난번 태풍에 큰 나무들이 쓰러져 있는 것을 보았다. 군데군데 처참한 모습으로 부러져 있다. 중간 부분이 꺾인 큰 참나무도 보았다. 나무도 삶과 죽음이 있다. 죽은 나무에는 버섯이 자라나고 곰팡이가 생기면서 썩은 뒤 땅으로 돌아가 다른 나무의 거름이 된다.

특히 큰 나무일수록 더 많이 쓰러져 있는 모습을 보면서, 우리 인간들의 모습을 보는 듯했다. 많이 쥐고서 더 많은 재물을 모으려고 노력하다가 결국 좋지 않은 말로를 보게 된다. 두각을 나타내고 모든 사람의 부러움을 사다가도 어느 날 힘없이 쓰러지는 모습을 지켜보면서 우리는 살고 있다.

숲속에 자라는 나무는 들판에 있는 나무보다 수명이 짧다고 한다. 경쟁 때문이다. 숲 속에서는 주변의 나무들과 경쟁을 하느라 스트레스를 받고, 경쟁을 통해 햇빛을 받는다. 들판에 자라는 나무는 경쟁이 없어서 수명도 길다는 것이다.

나무들은 경쟁을 하지만, 그 숲에서 인간인 나는 깊은 호흡을 하면 마음이 편안해진다. 걱정거리, 근심거리가 숲속으로 스며들어 간다. 녹색 나무들을 보면서 심호흡을 하면 홀가분한 기분이 든다. 녹색은 마음을 안정시킨다. 도시 생활의 경쟁과 욕심에서 오는 스트레스를 자연의 나무숲에서 날려 보내고, 마음의 상처를 치유할 수 있는 것이다.

　나무숲에서 명상의 시간을 가져본다. 차기 전에 버리고 덜어내야 지혜로운 사람인데, 과도한 욕망을 추구하다 보면 자기도 모르게 파멸에 이르는 것이 현대인이다. 만족하는 것이 세상의 근심 걱정에서 벗어나는 길이다. 자주 숲에 가서 산책 명상을 통해 마음에 달라붙은 욕심을 내려놓자.

행복과 불안

행복은 요즘 대한민국 국민의 화두이다. 행복추구권이 헌법에도 있는 이유는 사람이 기본적으로 행복하지 않기 때문이다. 행복하다고 느끼는 사람은 행복에 대해 고민하지 않을 것이다. 작지만 확실한 행복을 추구한다는 '소확행'이 유행어가 된 것은 미래의 큰 행복보다 지금 현재의 작은 행복이 더욱 가치 있는 것임을 깨닫게 된 것이다. 그리스 철학자 아리스토텔레스는 인간의 존재 이유를 '행복'이라고 설명했다.

강제수용소를 체험한 심리학자 빅터 프랭클은 인간 도살장 아우슈비츠에서도 사소한 행복을 느낀다고 했다. 수프통 밑바닥 콩알 몇 개가 주는 행복, 굴뚝이 없는 수용소로 갈 때의 행복 같은 것이다. 생존을 위해 어떤 환경에서도 적응해야 했기 때문이다.

행복을 추구하는 길은 많다. 때로는 차 한 잔의 즐거움을 맛보며 스스로 만족을 느낀다. 욕망으로부터 자유로운 평화를 느낀다. 전통적 공동체 사회가 무너지고 개인주의를 기초로 하여 살아가는 현대인은 외롭다.

거리감과 보이지 않는 벽이 언제나 존재한다. 공동체가 해체되고 가족이 분해되면서, 이해관계나 관심사 위주로 모임도 재편되고, 그 속에서 행복을 추구하는 나를 발견한다. 소중한 인간관계이던 친인척이 멀어지고 대안으로 이해관계에 기반한 다른 유대관계를 추구하는 외로운 현대인의 모습을 발견한다.

마음을 터놓고 이야기할 수 있는 친구, 우정을 나누고 마음을 나누는 친구가 많아야 하는데, 사람이라는 게 조금 깊이 만나보면 단점도 보이고, 생각했던 것만큼 좋은 면만 있는 것도 아니어서 실망하고 돌아서기도 한다. 때로는 상처가 되는 말을 듣기도 한다. 이런 까닭에 외로운 사람들이 반려견과 함께 사는지도 모른다. 반려견은 늘 가까이에서 꼬리치면서 친구로 다가오니까.

얼마 전에 경북 안동으로 50여 명이 함께 1박 2일 여행을 다녀왔다. 군자마을, 월영교, 병산서원, 하회마을, 하회 별신굿탈놀이 등을 둘러봤다. 여러 사람들과 어울리는 자리에 가급적이면 참여한다. 홀로 남으셨던 아버지가 돌아가신 뒤 동생과는 얼굴도 안 보고 살지만, 사회에서 만난 사람들과 잠깐의 시간을 같이 하면서 안부를 묻고, 술도 한잔 기울인다.

행복하기 위해 꼭 필요한 조건이 있다. 병으로부터 자유로워야 한다. 육체적 정신적으로 건강한 사람은 행복하다. 정신적으로 건강한 사람은 대인관계가 좋고 늘 긍정적인 마음으로 남을 돕는 사람이다.

남에게 호감을 주고 즐거운 사람, 유머를 즐기고, 남을 웃기는 사람은 행복하다. 책을 읽거나 농사를 짓거나 운동을 하면서 몰입하는 그 순간은 행복하다. 순탄하게, 평범하게 살아가는 인생의 순간은 행복하다.

종교를 가지고 사는 사람은 힘든 일이 있을 때 큰 도움이 될 것이다. 힘든 일이 있을 때, 절대자를 믿고 의지하며 기도하는 과정에서 기쁨과 슬픔이 씨줄과 날줄처럼 하나임을 깨닫고 힘을 얻기도 한다.

가족 모두의 건강과 화목은 행복의 중요한 조건이다. 가족이 건강하고 화목한 것은 평소에는 너무도 당연하기에 그냥 넘기고 산다. 맑은 공기처럼 소중한 것도 평소에는 고마움을 잊고 산다.

간소한 의식주가 해결되는 적당한 경제력도 행복에 필요하다. 물질은 어느 정도 중요한 부분이다. 물질이 모두는 아니어도 꼭 필요한 최소한의 의식주 정도는 해결되어야 한다.

덴마크는 세계행복지수 1위로 꼽힌 적이 있는 국가다. 국민의 행복을 최우선으로 여기는 시스템을 중요시한다. 병원비 무료, 대학까지 무료 교육이면서 공부보다 행복해지는 방법을 가르치는 학교와 투명한 정부를 갖추었고, 많은 동호회에 다양한 사람이 모여 즐기며 평등하게 서로 배려한다. 행복할 수밖에 없는 사회 시스템이다. 우리나라도 이러한 시스템을 만들어 가야 진정한 선진국이 될 것이다.

가장 중요한 것은 사랑하는 사람과 함께 저녁 식사를 여유를 가지고 즐긴다는 것이다. 덴마크 사람들은 이 저녁 식사를 가장 중요한 행복의 시간이라고 생각한다. 우리의 전통 문화는 가족이 모여 저녁 식사를 해온 것이다. 하지만 그러한 문화가 사라졌다. 가족끼리도 대화가 줄어들고 경제적으로는 선진국이라는데 정신적으로는 각박한 삶이 되었다. 우리는 지금 물질적으로는 엄청난 발전을 했지만, 정신적으로는 공허해지고 있다.

아우구스티누스는『고백록』에서 불안한 영혼이 안식을 얻으려면, 외적세계에서 내면세계로 돌아가야 한다고 했다. 나를 돌아보고 성찰해야 하는 것이다. 욕심을 비우고 깊은 숨을 통해 마음의 평화와 정서적 안정 속에 행복을 느껴 보자. 고요하고 차분한 마음을 유지하면서 나의 삶과 생활에서 감사해야 할 것들을 찾아보자. 가진 것에 만족을 느끼고, 다른 사람과 나눌 수 있는 마음의 여유를 느낄 때 나는 행복하다.

요즘 가급적이면 밥을 사려고 노력한다. 서로 마음을 여는 바람으로 사는 것이다. 반응들을 보면 내가 샀으니 자기도 사겠다고 하는 사람이 많고, 서로 연락이 끊기는 경우도 있다. 현대인의 바쁜 삶이 깊은 대화보다 겉도는 만남이 되는 경우가 많다. 아픔을 간직하고 있지만 드러내지 않고 대화는 겉도는 경우, 자랑거리나 이야기한다. 자랑을 하는 것은 상대방과 더 멀어지는 경우가 대부분이니, 오히려 우리는 외로움을 키우면서 살아간다 해도 과언이 아니다.

현대인은 누구나 불안하다. 돈도 걱정이고, 건강도 걱정이다. 나도 그런 삶을 살아간다. 요즘은 마음 내려놓기를 여러 가지로 시도해 본다. 독서를 통해 배운 것을 실천해 본다. 법정스님으로부터 배운 정신적 먹이들이라 할 수 있는 명상을 자주 시도해 보고, 고전 음악을 자주 들으며 남들에게도 음악 선물을 보내기도 한다. 또 뒷산을 산책하고, 아내와 인근 카페에서 차 한잔하면서 쉬다 오기도 한다.

나의 불안은 대부분이 남과의 비교 때문이고, 깊이 생각해 보면 불필요한 걱정거리들을 생각하는 막연한 불안감이 늘 존재한다. 이러한 불안은 마음을 비우는 노력, 만족을 느껴 보는 노력, 불필요한 욕심을 내려놓는 노력, 나에게 상처를 준 사람들을 용서하는 기도를 통해 극복해 보려고 한다.

아버지의 통장에서 매달 몇 년간 돈을 훔친 동생도 살기 팍팍한 세상이 만든 우리의 모습이다. 문중의 땅을 가져가려는 친척도 불안한 삶을 극복해 보기 위한 처절한 모습이다. 속고 속이는 세상에서 누구의 잘못을 지적하기가 부끄럽다. 나도 많은 잘못을 하고 살아왔기 때문이다. 이제는 모두 잊고 놓아주어야 한다. 필요하다면 소송도 불사하고, 큰 문제가 아니라면 잊어버리고 싶다.

부부의 행복

우리는 과거보다 결혼은 적게 하고 이혼은 많이 하는 시대를 살아가고 있다. 물질적으로 풍요로운 세상이 되었는데 다들 힘들어 한다. 직장 구하기도 어렵고, 결혼해도 육아가 힘들다. 약간의 성격 차이에도 이혼을 쉽게 해버린다.

어머니께서 정성껏 차린 차례 상을 사진으로 찍어서 여자친구에게 자랑삼아 보냈더니 헤어지자는 문자가 바로 날아왔다는 우스갯소리가 있을 만큼 전통은 사라지고 편리함을 추구하는 시대가 되었다.

우리 세대는 직장에 다니기 시작하면 결혼이란 선택이 아니라 필수라고 생각했다. 중매를 통해 지금의 아내를 만났다. 서로 돕고 사는 것이 부부의 첫째가는 결혼 이유라고 생각한다. 인생의 황금률과 같다. 남이 나에게 해주기를 바라는 대로 내가 해주어야 한다. 내가 먼저 사랑을 베풀면 상대방도 사랑을 주는 것이다. 이것이 원만한 부부 관계에도 그대로 적용된다.

결혼은 사랑의 완성이 아니라 사랑을 주는 노력의 시작에 불과하다. 사랑을 주면 사랑을 받고, 사랑을 움켜쥐고 주지 않으면 사랑을 잃게 된다. 결혼 생활은 쉬운 일이 아니다. 부부가 지속적인 노력을 통해 성공적인 결혼 생활을 만들어가야 하는 것이다.

아들이 결혼을 하여 신혼여행에서 돌아오자, 나의 생각을 담아 '부부가 사는 길'을 편지 형식으로 써서 살아가며 한 번씩 읽어보라고 주었지만 실은 나도 잘 모른다. 부부가 함께 산다는 것이 말처럼 쉽지만은 않다. 나도 가끔 아내와 다투고, 불편할 때가 있다. 다만, 상처를 받을 정도까지는 안 가려고 서로 노력한다.

책을 읽는다고 부부 관계에 통달하는 것도 아니다. 부부 관계는 종합 예술에 가까워서 이론적인 한두 마디로 정리되는 것이 아니다. 서로 양보하고 좋아 죽다가도 싸늘한 날씨에 천둥 번개가 치기도 하기 때문이다. 인위적으로는 이러한 변화를 조정하기 어렵다. 문제가 있다면 가능한 한 빨리 서먹한 사이를 해소해야 한다는 것이 그나마 내가 결혼 생활 30여 년의 실전 경험에서 얻은 지혜다. 서로 사랑하되 상대를 구속하려고 해서도 안 된다. 부부 관계는 과학적 설명보다는 비과학적 예술성, 경험칙으로 배워나가고 배려하며 살아나가는 것이라는 생각이 든다.

함께 사는 세상은 서로 연결되어 도움을 주고받는다. 혼자서는 외롭고 힘들다. 희로애락을 함께하고 외부 세계와 협력하며 살아가기 위해서는 남녀의 결합, 즉 결혼이 필요하다. 중요한 것은 함께 살되 서로의 노력이 필요하다는 점이다. 부부 관계는 죽을 때까지 서로 사랑하고, 먼저 베푸는 노력을 끊임없이 해야 하는 관계다.

부부의 연은 맺었는데 사랑이 없다면 행복할 수 없다. 부부간에 사랑이 결핍되면 가장 먼 사이가 되기도 하고, 사랑의 유대가 강하면 떨어져 있어도 가장 가까운 사이가 된다. 진정한 사랑은 서로 베푸는 데서 기쁨을 갖게 된다. 내가 대접받고 싶은 대로 배우자에게 먼저 해주어야 한다.

법륜 스님이 말씀하시길, 부부란 70%를 상대방에게 먼저 주고, 30%만 받을 생각을 하면 부부의 행복과 금슬은 보장된다고 했다. 결혼을 하면 내가 상대를 이해하고 마음을 맞춰가는 것이지 처음부터 마음이 맞는 사람은 없다. 기대를 낮추면 만족도가 높아져서 행복해지는 것이 부부 관계다.

타인과 비교하는 생각보다 자족하고 만족하는 사람이 되고 싶다. 어차피 인생은 근심과 걱정이 행복과 함께 어우러지는 것이기 때문이다. 욕심을 줄이고 작은 것에 만족하며 살아가자고 매일 마음을 다잡아 본다.

국제 수준의 에티켓

영국은 쌀쌀한 기후 때문에 차 문화가 발달하였다. 영국인은 대부분 인도나 실론산 차에 우유를 부어 마신다. 뜨거운 차에 알맞게 우유를 타면, 온도도 떨어져 마시기 편하고 맛도 부드러워진다. 밀크티는 인도의 짜이(chai)와 유사하다.

영국 사람들은 보통은 오전 10시 15분, 오후 3시 15분경에 관습적으로 차를 마시는 휴식시간을 갖는다. 오전과 오후 한 차례 15분 정도 간식을 먹으며, 동료들과 차를 마시는 문화가 보편적인 생활로 깊숙이 자리 잡았다. 영국에서는 공무원도 오전, 오후 같은 시간에 15분간의 휴식, 차 마시는 시간을 갖는다. 오후 3시 15분은 초·중·고등학교 수업이 끝나는 시간이기도 하다. 아침 등교나 일은 9시 15분에 시작한다. 정각에 안하고 15분의 여유를 두고 시작하는 것이 편안하다는 느낌을 준다.

영국인으로부터 차 마시는 예절을 우연히 깨달은 적이 있다. 대학원 방학 중에 광역 지방자치기관인 북요크셔지방자치단체(North Yorkshire

County Council)를 2주 동안 방문한 적이 있다. 매일 오전과 오후에 한 개 과씩 돌면서 하는 일에 대한 설명을 듣거나 현장에 가서 직접 보고 듣는 아주 유익한 과정이었다. 요크시에서 기차로 출퇴근하는 거리에 있는 기관이었다.

어느 날 오후에 방문한 과의 공무원이 업무가 끝나자, 집까지 자기 차로 데려다 주겠다고 호의를 표해 왔다. 1시간 반이나 걸리는 먼 거리의 집까지 데려다 주었기에 고마움의 표시로 집에 들어와 차 한 잔 하고 가시도록 했다. 거실에서 둘이 차를 마셨다. 차를 마시며 대화를 나누다가 평소에 의식하지 않았던 느낌이 들었다. 나는 늘 하던 대로 뜨거운 차를 후후 불며 식혀 가면서 소리 내어 마시는데 그는 조용히 마신다는 점을 처음으로 깨닫게 되었던 것이다.

그 뒤로 계속 다른 영국인을 관찰해 보니 차를 마시는데 입에서 소리를 내지 않는 것이 그들의 중요한 예의였다. 나는 그때까지 그런 교육을 받거나 들어본 적이 없었다. 그 뒤로는 영국인들과 차를 마시거나 식사를 할 때 예의범절에 대해 생각하게 되었다.

우리도 그렇지만 영국 사람들은 식사 중에 예의를 중요시한다. 대화는 하지만 씹는 소리나 포크와 칼이 그릇과 부딪히는 소리를 거의 들을 수 없다. 일종의 식사예절이다. 음식을 씹을 때는 입을 다물고 조용히 씹는다. 수박씨도 가급적 뱉지 않는다. 영국인 아주머니 한 분과 아내가 친분이 있어서 우리 집에 와서 수박을 함께 먹었다. 그 분은 포크와 나이프로 수박씨를 하나하나 골라내고 잘라서 먹었다.

영국인의 예절에 의하면 일단 입에 들어간 음식이 불가피한 경우 외에는 나오지 않도록 한다. 입안에는 나이프가 들어가지 않도록 하는 것도 중요한 예의다. 영국 귀족 관련 영화를 볼 때 관심 있게 보면 알 수 있다.

어느 사회나 사회생활의 모든 경우와 장소에서 취해야 할 바람직한 행동 양식이 있다. 소위 매너가 좋다거나, 예절이 있다고 표현하는 것이다. 본래는 왕실이나 상류층에서 시작했을 것이다. 골프도 예의를 중시한다. 플레이의 진행, 다른 경기자에 대한 배려, 안전사고 방지를 위한 것이기도 하다.

우리는 이러한 예의범절을 잘 지킴으로써 서로 배려하게 되고, 서로에게 즐거운 시간을 선물하게 되는 것이다. 살면서 다른 문화의 사람과 만날 때는 식사 매너나 예절을 물어보는 것도 좋을 것 같다. 우리 문화에서는 아무 문제가 되지 않는 행동도, 다른 나라의 행동양식이나 문화에 따라 무례한 행동을 한다고 생각할 수 있기 때문이다. 우리는 전혀 생각하지도 못한 것을 상대방은 불쾌해 할 수 있다.

우리나라의 선진화를 위해 국제적 수준의 에티켓 몇 가지만 예를 들어 보자. 뒷사람이 놀라지 않게 문을 잡아주는 여유와 감사 인사를 해보자. 길을 걸을 때 사람과 부딪치지 않게 조심하자. 호텔에서는 목소리를 줄이자. 택시나 식당에서는 가급적 팁을 주자. 입을 다물고 씹고, 남 앞에서 트림하지 말자. 이런 에티켓은 거의 모든 나라에서 지키는 예절의 기본이다. 안 지킬 경우 당신은 모르지만 상대방은 몹시 불쾌할 수 있다. 에티켓을 잘 지켜서 손해 볼 일은 없다.

정리하는 습관

　주변을 정리하는 습관은 매우 중요하다. 의사 박경철은 인품이 있는 사람, 즉 오라(aura)가 있는 사람은 나태하거나 태만한 나쁜 습관을 버리고 주변 정리 정돈을 깔끔하게 하면서 사는 좋은 습관을 가진 사람이라고 했다. 때때로 생각을 정리하고 해야 할 일을 시간대별로 정리하며, 명함과 지갑 정리도 수시로 해야 한다.

　우리는 집에서 매일 청소를 하고 집안 곳곳에 쌓이는 불필요한 물건도 수시로 정리한다. 살아가는 데 누구나 필요한 것이 정리다. 주변 환경을 정리하다 보면 마음도 깨끗해진다.

　정리와 관련하여 흰물결아트센터를 운영하는 윤학 변호사의 글에 공감이 간다. 윤 변호사가 어린 시절, 동네 부잣집에 가면 집안의 농기구며 안살림이 가지런히 정리되어 있고 사람들은 부지런했다. 마을 사람들은 빚을 지면 전답을 그에게 팔았다. 노름을 하는 노름꾼의 집에 가보면 주인은 낮잠을 자고 있거나 방은 지저분하며 가끔 집안에서는 고함소리가 났다는 것이다.

우리가 살아가는 데 있어 정리가 안 된 복잡한 집보다는 깨끗이 정리된 집이 질서가 있고 품위가 있어 보이는 것은 당연하다. 따라서 늘 정리하는 습관이 필요하다. 정리하는 습관이 좋아지면 불필요한 물건을 사는 것도 자연스레 줄어들 것이다. 재활용 차원에서 내가 사용하지 않는 것은 다른 사람에게 줄 수도 있다.

내 아이들도 정리를 바라는 마음을 따르지 못할 때가 있다. 한두 번은 정리해 주기도 하면서 스스로 정리하도록 조언도 한다. 물론 이런 단순한 교육도 쉽지 않다는 것을 잘 안다.

나 역시 군대 생활을 하면서, 선임들에게 혼나가며 정리하는 습관이 생겼다. 군대 생활을 시작할 때는 늘 뒷정리를 안 한다고 지적받기 일쑤였지만, 자주 지적을 받아 고치면서 점차 어떤 일을 하든 끝나고 정리하는 습관이 들었다.

현대는 풍요의 시대다. 모든 것이 남아도는 세상이다. 영리를 추구하는 기업들은 불필요한 욕망을 자극하여 과소비를 부추긴다. 당장 쓸 일 없는 물건도 언제 쓸지 몰라 쌓아두고, 1+1 상술에 넘어가 과잉소비를 하며 살아간다.

법정스님은 혼자 살면서 수행자의 검소한 생활을 몸소 실천했다. 자기 분수를 알고 자제함으로써 생활을 간소하고 담백하게 하라고 강조했다. 꼭 필요한 생활 필수품만 가지고 살아가라는 '무소유'를 평생 강조하며 스스로 모범을 보이기도 했다. 예수도 성경 곳곳에서 무소유를 강조하고 물질보다 정신적 가치를 자주 강조했다.

우리가 수행자는 아니지만, 좁은 집에 물질적 욕망이 덕지덕지 붙어 있는 모습보다는, 검소하고 잘 정리된 집이 당연히 이상적인 모습이다. 나도 내일 죽을 것처럼 정리하며 살다가 언제 세상을 떠나든 뒷모습이 아름답게 보이도록 노력해야겠다고 자주 되새긴다.

고마운 신부님들

광주광역시에 있는 살레시오 고등학교는 가톨릭 수도단체인 살레시오 수도회가 설립했다. 나는 추첨에 의해 살레시오 고등학교를 갔으니 정말 운이 좋았다. 예민한 청소년기에 가톨릭 종교라는 세계를 처음으로 접할 수 있었기 때문이다. 그런 인연 덕택에 결혼 후 가톨릭 영세를 받았다고 생각한다.

수업으로서 종교 시간은 성경 속의 이야기를 통해 기본 지식만 전달할 뿐 종교적 강요는 없었고, 신부님들은 따뜻하셨다. 살레시오 고등학교를 운영하는 살레시오회는 성 돈 보스코 신부가 청소년 교육을 목적으로 1859년 이탈리아 토리노에 설립한 수도회에서 출발했다.

한국에서는 광주의 살레시오 고등학교와 서울의 돈보스코 청소년센터, 중·고·대학생의 교육을 위한 학생회관, 근로청소년 기숙사 등을 운영하고 있다.

고등학교 1학년이 된 1976년 당시에는 도로 사정도 안 좋은 변두리

지역에 학교가 있었다. 학교 안에 있는 특이한 도미니꼬 사비오 성인 동상과 성모상을 처음 보았고, 종교라는 것을 전혀 모르던 나에게 천주교에 대한 기초 지식을 제공해 준 학교다.

학교를 졸업할 때까지 천주교 신자가 되지 못했지만 아주 좋은 추억들을 간직하고 있다. 전체적으로 따뜻한 분위기가 포근하게 느껴지는 학교였다. 살레시오 고등학교에서 처음 뵙게 된 외국인 신부님들 중에는 미국, 스페인, 이탈리아에서 오신 분들이 계셨다.

그분들 중 등하굣길에 우리 각자의 이름을 부르며 손을 잡아주시던 신부님이 가장 기억에 남는다. 이탈리아에서 오신 원선오 신부님은 날씨에 상관없이 3년 동안 교문에서 등하굣길에 우리들을 맞이하고 보내주셨다. 아코디언을 잘 연주하셔서 원 신부님이 작곡하신 가톨릭 성가가 많다.

<나는 포도나무요> 너희는 가지로다. 가지가 나무에 붙어있지 않으면 작은 열매도 맺을 수 없듯이 너희도 내안에 머무르지 않으면 그러하리라…

<사랑이 없으면> 나는 아무것도 아닙니다. 사랑이 없으면 나는 아무것도 아닙니다. 온갖 심오한 진리를 전할 수 있다하더라도 사랑이 없으면 나는 아무것도 아닙니다. 나의 모든 재산을 나누어 준다하더라도…

<좋기도 좋을시고> 아기자기 한지고 형제들이 오순도순 한데 모여 사는 것, 오직 하나 하느님께 빌어, 얻고자 하는 것, 한평생 주님의 집에 산다는 그것…

<주님의 집에 가자 할 때> 우리는 몹시 기뻤노라. 우리는 몹시 기뻤
노라. 주님의 백성들이 저기 올라가도다. 이스라엘 법을 따라 주님을
찬양하러 주님의 집에 가자 할 때 우리는 몹시 기뻤노라. 우리는 몹시
기뻤노라…

지금도 이런 성가를 성당에서 부를 때면 원 신부님의 아코디언 소리가
들리는 듯 옛날 생각이 난다. 노래가 끝나면 원 신부님은 늘 "뉴~제너레
이션!(New Generation!)"을 선창하셨고, 우리가 "젠!(Gen!)"이라고
화답했다. 성가 〈좋기도 좋을시고〉는 5월 성모성월 행사 때 전교생이 성
모상 앞에 모여 함께 불렀다. 학교에서 하는 종교 행사로는 가장 크게 했
었다. 처음 해보는 종교 의식이 신기하기도 했지만 포근하고 좋았던 기억
이다.

이제 그때의 외국인 신부님들은 한 분 두 분 하늘나라로 떠나시거나
다른 나라로 옮겨가셨지만 그분들의 희생정신은 늘 우리 가슴에 뜨겁게
남아있다. 당시 대한민국이라는 가난한 후진국에 와서 고생하시며 선교
활동을 하셨다. 참으로 숭고한 사랑을 느끼게 한다. 우리나라가 어렵던
시절 외국에서 오신 신부님들은 한 알의 밀알이 되어 희생하심으로써 수
많은 열매를 맺었던 것이다.

43년간 고흥 소록도 한센인에 대한 의료 지원을 하셨던 마리안느와
마가렛 두 분이 20대 젊은 시절에 와서 정년을 하고 오스트리아로 되돌
아가시기까지 실천하셨던 진정한 사랑을, 나는 살레시오 고등학교에서
여러 신부님과 수사님들로부터 많이 느끼면서 자랐다. 학교의 분위기는

늘 포근하고 따뜻했다. 결혼을 하지 않고 살아가시며 봉사하는 외국에서 오신 신부님들은 몸소 사랑을 보여주신 것이다. 늘 겸손한 자세로 우리에게 다가와 말을 걸어주시던 그 시절을 잊을 수 없다.

2023년 어느 따스한 봄날 담양 소재 천주교광주대교구 공원묘원에서 알키메데 마루텔리 신부님, 한국관구장을 하신 노 신부님, 오현교 수사님, 케냐에서 의술을 베풀던 중에 암으로 세상을 떠나신 이태석 신부님이 안장된 것을 보고 왔다. 특히 이국땅에 묻히신 신부님들 묘를 보면서 감정이 북받치어 뭉클한 마음이 들었다. 사랑의 성자들이여! 세월의 무상함이여!

발표와 연설 준비

매년 십여 차례 강의를 해온 지 오래 되었다. 누구든 강의를 할 기회가 있으면 적극적으로 해보아야 한다는 생각이다. 많은 사람 앞에 서는 것이 다소 불편하더라도 강의를 해보면 대인 공포감도 점점 줄어들고 계속하다 보면 실력도 늘어 간다. 강의 후에는 반성도 해보고, 강의에 필요한 것이 생각나거든 메모해서 어느 부분에 포함 시킬 것인지 생각해 강의안을 보강한다. 유머도 미리 준비해서 어느 부분에서 할 것인지 생각해 두어야 한다. 남에게 들은 재밌는 이야기나 유머도 써먹어봐야 기억이 나서 계속 사용할 수 있다.

사람들은 일반적으로 이론적인 강의는 듣기 싫어한다. 강사의 스토리텔링, 상대방에게 알리고자 하는 바를 재미있고 생생한 이야기로 설득력 있게 전달하는 것이나 직접 겪은 이야기를 좋아한다. 성공과 실패의 스토리 모두 좋다. 최선의 공부는 강의와 글쓰기라는 말이 있다. 강의를 하거나 글쓰기를 하려면 그만큼 공부를 해야 하기 때문이다. 그래서 가장 빨리 배우는 방법은 가르치는 것이다.

나도 강의가 있으면 미리미리 준비하면서 며칠간 고민한다. 강의 전에 강의 대상, 목적, 듣는 사람들에게 전달할 핵심이 무엇인지, 어떻게 강의해야 하는지 등 강의에 필요한 정보를 정확히 수집하고 좋은 강의를 위해 마지막 순간까지 철저히 준비한다.

강의를 준비할 때 미리미리 강의 흐름을 어떻게 가져갈 것인지 생각해 두어야 매끄러운 강의가 된다. 사람들을 몰입시키기란 쉽지 않다. 아무리 옳은 이야기여도 누구나 좋아할 수는 없다. 그만큼 연구하고 청중을 끌어당기는 강의가 되도록 미리 준비해야 한다. 흔히 뉴스보다는 드라마 기법 강의가 집중도 면에서 보면 좋다고 하여 나도 드라마에 가까운 강의가 되도록 연구해서 강의에 임한다.

강의 기회가 주어진다면 준비를 철저히 해야 한다. 무라카미 하루키도 강의 원고를 일일이 읽어서는 생생한 강연이 어렵기 때문에 머릿속에 집어넣어 가서 해야 한다고 말한 바 있다. 강의 시작 멘트와 끝맺는 말도 미리 생각해 둔다.

임윤찬 같은 피아노 명연주자는 악보를 보고 피아노를 치는 것이 아니다. 모든 악보를 외우고 감정을 넣어서 때로는 눈을 감고 혼신의 힘을 다해 피아노를 친다. 명연설자도 원고를 보지 않는다. 원고를 보는 사람은 자꾸 글을 읽게 되어 청중의 주의를 집중하기가 어렵고, 따라서 명연설이 될 수 없다.

오래 정치한 사람들은 감언이설일망정 듣는 사람의 혼을 빼놓는다. 정치인들 중에는 어쩌면 저렇게 말을 잘할 수 있을까라는 생각이 들게 하는 사람도 있다. 그만큼 사전에 많이 준비하고 고민해서, 말할 주제에 대한 내용을 머리에 넣은 뒤 대중 앞에서 말하는 것이다.

연설을 많이 하는 사람이나 잘하는 사람일수록 연설 준비에 시간을 투자하고 생각을 많이 하면서 준비한다. 강원국의『대통령의 글쓰기』에서도 이러한 과정이 자세히 정리되어 있다. 노무현, 김대중, 클린턴, 오바마 대통령 등은 연설을 준비하는 노력을 엄청나게 했다. 마음에 들 때까지 여러 번 읽으며 고쳐 썼다고 함께 일한 사람들이 증언한다.

고수는 눈을 감고 할 수 있을 때까지 숙달하고 정통해야 하는 것이다. 미치도록 노력해야 고수가 되는 것이다. 우리는 노력은 적게 하고 효율적 성공을 하고 싶어 하지만 심은 대로 거두는 것이다.

당신 멋져

어렸을 때부터 우리는 왼쪽으로 통행하는 좌측통행을 따랐다. 그러던 어느 날부터 우측통행을 하라고 바뀌었다. 좌측통행은 일제의 잔재라고 하면서 우측통행으로 바뀌자, 건물의 오르내리는 방향도 바뀌었다. 건물은 그동안 좌측통행에 맞도록 계단과 난간을 만들었는데 지금은 우측통행에 적합하도록 계단을 재구성해야 한다.

학교에서 열심히 배운 좌측통행이 갑자기 우측통행이 되면서 온 국민은 혼선을 빚었다. 어느 날 지하철역 계단에서 두 노인이 목청껏 싸우고 있었다. 지나가면서 듣자하니 두 분이 서로 비키라는 것이다. 두 분 모두 연로하시고 다리가 불편했다. 위에서 내려가시던 분이 우측통행으로 보면 우선이다. 두 분 중 아무나 양보했으면 될 일인데 어린아이처럼 싸우고 있었다. 고달픈 경쟁사회에 살다 보니 계단 오르내리는 것까지 다툰다는 생각이 들었다.

늘어 갈수록 살면서 유연성이 필요하다. 걷는 곳에서 내가 맞느니 네가 맞느니 할 것이 못된다. 세상살이에도 가능하면 안 부딪히고 살면 최고다. 그러려면 양보하는 태도와 겸손한 자세가 필요하다. 중요하지도 않은 것을 놓고 노인 두 분처럼 고집을 부리고 화를 낸다면 서로 힘들고 기분도 나빠진다.

우리나라에도 양보가 경쟁보다 우선시 되는 때가 오고 있다. 운전문화만 해도 10년 전보다는 많이 좋아지고 있다. 사람들도 경제적 여유와 함께 더 많이 양보하는 것 같다. 서로 양보하고 살 일이다. 건배 구호에도 있다. 당신 멋져! 당당하고, 신나고, 멋있게, 져주며 살자!

져주며 사는 것이 쉽지 않지만, 더 큰 사고도 당할 수 있음을 생각하면 양보할 수 있을 때 져주는 것은 복 받은 삶이다. 의정부 시내에 친구가 운영하는 이비인후과에 볼 일이 있어서 가는데 평소 안 막히던 곳이 꽉 막혀 있었다. 평소보다 많은 시간을 지체하며 가다가 마침내 교통사고가 난 현장을 지나게 되었다. 터널 안 삼중 추돌인데 상당히 심각한 교통사고였다. 아마도 누군가 사망했거나 병원으로 옮겨졌을 수도 있을 만한 사고였다. 누군가는 인생이 바뀌는 현장이었다. 다시 생각해 보니, 교통체증만으로 그친 것이 다행이고 고마웠다.

누가 사고 당할 것을 알기나 했겠는가! 누가 오늘 세상을 떠나리라고 생각이나 했겠는가! 그리하여 앞으로는 교통체증이 있으면 '누군가는 교통사고를 당해 운명이 바뀌는데, 나는 이 정도 길 막히는 것에 감사할 일이다'라는 생각을 가져보기로 했다.

이 세상을 사는 것도 이와 같은 일이 많은 것 같다. 잘나간다고 뽐내며 살다가 어느 날 망신을 사기도 하고, 사업이 부도가 나기도 하며, 갑자기 건강을 잃기도 한다. 양보하면서 느리게 가는 것이 답답하지만 때로 곰곰이 생각해 보면 감사할 일이 되기도 한다.

영국 생활에서 느낀 문화적 차이 중에서 가장 큰 것은 배려하고 양보하는 것이다. 문을 열고 닫을 때는 반드시 뒷사람을 배려하여 문을 잡아준다. 운전 시에도 할 수만 있으면 먼저 양보한다. 교차로에서 차가 서로 만날 때 상향등을 한 번 반짝하면 양보할 테니 먼저가라는 표시다. 길이 막혀 중간에 끼어들기를 해도 무조건 양보한다. 끼어들기 하려는 경우 앞차 꽁무니에 더 바짝 대는 것과는 정반대 운전문화다. 양보를 쉽게 해주고 여유가 느껴지는 부러운 생활 습관이다.

또 누군가 도움이 필요하다 싶으면 요청을 안 해도 다가와 도울 일이 있는지 묻는다. 아이들에게 특히 관심도 보이고 도울 일을 묻는다. 여유가 있고 누군가를 돕고자하는 마음가짐과 자세가 항상 열려 있는 것이다.

외화내빈

살다 보면 겉은 화려하지만 속은 빈약한 사람을 가끔 만난다. 특히 현대인의 생활에 허례허식이 많아지고 깊은 만남보다는 겉만 사귀는 경우가 많아지는 것과 관련이 있어 보인다.

비싼 시계를 차는 사람은 시간을 보기 위해서라기보다 시계를 보여주기 위해 차는 것이다. 비싼 옷에 비싼 신발을 신고 스스로를 자랑스럽게 생각한다. 명품이 어울리는 경우도 있지만, 단지 비싸다는 이유 때문에 과시적 소비가 되고, 자기 콤플렉스를 감추기 위한 방어적 장식품이 되는 경우도 있다.

몇 년 전 지인으로부터 도라지차를 선물로 받고 반가웠다. 도라지는 기관지에 좋다고 알려져 있고, 내가 비염과 천식을 지병으로 가지고 있기 때문이다. 그런데 포장을 뜯고선 놀랐다. 쇠로 두꺼운 이중 상자를 만들고 화려한 무늬를 입혀 영국 왕실에 납품해도 될 정도로 고급스럽게 만들었다. 그 안에 다시 포장을 해서 내용물을 넣었는데 포장을 뜯으니, 결국

10개의 조그만 도라지차 봉지가 들어 있었다. 그냥 티백만 넣으면 100개도 들어갈 쇠로 만든 통에 그야말로 외화내빈이었다. 포장을 잘해서 가격을 올리면 잘 팔린다는 상술로 인해 내실 없는 차 세트가 된 것이다. 실제 차의 가격은 만 원도 안 될 것인데 포장만 요란해서 뒷맛이 개운치 않았다.

쇠로 만든 통도 다른 용도로 재활용을 생각해 보았는데, 결국 쓸 만한 곳이 없어서 재활용 쓰레기통에 버렸다. 요즘의 세상을 요약해서 보여주는 느낌이 들었다. 사회 전체적으로 실속보다는 진실성이 없고 허례허식에 더 비중을 두는 것이 선물 포장에도 반영된 것이다. 겉포장은 화려하지만 실속은 없는 시대에 살고 있다.

우리가 옷이나 차량, 집과 같이 눈에 보이는 외형에는 신경을 써서 치장을 하고 고급품을 구입하지만, 정신적으로는 빈약한 경우와 같다. 소위 정신적 먹이가 될 독서, 명상, 음악 감상, 여행 같은 것을 수시로 하지 않고, 돈만 추구하면서 남에게 자랑하고 보여주기 위해 화려함을 추구하며 인증 사진은 열심히 찍어 자랑하기를 즐기는 삶과 다를 바가 없다.

급변하는 시대

요즘 4차 산업혁명에 대한 관심이 높아졌다. 디지털 격변이 가져온 시대적 변화다. 모든 산업 분야에서 디지털 관련 카카오, 우버, 아마존 등 혁신적이고 기하급수적인 변화가 진행되었고, 유통, 숙박, 제조, 미디어 등 각 분야에서도 디지털 격변이 진행 중이다. 인간의 학습, 추론, 지각 능력이 필요한 작업을 할 수 있는 인공지능 AI는 더 빠른 변화를 예고하고 있다.

아마존은 이미 서점, 전자유통, 식료품 유통 등에 파괴적 혁신을 추구해왔다. 금융, 물류 분야에서 다양한 아마존화가 예상된다. 디지털 기술을 활용하여 예측 배송도 하고 있다. 과거 구매 이력, 검색 기록, 상품 정보, 장바구니 분석을 통해 수요를 미리 예측해서 구매 예상 품목을 가까운 물류센터에 미리 보내놓고 주문 즉시 배송하는 것이다.

전통적 제조업도 디지털 기반 서비스업이 추가되어 변화하는 추세다. 제품수명을 분석해서 사전 고장 예측, 유지보수 서비스는 물론 항공기 엔진을 가동시간 기준으로 임대하기도 한다. 제조업, 특히 차량 생산 시 상상적 생산품을 디지털로 만들어(virtual production) 보고 분석한 뒤, 실제 생산(real production)하는 디지털과 생산의 결합도 이루어지고 있다.

다보스 포럼에서도 다양한 디지털 기술 간 진보와 융합으로 4차 산업혁명이 진행 중임을 논의한 바 있다. 4차 산업혁명은 3차 산업혁명(IT 및 전자기술 등 디지털 혁명)을 기반으로 디지털, 물리적, 생물학적 영역의 경계가 사라지면서 기술 및 산업이 융합되는 시대다. 가치 창출의 원천이 근본적으로 변화한다. 4차 산업은 통섭의 시대이고 기존 것을 재조합하는 기술도 중요한 시대다.

3차 산업혁명은 1960년대 말부터 반도체, 인터넷 등 정보화 기술을 도입한 것인데, 현재의 4차 산업 혁명은 빅데이터, 사물인터넷(IoT), 인공지능(AI)이라는 '연결과 지능화'를 통해 산업 간 융합을 한다. 인간과 기계의 융합, 현실과 가상의 융합, 공학적인 것과 생물학적인 것의 융합이 변화를 주도한다. 특히 인공지능은 진화 속도가 빨라지고, '자기주도 자율학습'의 세계에 진입하고 있다.

4차 산업혁명이 가져온 문제점도 있다. 사회적 빈부의 양극화, 소수에 지나친 부의 집중이 그것이다. 자본주의는 좋은 점도 많지만 빈익빈 부익부는 가장 큰 약점이다. 최근에는 이에 더해서 '정보의 비대칭성'문제, 이른바 '디지털 격차(digital divide)'도 갈수록 문제다. 디지털이 보편화되면서 이를 제대로 활용하는 계층은 지식이 늘어나고 소득도 증가하는 반면, 디지털을 이용하지 못하는 사람들은 전혀 발전하지 못해 양 계층간 격차가 커지는 것이다. 4차 산업혁명이 심화할수록 정보의 비대칭 문제가 심각해질 것이다.

네이버나 카카오가 몸집을 불릴수록 이내 독과점 기업의 문제가 드러났다. 힘이 강해지면 정보의 독점으로 사회를 통제하는 관리 권력, 소위 빅 브라더스가 될 수밖에 없는 것이 현실이다. 기존의 산업계를 혁신의 이름으로 독점화하면서 경쟁에서 밀려난 기업의 도산은, 필수적으로 이 사회의 서민과 노동자의 눈물로 연결될 수밖에 없다.

농업사회는 잉여 식량과 국민을 보호할 훈련된 군대가 필요했고, 자연스럽게 왕국이 건설되어 지배 계급이 발생했다. 유발 하라리가 말하는 '농업 혁명은 역사상 최대의 사기'라는 분석처럼 착취 계급이 발생하는 계기가 되었다. 2차 산업혁명도 초기의 사치품이 역사가 발전하면 필수품이 되는 '사치품의 함정'과 과소비를 부추기는 사회 구조를 만들어 내면서, 2차 산업혁명(과학 혁명)도 결국 탐욕 사회를 촉진했다. 결국, 산업혁명도 자본가 계급 위주의 사회를 구성했다.

3차 산업혁명 역시 정보화 기술을 이용하여 이러한 빈부 격차와 물질만능주의를 심화하였다. 이러한 과정에서 자본가의 탐욕에 브레이크를 걸어왔던 공산주의마저 조지 오웰의『동물농장』보다 더 추악한 모습으로 무너졌다.

여기에 4차 산업혁명도 파이를 키우기보다 기존 지배 구조를 더 집중화하고 생명공학, 사이보그공학, AI의 발달이 공룡 기업을 더욱 비대화하는 구조로 가고 있다. 끝없이 부의 집중을 추구하는 인간의 욕망은 절제되어야 한다.

어버이날 아들이 스마트워치를 선물했다. 처음에는 그저 그렇게 생각했는데 착용해 볼수록 좋았다. 요즘엔 휴대폰 알림음이 공공장소에서 남에게 피해를 주기 때문에 진동모드로 해두는 것이 일반적이다. 문제는 진동모드로 해두면, 전화가 걸려오는 것을 놓치기가 십상인데 이 문제를 해결해 주는 것이 스마트워치다. 손목에 시계처럼 차는 밴드이니 전화가 오면, 주머니에 있는 휴대폰은 감지가 안 될 때도 정확하게 진동을 느낄 수 있다. 지난 6개월 사용해 보니, 전화를 제때 받는 데 실수가 없었다. 보청기를 사용하는 나처럼 약간 귀가 어두운 사람에게는 더욱 편리하다.

게다가 시계처럼 착용하는 스마트워치는 아주 가볍고, 언제 어디서나 시간을 손쉽게 알 수 있다. 가격대도 다양한데 대부분 중국산으로 비싸지 않은 제품이지만 기능은 좋다. 스마트워치는 그밖에도 매일의 걸음수와 나의 목표치를 비교해 준다. 50분간 걸으면 4,500보 정도라는 것을 알 수 있었다. 운동이 부족하다 싶으면 저녁에라도 산책을 해서 채우려고 노력했다.

또 하나, 스마트워치는 낮에 일정 시간 움직이지 않으면 '이동시간'이라는 알림을 보내 준다. 너무 오래 똑같은 자세를 취하고 있으니 몸을 움직이라는 뜻이다. 밤에는 잠든 시간, 깨어난 시간, 총 수면 시간, 깊은 잠과 얕은 수면을 각각 얼마나 잤는지 알려준다. 아주 유용한 정보임에 틀림이 없다. 매일 수면의 질을 알려주고 점수까지 매겨준다. 처음에는 매우 신기하고 유익한 정보를 좋아했다.

그러다가 가끔은 스마트워치가 제공해주는 수면의 질에 문제가 있음을 깨달았다. 잘 자고 개운한 느낌이 들었을 때 들여다본 수면 점수는 낮고, 그다지 개운하지 않은 느낌이 드는 아침에 수면 점수는 오히려 좋다는 결과가 나와서, 뭔가 혼란스럽고 석연찮은 느낌이 들었다. 총 수면 시간이 7~8시간일 때 수면 점수는 높았다. 깊은 수면이 많든 적든, 그다지 수면 점수에 영향이 없다는 점이 이 시계의 한계였다.

게다가 사용을 하면 할수록, 시계가 나의 짐이 되고 부담이 되는 느낌이 들었다. 수면을 7~8시간으로 유지하기 위해 눈을 뜨고 있어도 잠든 척 눈 감고, 몸을 안 움직이고 있는 경우도 가끔 있었다. 그러고는 일어나 수면 점수를 확인해 보면 어김없이 높은 점수였다. 기계의 한계랄까, 뭔가 잘못된 것이다.

또 오늘의 걸음이 꼭 8,000보가 되어야 하고, 수면 점수가 95점대의 고득점이 되어야 한다는 강박관념이 슬그머니 마음속에 자리를 잡기 시작했다. 원래는 좋은 생활습관을 갖기 위해 유용한 정보를 제공하는 스마트워치라는 수단이 일정한 점수를 받고자 하는 목적으로 변질되어 가는 것을 느꼈다.

그래서 이제 스마트워치가 부담스러운 존재가 되었다. 왜냐하면 중고등학교 다닐 때 성적에 연연했던 기억이 떠올랐기 때문이다. 왜 일정한 점수를 넘어야 한다는 스트레스를 겪어야 하는가에 대한 의문이 생겼다. 그래서 이제는 사용을 멈추었다. 편리하고 좋은 기계도 시간이 지나니 나를 속박하는 것이 되어 부담을 느끼게 된 것이다.

4차 산업의 시대에 자동차를 새로 샀다. 만물의 서비스화를 느낄 정도로 신기술이 많이 들어가 있는 정말 놀라운 차였다. 운송수단인 자동차에 여러 가지 첨단 기술을 넣어 만족감을 극대화하고 있다. 우선 다른 차량이 근처에 오면 알려주어 충돌사고를 미리 방지한다. 차선을 바꾸고자 신호를 넣으면 다른 차가 근처에 있다는 경고음을 보내 조심하게 한다.

신호 대기할 때나 차가 막힐 때, 브레이크를 밟고 있어야 하는 피곤을 줄이는 '오토 홀드'라는 기능이 있다. 브레이크를 깊이 밟으면 일시적 정지 상태가 되는데 액셀러레이터를 다시 밟을 때까지 브레이크가 걸려 있어서 발을 편하게 떼어도 되는 시대가 되었다..

시외에서 특히 고속도로를 주행할 때는 크루즈 기능을 이용한다. 크루즈 기능은 고속도로에서 일정한 속도로 달리게 해준다. 예를 들어 100km로 크루즈를 설정해 두면, 계속해서 그 속도로 차가 알아서 운행한다. 운전자가 가속 장치를 안 밟고 있어도 일정한 속도로 차가 가는 것이다. 앞 차의 속도가 100km/h 이내로 떨어지면 자동으로 속도가 줄어든다. 기막힌 것은 속도위반을 감시하는 곳에서는 허용하는 최대속도로만 달린다는 것이다. 게다가 아직 완전한 기술 수준은 아니어서 운전자의 판단도 보조적으로 필요하지만 자동으로 운전대를 움직여서 차선을 유지하는 기능을 갖추었다는 것이 대단하다.

편리함을 추구하는 소비자의 심리를 만족시키고자 자동차는 변신을 거듭하고 있다. 차량 내에 블루투스 통화도 참 편리하다. 휴대폰을 굳이 손으로 잡지 않고도 통화가 가능해서 사고 가능성이 줄어들기 때문이다. 야간에 상향등을 켜고 시골길을 달리다 앞에서 차가 오면 스스로 하향등으로 바꾸는 기능도 있다.

요즘 차량에 새롭게 선보인 일부 첨단기술은 자동운행 차량개발 과정에서 얻은 성과를 일반 차량에 적용한 것이다. 인간이 알아낸 편리한 운전수단이 첨단기술로 모아져서 자동차에 들어왔다. 컴퓨터 기술의 발전 속도만큼이나 빠르게 자동차에 사용되는 실용기술도 첨단화되는 느낌이다.

이처럼 우리의 삶이 그만큼 편리해지고 있다. 휴대폰은 매년 신제품이 나와서 이용자들의 기대와 호기심을 자극하고 있다. 온라인과 오프라인을 연결한 마케팅, O2O 앱을 이용한 여러 가지 배달 서비스, 카카오택시, 숙박 공유 플랫폼 에어비앤비, 직방, 농산물 유통 등으로 확대되듯이, 우리의 생활 트렌드는 급변하고 있다. 초 지식, 초 연결, 초 융합으로 설명되는 5G의 급변하는 시대에 살고 있는 것이다.

이 시대에 적응하기 위해서는 지나간 것에 머물지 말고 늘 변화하는 시대를 따라가야 한다고 생각하니 괜히 불안해진다. 하지만 어쩔 수 없지 않은가? 이제는 현재에 집착하여 아까워 말고 새로운 추세와 변화에 따라가는 것을 주저하지 말아야 한다. 늘 배우고자 하는 적극적인 자세가 필요하다. 환갑이 지나면 아들딸에게 휴대폰을 비롯한 디지털 기기를 배울 수밖에 없다. 조금 더 지나면 손자 손녀에게 배워야 할 것이 많아질 것 같다.

마지막 숙직

2019년 11월 어느 날 퇴직을 앞두고 마지막 숙직을 섰다. 정부세종청사의 당직이지만 직원 세 분과 함께 이상 유무를 확인하고 만약의 사태에 대비하는 것이다. 토요일 저녁이라 다른 직원들은 남아있지 않았다. 과거에는 주말 근무도 많았지만, 요즘은 야근도 줄고 주말 근무도 거의 없어졌다. 야근이 없어진다는 것은 정말 꿈같은 이야기다.

1993년 영국 지방행정기관을 방문할 때 들었던 '영국은 야근이 없다'는 이야기가 생각난다. "저녁 8시면 모든 출입이 차단되므로 누구든 나가야 합니다." "왜 그렇게 엄격하게 합니까?"라고 물었더니, "영국의 오랜 전통이 그렇습니다"라며 "늦게까지 사무실에 있다면 뭔가 나쁜 일을 하는 사람이라는 오해를 받아요"라고 한다. "우리나라에서는 야근을 자주 합니다"라고 했더니, 영국 공무원은 "이해할 수 없군요. 야근을 자주 할 정도로 일이 많으면 공무원을 더 채용해야 하는 것 아닙니까?"라고 반문했다. 맞는 말이었다.

젊은 시절에는 야근은 물론이고 주말에도 근무하는 경우가 허다했다. 사무실 책상 위에서 신문지 깔고 자던 때가 기억난다. 시내버스 업무를 담당하고 있던 1988년, 처음으로 시내버스 전면 파업이 있었다. 당시 시민의 발이 묶여 일반 차량을 대체해서 투입하느라 정신없는 시간을 보내야했다. 사흘간을 사무실 책상 위에서 신문지 깔고 자면서 일했다. 공무원을 시작한 지 얼마 안 되었던 때라 몸이 부서지도록 일을 했고 정말 힘든 시간이었다.

직장 생활 초기에 숙직을 했던 기억도 난다. 일과가 끝나고 여섯시 반쯤 숙직실에 모이면, 식당에서 밥과 찬거리를 쟁반에 담아 아주머니가 머리에 이고 왔다. 당시로는 가장 저렴하고 단순한 백반이었지만 맛있게 먹었다. 그리고 숙직비로 일괄 계산했다. 나머지는 다음날 얼마씩 나누어 주었는데 딱 목욕 값 정도 되었다. 그러면 근처에서 목욕을 하고 다시 사무실로 들어와 일을 했다.

지금이나 옛날이나 숙직은 변함이 없다. 다만 요즘은 인터넷을 이용하기 때문에 수고가 많이 줄었다. 일숙직은 유관기관 간에 서로 이상 유무를 확인하는 것이 주 임무이다. 시작(오후 6시), 중간(저녁 12시), 끝날 때(아침 6시) 유관기관의 점검보고가 있다. 이것을 과거에는 일일이 전화로 했다. 한 시간 정도를 두 사람이 전화해야 겨우 될 정도로 많았다. 요즘은 인터넷으로 대화방을 개설해 서로 보고를 주고받으니 엄청 간소해졌다.

엄밀히 말하자면 비상대기가 곧 숙직이다. 수많은 기관이 각각 불침번을 두고 있다. 국방부는 휴전선과 각급 군부대 별로 밤과 낮에 각각 보초와 불침번을 두고 있다.

소방서도 경찰서도 각각 24시간 가동한다. 바다에서는 해양경찰이 순찰을 돈다. 행정안전부의 중앙재난안전상황실도 24시간 가동되고 있다. 시간이 흐르면서 인력도 보강되고 관리 분야도 늘려왔다. 과거에는 태풍이나 홍수, 지진과 같은 자연 재난 위주로 관리하였지만, 지금은 인간이 만든 각종 인위적인 시설물과 유독 물질부터, 삶과 관련된 물질과 전염병, 통신 등과 관련된 사회 재난의 소지가 있는 자그마한 사건·사고까지도 관리하고 있다.

이러한 불침번이 있기에 나라가 운영되고 있는 것이다. 마지막 숙직이라는 것이 새삼 가볍지만은 않게 느껴졌다. 공무원으로 살아온 세월 동안 늘 어깨를 누르던 책임감이라는 짐을 내려놓을 시간이 다가온 것이다. 퇴직하면 정말 홀가분해질까? 아쉬움이 클까? 분명한 것은 조직 내에 새내기가 들어와 내가 떠난 자리를 메우게 될 것이고 큰 틀에서는 뒷물이 앞 물을 밀어내며 계속해서 흘러갈 것이라는 사실이다. 직장에서 여행자처럼 떠날 일만 남았다.

타고르의 시 "대지여, 나는 나그네로 그대 땅에 들렀고, 손님으로 그대의 집안에서 살았고, 친구로 그대의 문간을 떠나노라"처럼.

김장

날씨가 추워지고 이제 본격적인 김장철이 돌아왔다. 언제 들어도 기분 좋은 것 중 하나가 김장이라는 말이다. 어려서부터 김장은 늘 즐거운 행사처럼 느껴졌다. 온 가족이 힘을 모아 겨울을 나기 위한 준비를 하는 가장 중요한 일이 김장이었다. 김장을 할 때, 버무리던 김치를 한 쪽씩 얻어먹는 재미도 있었다. 추운 날씨에 마당에서 김장을 하시던 부모님들은 고생하셨지만 새 김치에 먹는 밥은 맛있었다.

요즘은 비닐하우스가 발달해서 각종 채소나 나물이 사시사철 마트와 시장에 풍부하기 때문에 반찬 만들기가 쉬워졌다. 그래서 요즘 김장은 옛날보다 양이 줄었다. 양념을 따로 사서 하는 경우도 있고, 배추도 절여서 물을 빼 집 앞까지 배달해 준다. 어린 시절 배추를 소금에 절이고 씻어서 물을 빼고 양념도 직접 준비해서 꼬박 이삼 일은 걸리던 김장이, 요즘은 반나절이면 충분하다. 대가족이 핵가족으로 바뀐 것도 한 몫 한다.

행정안전부도 김치를 담가 보육원 등 사회복지시설에 보낸다. 나도 두 시간 동안 약 100명의 자원봉사자들과 함께 김치를 버무리는 일을 했다. 수가 많아 분업이 가능했는데 여러 사람이 함께 하니 재미도 있었다.

그로부터 사흘 후엔 우리 집 김장을 했다. 허리가 아픈 아내의 수고를 덜기 위해 40kg의 절임 배추와 양념을 배달 받았다. 여럿이 할 때보다 둘이 하다 보니 할 일이 많았다. 절임 배추 포장을 뜯어 남은 물을 더 빼야했고 아내는 배달된 양념에 약간의 채소와 고춧가루, 액젓 등을 더 추가해 김치소를 만들었다. 양은 많지 않은데도 둘이 하다 보니 쉽지 않았다. 아내와 함께 김치를 버무려 통에 담아 김치 냉장고에 차곡차곡 넣고, 사용한 그릇과 기구는 깨끗이 씻었다.

힘은 들어도 우리 김치를 담가 먹는다는 것이 뿌듯하고 행복했다. 우리는 김장을 해서 아들 집 등 몇 곳에 보내 주었고 장모님의 김치를 받기도 했다. 아는 사람들과 서로 김치를 주고받는 공동체 사회의 오랜 전통은 아직도 살아있는 것이다. 겨울에 김치만 있어도 반찬 걱정이 줄어든다. 각종 찌개를 만들고 냉잇국에 넣어 먹기도 한다. 전통적으로 밥을 주식으로 해온 우리나라 사람들의 김치 사랑은 각별할 수밖에 없다.

음식의 중독성

홍어는 특히 전라도 지방에서 많이 먹는데 요즘은 전국 어디를 가도 먹을 수 있게 되었다. 수입 홍어가 많아지면서 전국적으로 맛을 아는 사람들이 찾는 것이다. 나도 사회생활을 하면서 조금씩 먹다가 즐기게 된 음식이다. 특히 연골에 좋다고 하니, 혹시 아픈 무릎에 도움이 될까 해서 더 찾아 먹는다.

홍어는 주로 생으로 먹고 삭혀서도 먹는다. 익히거나 찜, 탕으로 먹으면 맛이 강해진다. 누구나 처음부터 쉽게 먹을 수는 없다. 그런데 이 강한 맛에 길들여지면 홍어를 즐기게 된다. 값이 약간 비싼 것이 흠이다.

맛이 독특하여 마니아가 있는 음식일수록 그 음식을 싫어하는 사람도 많다. 홍어도 아내와 딸은 못 먹는다. 못 먹는 사람들이 꽤 있다. 독특한 홍어의 강한 맛 때문이다. 우리의 청국장, 된장에 외국인이 익숙해지기가 쉽지 않다.

치즈를 즐기지만 수많은 종류 중 일부, 강한 냄새와 역겨운 맛이 나는 종류의 치즈는 아직도 잘 못 먹는다. 우리의 젓갈도 외국인은 먹지 못할 수 있다. 우리의 문화에 오랫동안 함께 해 온 음식일수록 더욱 그렇다.

신혼여행 때 제주도에서 갈치 미역국을 먹었던 기억이 난다. 정말 당황했다. 미역국에 갈치를 넣다니, 전라도 출신인 나는 이해가 되지 않았다. 하지만 지금은 그냥 먹을 수 있을 것 같다. 제주도에서도 이 음식은 사라졌는지 요즘엔 보지를 못했다. 제주도 식당 음식들이 다 보편화되었고, 입맛에 맞아 맛있게 먹는다.

먹는 문화는 지역마다 나라마다 차이가 있기 때문에 서로 존중해야 한다. 성경 말씀대로 입으로 들어가는 음식은 누구에게나 깨끗한 것이다. 부처님도 탁발을 가리지 말고 주는 대로 먹으라고 말씀을 하셨다. 다른 지역 사람이나 다른 민족들이 먹는 음식을 비난하거나 비웃기보다 서로 존중해야 한다. 독특하고 특이한 것은 경험해 볼 수는 있지만, 길들여진 입맛을 쉽게 바꾸기는 어려운 것 같다.

지옥 골프장

지옥에도 골프장이 있다는 유머가 있다. 그곳의 골프장은 아름다우며 타고 다니는 전동차, 좋은 골프채도 있다고 한다. 단 한 가지, 골프공만 빼고는 다 있다. 문제는 골프공이 없으니 모두 무용지물이 되어버린다. 골프공이 없으니 더 치고 싶고 속이 상해서 지옥이라는 것이다.

요즘의 골프장은 아름다운 풍경에, 전동차도 있고 날로 발전하는 좋은 골프채에 공까지 있다. 캐디도 있다. 그런데도 골프장에 없는 것이 있다. 삶의 여유! 경치는 아름다운데 감상할 시간이 없다. 어쩌다 앞 팀에 밀려서 대기하는 중에도 여전히 어떻게 쳐야할지, 실수를 줄일 생각에 바쁘다. 그런 데다 작은 골프공을 찾느라 시간을 보내는 경우가 허다하다. 골프장을 아름답게 꾸며놓아도 쳐다볼 시간이 없다. 잘 치는 사람도 더 잘 치려고 경치를 볼 여유가 없기는 마찬가지다.

골프장에서 꼭 지켜야 할 가장 큰 규칙은 다른 사람이 공을 치려고 할 때는 말없이 지켜봐주는 것과 앞 팀과 떨어지지 않도록 신속히 플레이하는 것 두 가지다. 이런 규칙 때문인지 모르지만, 가끔 크든 작든 내기까지 하면 더욱 경기에만 집중하게 된다. 한참 경기하다가 이런 생각이 든다. 내가 지금 여기서 뭘 하고 있지? 이 경치 좋은 곳에서 경치를 감상해야 하는데 조그마한 골프공만 찾아다니며 어떻게 하면 잘 쳐볼까 하면서 온 정신을 쏟아 붓고 있는 나를 발견하고는 쓴웃음을 짓는다. 계란보다도 작은 공을 100~200m씩 날려놓으니 공 찾기가 쉽지 않다. 잔디 속에 묻히기도 하고 굴러서 숲으로 들어가기도 하고 어지간히 속을 썩인다.

우리 인생이 이런 것이리라. 무언가 매일 조그만 일에 얽매여 삶의 여유가 없이 바쁘게 산다. 우리 주변에 아름다운 경치, 내 삶에 찾아온 자그마한 행복을 발견하지 못한다.

우리는 흔히 과거에는 낭만도 있었고 가난해도 행복했었는데 지금은 낭만도 없고 물질적 풍요 속에 오히려 불행하다고 한다. 반드시 그럴까? 이렇게 생각해 보면 어떨까 싶다. 지금도 낭만이 있고 세상 사는 재미가 과거처럼 다 있는데, 과거에는 그것을 느낄 시간이 있었고 지금은 바빠서 못 느낄 따름이다. 경쟁이 치열한 사회가 사람들을 바쁘게 살게 만든 것이다.

낭만을 느낄 수 있는 방법은 하나다. 좀 더 여유를 가지고 천천히 인생을 살면서 감사할 만한 일과 주변의 재미있는 것, 아름다운 것을 놓치지 말고 찾아보는 것이다. 우리 주변에 아름다운 것이나 조그만 행복이 어제도 많이 있었고, 오늘도 많이 있다. 우리가 조급해졌고 바빠졌을 뿐이다.

아름다운 골프장에서 조그만 공만 쫓아다니느라 정신없이 힘들게 사는 모습이, 도처에 깔린 아름다움을 제대로 못 느끼고 사는 것과 비슷하다. 각박한 세상살이가 골프장에도 투영되어 있다. "쫓겨 가다가 경치 보랴"하는 속담이 딱 맞다.

쫓기면서 경쟁하는 세상에 살면서 골프를 하다보면 예절을 무시하는 소위 골프매너 실종이 자주 눈에 띈다. 우리나라에서 예절의 사각지대는 운전할 때와 골프할 때라는 말이 있다. 우리는 운전대만 잡으면 존중과 배려가 없어진다. 보복운전도 있어 놀라지만, 무례의 악순환이 우리의 모습이다. 골프장에서 골프 규칙을 어기고도 당연한 듯이 여기는, 양심을 저버리는 일이 많아지는 것을 보면서 안타까움을 느낀다.

우리가 골프장에서 자주 보고 있는 것 가운데 조금 더 잘 치기 위해 공을 벌타 없이 좋은 자리로 옮기거나, 남몰래 볼을 발로 차는 등 비신사적 행동이 많은 것은 지나친 경쟁 사회의 산물이다. 양심과 예의는 무엇보다 소중한 가치라는 것을 모르는 바가 아닐 텐데 왜 골프장에서는 무례하고 양심 없는 행동을 서슴없이 하는지 모르겠다. 우리나라가 유독 골프 예절을 안 지키는 행동에 관대하다는 이야기를 들었다. 경쟁사회의 수단 방법을 안 가리는 사회 현상이 골프장에도 투영된 것일 수 있다. 말하자면 특정인이 아니고 우리 모두의 탓이다.

퇴직 후의 일상

나이 60이 넘고 나서부터 일어나면 시간이 많다. 급할 것이 없다. 새로운 습관도 만들었다. 우선 일어나면 심호흡과 스트레칭을 하고, 명상을 수시로 하고, 고전 음악을 듣는다. 간단한 기도와 종아리 강화 운동도 가볍게 한다.

아내가 식사를 준비할 때 나는 과일을 깎거나, 채소를 씻는 주방 보조 역할을 자청한다. 아침 식사는 밥과 과일, 채소, 요구르트 등을 골고루 먹는다. 식사 후에는 견과류도 가볍게 먹는다. 너무 많이 먹는다고 아내의 핀잔도 들었지만, 건강식이라 생각해 함께 준비하고 잘 먹고자 노력한다. 특히 60세 이후 식사에서 채소를 먹는 양과 횟수가 많아졌다.

아내가 팔꿈치 통증으로 고생하고 고질병인 허리 디스크까지 있어서 설거지를 6개월간 내가 한 적도 있지만, 지금은 아내와 딸 또는 식기세척기가 하고 있다. 청소기도 매일 돌린다. 환기도 할 겸 매일 청소를 하는 것이다. 가끔 물청소 로봇을 아주 요긴하게 잘 쓰고 있다. 집에서 나오는 재활용 쓰레기 분류와 집하장에 버리기도 내가 한다.

집안 정리가 끝나면 강아지를 데리고 산책을 한다. 다른 강아지를 보면 짖기 때문에 다른 반려견이 보이면 후퇴하거나 다른 길을 찾아 피해야 하지만 40분 정도 산책을 하며 동네 가운데를 흐르는 실개천이나 뒷산에 난 풀과 꽃도 들여다보면서 한가하게 보낸다. 집에 오면 강아지 발을 깨끗이 씻어 수건으로 정성껏 닦아준다. 나머지 시간은 글을 쓰기도 하지만 주로 책을 읽는다. 이 시간이 나에게 가장 소중한 시간이다.

점심은 약속이 있기도 하지만, 대개는 집에서 먹는다. 위와 장이 안 좋아진 뒤부터는 소화 부담을 줄이고자 가능한 한 오래 씹는 습관을 들였다. 밥을 천천히 씹으면서 음식의 맛을 충분히 느끼도록 느긋하게 먹는다. 그리고 채소를 많이 먹으려 노력한다.

아내가 외출을 해도 반찬과 국을 마련해 두고 나가기 때문에 불편함이 없다. 아내는 아내대로 약속이 있으면 밖에서 즐겁게 보내라고 자주 말해준다. 서로 각자의 삶을 즐기면서 때로는 같이 하면 된다. 영화도 종종 같이 본다.

잠자기 전과 낮 시간에 발끝치기를 하는데 시간이 허락하면 3~5분 정도 서너 번 한다. 이 운동을 하면서 직접적 연관성을 알 수는 없지만, 왼발 무릎에 있던 주기적인 통증이 점차 없어졌다. 공무원 출신 고등학교 동창 넷이 만나 식사를 하는데 우연히 발끝치기 이야기가 나왔고 네 사람이 모두 하고 있었다. 그만큼 언제부터인가 일반화된 운동이다.

가벼운 산책도 하루 세 번하고, 아파트 내 헬스장에 시간이 될 때 들러서 15분 정도 근육과 관절에 간단히 자극만 준다. 친구들과 종종 술도 마시고 골프 연습장에도 가끔 가서 시간을 보낸다.

자기 전에 샤워를 하는데, 이 시간에 좌욕을 한다. 온라인 쇼핑몰에서 우연히 산 좌욕기가 편리해서 좋다. 여러 가지로 좋으나 여기에 세세히 설명하기보다는 의자 생활을 하는 현대인에게 사용을 권하고 싶다.

인생은 공평

인생은 공평해서 모두 가진 자는 없다. 건강, 행복, 재물, 권력을 모두 가진 사람이 어디 있는가! 있다면 오히려 곧 찾아올 불행을 조심하고, 겸손하고 절제된 생활을 하라고 권하고 싶다.

어느 날 내가 새로 산 운동화와 똑같은 신발을 지하철 좌석 건너편 어느 남루한 차림의 장년 남자가 신고 있는 걸 보았다. 나이도 나와 거의 비슷해 보였다. 아내가 보고 내 신발과 똑같다고 웃으며 귓속말을 했다. 또 한 번은 운동화 겸용으로 편한 신발을 샀는데 우리 집 수도꼭지가 고장이 나서 교체하러 오신 내 동갑내기인 철물점 사장도 똑같은 신발을 신고 왔다. 이렇듯 각자의 삶은 달라도 사는 것은 비슷비슷하다는 생각이 들었다.

돈이 많은 사람도 조그만 선물에 마음 쓰는 것을 보게 된다. 작은 것이라도 갖고 싶고, 가져와서 서랍에 넣어 놓더라도 받으면 기분 좋은 것이 선물이다. 집안 곳곳에 아직은 사용 안 하지만 어느 땐가 쓰기 위해 쌓아 두고 사는 것이 현대인의 생활이다. 아주 소수의 그렇지 않은 사람들도 있지만 대다수 여자들은 신발이 열 켤레가 있어도 옷에 맞추어 또 사고 싶어 한다.

별장(second house)을 가진 사람은 갖는 순간부터 관리하는 일도 늘어나서 처분하기는 아깝고 가지고 있자니 비용이 많이 들어 힘들어 한다. 며칠 전 모임에서 한 사람이 별장을 가지고 있지만 1년에 한두 번 이용하고는 그다지 이용할 일이 많지 않다고 했다. 가까운 사람들에게 빌려주기도 했는데, 이용을 한 후 깨끗이 정리하고 떠나는 사람이 많지만 때로는 어질러놓은 채 그대로 두고 가는 사람도 있어서 남에게 선뜻 비어 있으니 사용하라는 말이 안 나온다고 했다. 요트를 가진 부자들도 두 번 즐겁다고 한다. 살 때 한번, 팔 때 한번. 그만큼 관리가 어렵다는 이야기다.

인생살이가 하나를 얻으면 하나를 잃는 것인지도 모른다. 결국은 분수에 맞게 절약하고 살면서 만족하는 것이 더 멋있어 보인다. 여유가 있으면 남을 도와주고, 가진 것 나누면서 살기를 희망한다. 꼭 필요한 것만 가지는 데는 많은 비용이 드는 것도 아니기 때문에 그다지 많은 돈이 필요하지도 않다. 욕심이 많으면 많이 갖겠지만, 그만큼 삶의 짐도 늘어나는 것이 인생인 것 같다.

지난 삶에 대한 반성

　일도 열심히 하지 않고, 놀기만 한 것 같은데 운이 좋아 일단 승진해서 올라가면 대부분의 사람은 온갖 아는 소리, 자기자랑을 기회가 있을 때마다 늘어놓는다. 나도 진급할수록 회의석상에서 말이 많아지는 자신을 발견하곤 했다. 무능한 직원을 꾸짖고, 내 생각을 따라오도록 강요도 하였다.

　점심시간에 술을 자주 마시는 계장이 있었다. 일을 주면 차일피일 한두 달 시간을 끌고 늦게 가져왔다. 지시 받고 한두 시간 안에 할 수 있는 간단한 내용을 엉뚱하고 과장되게 하여 분량을 100쪽 넘게 많이 해온 사람이었다. 어떻게 저 계급까지 왔나 싶었다. 누구도 받으려 하지 않아 밀려서 온 사람이었다. 그 사람에게 수차 좋게도 말해보고, 화를 내기도 했다.

　이런 사람이 공무원 사회에 여기저기 있다. 적당히 자리를 이용해서 살아간다. 어떻게 해 볼 길이 없다. 장관들이 모여서 제발 자기 부처에서 한 명만이라도 해고할 수 있으면 좋겠다고 이구동성으로 이야기를 나누었다고 내가 모시던 장관으로부터 들었던 적이 있다. 장관만 그러는 것이 아니라, 내가 책임을 진 사오십 명의 직원 가운데도 그런 사람이 있었다. 문제는 그런 사람들이 자기 잘못은 모른다는 것이다.

참다 안 되면 이야기가 나오게 된다. 지금 생각해 보면, 그렇게까지 살 필요가 없었는데도, 나는 간부회의 때 그 사람의 잘못을 이야기했다. "왜 필요없는 일을 해서 직원들을 힘들게 하는지 모르겠다. 차라리 아무 일 하지 않고 있는 것이 우리 조직에 도움이 될 수도 있다." 반성은커녕 앙심만 키우는 것이 되었다. 세월이 지나 인생을 반추해 보면, 아무리 상대방이 잘못을 해도 조금 더 너그러운 삶을 살지 못한 것이 후회된다.

세상을 요란하게 경쟁하면서 살지 말라는 주장을 편 노자, 장자의 생각에 의하면 "최고의 선은 물과 같다"고 했다. 양보하고, 자기를 내세우지 말고 자연스럽게 더불어 살아가라는 것이다. 젊어서 그런 철학을 나의 중심 가치로 삼았더라면 얼마나 좋았을까? 인생을 그런 마음으로 사는 것이 바람직한 경우가 많다는 것을 인생의 황혼녘에야 느낀다. 노자나 장자의 생각에 따르면 높은 것이 훌륭한 것이 아니고, 귀한 것이 좋은 것도 아니다. 양보하면 오히려 얻고, 욕심내면 잃게 된다. 그러므로 족함을 알면 욕되지 않는 것이다.

경쟁 사회에서 성공하다 보면 물질적 사치, 맛있는 음식과 아름다운 음악에 빠져 지내거나 아름다운 것만 보려하고, 드러내 보이기 위해서 큰 차, 명품 옷만 입으려 하는 사람이 될 수 있다. 지나친 물질적 욕심으로 인해 만족을 모르고 살게 되고 결국 망하는 길이 될 수 있다.

배우는 목적이 남을 위한 것이라면 최고의 선이다. 배우는 목적이 나의 입신양명을 꿈꾸기 위한 것이라면 최하의 선이 될 것이다. 대다수의 배운 사람들은 이기적이다. 나도 입신양명에 뜻을 두었고 마음의 수양이 덜 되어 철학적 고민 없이 먹고 사는 길을 찾아 지금까지 살아왔음을 반성 해본다. 퇴직을 하고서야 내가 최하의 선을 추구해 왔음을 깨달았다. 속물이었던 것이다.

오늘 저희에게 잘못한 이를 저희가 용서하오니 저희 죄를 용서하시고 저희를 유혹에 빠지지 않게 해달라고 기도를 바치지만 사실은 이기주의가 나의 마음을 차지하고 있다.

사실 나에게 잘못을 저지른 사람들을 용서하지 못하고 아직도 가끔 마음속으로 화가 난다. 그럴 때마다 용서해야 한다고 마음을 억누르지만 쉽지 않다. 여전히 종교적 가르침을 따르지 못하는 이기적인 인간이다. 일용할 양식에 만족하지 않고 더 많이 쌓아 두려고 한다. 속물 같이 탐욕에 빠져 사는 죄인이 바로 나다. 부끄럽다.

속물의 탐욕

족함을 알고 멈출 줄 알아야하는데
아직도 늘 탐욕이 있다
조금이라도 더 갖고자 하는 마음

절제하고 분수를 알아야함에도
조금만 잘 되면 교만하고
물질적 이기심이 있다

선을 잃지 않고
덕을 지켜나갔으면 좋으련만
나이가 들어도 욕심은 그대로구나

덜어내고 덜어내는 가운데
겸손한 구도자처럼
이타적이고 착한 사람이 되고 싶다

나는 행복한가

문화 활동이나 독서, 여행과 같은 내면의 영혼을 살찌우는 활동들은 타인과 비교할 것이 없다. 나의 영혼에 살을 찌우는 창조적 삶이기 때문이다. 자신의 삶에 치중하면서 내적인 만족을 추구하고 성숙한 자아의식을 높이고자 하는 것이다.

공자가 말한 행복은 물질적 이익을 추구하는 '소인'을 버리고, 정신적으로 성숙한 '군자'가 되기 위한 길을 걷는 것이다. 보여주기 식 삶을 버리고 정신적 존재감을 강화하는 생활을 추구하면 열등의식을 치유하고 평안을 얻게 된다.

물질적 풍요와 정신적 풍요를 동시에 추구하는 스티브 잡스, 잭 웰치, 빌 게이츠, 손정의 같은 사람들도 있다. 이병철, 정주영도 조선시대의 초등교육인 서당 공부를 했고, 사서삼경으로 정신적 가치를 공부했다. 동양의 고전을 일찌감치 접한 것이다.

물질적 경쟁과 육체적 만족을 위한 노력이 남에게 '보여주는 행복'이라면, 영혼과 정신을 위한 것이 내가 '보는 행복'이라 할 것이다. 보여주기 위한 행복을 추구할수록 다른 사람과 끊임없이 비교하기 쉽다. 나도 비싼 집에 산다고 생각했는데 다른 친구는 더 비싼 집에 살고 있다. 비싼 옷을 사 입었는데, 이웃은 더 비싼 옷을 입고 있다. 내 월급도 남부럽지 않다고 여겼는데 친구는 더 많이 받고 있다. 내 차는 다른 사람의 차보다 작거나 때로는 크다. 늘 비교하는 것이다. 인간은 끝없는 욕망 때문에 만족을 모르게 된다.

오늘날의 소비 지향적 자본주의 세계는 서로 비교하고 보여주기가 극에 달한 사회가 되었다. 경제적 발전이 오히려 열등감과 우월감을 조장한다. 문제는 경쟁의 우위를 점하고자 더 보여주고 자랑하기 때문에 대다수의 사람은 우월감보다 열등감을 더 강하게 느낀다는 것이다.

오늘날 많은 사람이 물질적 풍요를 누리고 있다. 옷이 낡았기 때문에 새로 사는 것이 아니고 유행이 바뀌어서 새로 구입하는 경우가 더 많아졌다. 청바지도 일부러 찢어서 남과 다르게 보이고 싶어 한다. 양복이나 넥타이의 유행 주기가 짧아지고, 아무리 좋은 옷도 2~3년 입으면 구닥다리가 된다.

30년 전과 비교할 수 없이 일인당 차지하는 면적이 넓어진 집에서 편안하게 산다. 빈 방을 더 많이 가지고 살아간다. 여유가 생기면 경치 좋은 곳에 별장을 둔다. 배불리 먹고도 음식을 남기고 나오는 경우도 많아졌다. 불과 50여 년 전 음식이 귀해서 끼니를 거르기도 했던 기억을 가진 세대에게는 기가 막히는 반전이다.

내가 초중등학교에 다닐 때는 할머니와 동생, 친척까지 다섯 명이 한

방에서 어깨를 붙이고 잤다. 매일 샤워는커녕 일주일에 한번 머리를 감고, 한 달에 한번 정도 목욕탕에 다녀왔다. 옷도 아주 더러워져야 갈아입고 속옷도 며칠씩 입었다.

세상은 의식주 모든 면에서 엄청난 변화와 발전을 해왔다. 그럼에도 불구하고 더 좋은 의식주에 대한 목마름은 강하다. 생각의 변화가 없는 한 우리는 끝없는 열등감에 빠지기 쉽다. 인간의 끝없는 욕망이 필요 이상의 사치스런 의식주를 갖고자 한다. 홍보 매체의 발달로 남과의 비교가 실시간으로 이루어지고 인터넷 판매를 이용해서 변화된 유행을 바로 뒤쫓아 가는 방법도 있다. 그러나 욕망을 채울수록 불안은 더해가는 것이 우리의 모습이 아닐까.

명품 옷이나 명품 가방 등 사치품은 비싸지만, 우리가 살아가는 데 꼭 필요한 옷이나 가방은 비싸지 않다. 생명을 유지하는 데 꼭 필요한 먹을 것은 많은 비용이 들지 않는다. 쌀과 김치, 달걀, 고구마와 감자, 반찬거리는 많은 돈이 들지 않지만, 좋은 차, 비싼 옷, 넓고 고급스러운 집은 힘들게 노력해야만 얻을 수 있다.

우리가 살면서 사치품을 최소화하고, 생필품만 주로 소비한다면 크게 고민하지 않아도 된다. 그러나 인간의 욕망이 남과 비교하고 사치품을 원하도록 한다. 사치에 대한 목마름과 끝없는 소비의 갈증에서 벗어나는 길은 하나다. 현재의 삶에 만족을 느껴야 한다. 물질적 추구는 꼭 필요한 만큼 가진 것에서 만족해야 한다. 경제적 상류층이 아니면서 사치하기 시작하면 삶이 망가질 수 있다.

아울러 적당한 시점에서 정신적인 삶을 보살펴야 한다. 책을 읽고, 새로운 충격과 삶에 기쁨을 주는 여행을 하고, 생각을 하고, 명상에 잠기어 현인들의 가르침을 묵상해 보는 것은 영혼에 충실한 정신적 삶을 사는 길이다. 이러한 정신적 가치를 추구하는 사람들도 많다.

물론 정신적 가치만 추구하는 사람도 있고, 물질 만능주의를 굳게 믿는 사람도 있다. 어느 쪽이든 극단적 삶보다는 물질적으로 꼭 필요한 것은 갖추고, 정신적으로 자유롭고 충만한 삶을 사는 것이 바람직하다고 생각한다. 물질적 욕망을 적당한 수준에서 자제하는 습관을 키우면서 세상에서 가장 중요한 영혼을 살찌우는 삶을 살아야 한다. 이러한 두 가지 노력이 적당한 물질적 욕망과 풍요로운 영혼이 조화되는 삶으로 이끌어준다고 생각한다. 물질적 욕구는 어느 정도에서 만족하고, 정신적 가치에도 눈을 돌리는 삶이 행복이라고 법정스님이나 김형석 명예교수도 자주 강조했다.

남을 위해 봉사하고 사랑하는 것은 더 큰 기쁨과 행복을 준다. 타인을 사랑하는 것은 행복의 핵심이라고 레프 톨스톨이는 『살아갈 날들을 위한 공부』에서 강조했다. 톨스토이는 이 책에 자신의 행동 지침이 될 삶의 철학을 정리했다. 자신만을 사랑한다면 진정으로 행복할 수 없다. 그래서 톨스토이는 "행복은 타인을 사랑하는 능력"이라고 했다.

예수님은 서로 사랑하고 영원히 목마르지 않을 샘물을 와서 마시라고 2,000년 전에 복음을 전해 주었다. 진정한 삶은 사랑 안에 있다. 사랑은 진심 어린 선행이다. 예수님은 재물을 많이 가진 자들이 하늘나라에 들어가기는 어렵다고 했다. 영혼의 구원이 재물에 있지 않다는 것이다. 오히려 재물이 구원을 받는 데 걸림돌이 된다고 강조하셨다.

소박하게 먹고 꼭 필요한 것만 가지고 살아가야 자유로운 영혼이 될 수 있다. 사치하는 일에서 멀어질수록 더 많은 자유를 얻을 수 있다. 자기절제와 검소를 실천하려고 노력해야 한다. 살아있는 동안 이웃을 사랑하고 영혼을 살찌우는 데에 힘을 쏟아야 한다. 더 나은 삶을 위한 지혜를 책 속에서 찾아 명상하면서 살아간다면 육체적 갈증에서 좀 더 벗어날 수 있다.

독서와 글쓰기도 행복할 수 있는 방법이다. 특히 글쓰기는 여러 책에서 권장하는 것으로, 글을 쓴다는 것은 삶을 바꿔줄 도구이고, 인간의 아픔을 치유해 주는 기능이 있다고 한다. 독서는 참 중요한 자기 계발이고, 정신적 성장의 도구라고 할 수 있다. 요즘 책을 읽고 생각하면서, 혼자서 하는 공부의 맛을 알아가는 사람들이 늘어가고 있다. 도서관에 가보면 몰입해서 읽거나 쓰고 있는 남녀 선비들을 흔히 볼 수 있다.

처음에는 은퇴에 관한 책으로 시작했지만, 지금은 철학 등 여러 분야의 책도 읽고 있다. 기억해야 할 내용은 따로 적어둔다. 읽고 나면 망각하기 때문에 요약 정리해서 시간이 날 때 다시 음미해 본다. 그러면 기억을 되살릴 수 있고 힘들 때 펼쳐보면 힘을 얻을 수 있으며, 다시 한 번 생각하는 과정에서 충만한 즐거움을 마음속 깊이 느낄 수 있다.

또 형편이 허락하는 한 여행을 즐긴다. 더 나이 들기 전에 많이 가자는 생각이다. 여행은 가기 전 준비하는 설렘도 느낄 수 있다. 또 현지에서 보고 듣는 것을 통해 '보기 행복'을 추구한다. 최인철 교수가 『굿 라이프』에서 강조하듯이, 여행은 새로운 것을 보고 먹고 걷고 이야기 나누는 행복의 종합이다. 돈을 많이 소유하기보다 여행 경험을 사고, 많은 경험을 통해 이야깃거리를 사는 데 돈을 써야 한다.

행복을 주는 큰 부분이지만 잊고 사는 것 중의 하나가 가족들이 건강하다는 점이다. 최근에 허리 디스크와 천식 치료를 하면서 큰 대학병원에 많은 환자들이 힘든 하루를 살아가고 있음을 보았다. 건강할 때 고마움을 더 느끼고 살아야겠다는 생각이 든다.

조그만 일에서 느끼는 확실한 행복을 소중하게 생각해야 한다. 인간은 누구나 상향 비교보다 하향 비교를 해야 편하고, 상대적으로 가진 것이 많다는 생각이 든다. 그러나 그러한 비교에서 오는 행복은 오래가지 못한다. 물질적 비교는 늘 부족하다는 결론을 내린다.

진정한 행복은 정신적 만족이다. 물질적으로 엄청난 발전이 있었지만, 나는 어려서 살던 생활이 더 행복했다는 생각을 한다. 학교 성적은 비교했지만, 물질적으로 남과의 비교도 거의 없었다. 우리 집은 약간 가난하구나 하는 생각만 했다.

행복은 정신적 만족을 추구하는 길에 있음을 자주 느낀다. 책을 읽고 정리해둔 '초서 노트'를 몇 년째 늘 지참한다. 지하철이나 기차에서 시간이 되는대로 읽으면서 묵상한다. 참 좋은 시간이다. 물질적으로 늘 욕망에 빠지는 나를 정신적으로 바로 잡아주는 시간이다. 책을 읽고 작성해둔 초서들이 몇 년이 지나 나의 여행 길동무가 된 것이다.

삶에 쫓기다 보면 생각 없이 살아간다. 나 역시 생각 없이 사는 사람이었지만 이제는 인생에 대해 진지하게 생각하는 시간을 갖고 싶다. 건강, 죽음과 삶, 배움, 사랑, 종교 등 우리 스스로 답을 찾아야 할 것들에 관하여 더 깊이 탐구해 보고 싶다.

우리 지구는 생활 공동체

마음대로 안 되는 것이 세상사이고, 그렇다고 해서 실망할 것도 없다. 뜻대로 되지 않아 당장은 힘들지만 인생 전체로 보아 그것이 꼭 나쁜 일만은 아닐 경우도 많다. 시간이 흐르면서 새옹지마를 생각하는 경우가 많은 것이다.

요셉은 형제들에 의해 이집트로 팔려가 노예가 되었지만, 성실히 일하며 주인을 위해 최선을 다한다. 요셉은 이집트에서 노예 생활을 하던 중, 주인 여자의 모략으로 감옥에 갇히게 되는데 감옥살이에도 원망하지 않고 사람들에게 지혜를 나눠준다. 감옥에서 왕의 시종을 우연히 만나 결국 임금의 꿈을 해몽해 준다. 그 후 왕의 신임을 받아 이집트의 재상이 되었고 기아에 허덕이는 부모 형제들과 이스라엘 민족을 기근에서 구한다. 지금의 고통이 미래에 축복이 되기도 하는 것이다.

산업혁명 이후 도시화가 촉진되었고, 시장경제는 확대되었다. 가족과 공동체는 붕괴되고 개인은 소외되었다. 1인가구의 증가에서 소외된 개인이 더욱 늘어나고 있음을 볼 수 있다. 공동체 의식이 사라지고 개개인은 자신의 삶에 집중하느라, 각자의 고민을 안고 외로움에 몸부림치는 고독한 시대에 살고 있다. 물질적으로는 더욱 풍부하지만, 우리가 느끼는 주관적 행복은 줄어들었다. 끊임없이 비교하며 열등감을 느끼는 시대다.

이럴수록 자존감과 자기 자신을 사랑하는 정도가 강해야 상처를 덜 받고 행복을 느낄 수 있다. 자신을 사랑하는 사람이 되어야 다른 사람을 사랑할 수 있다. 자신을 사랑하는 긍정적 사고와 나의 장점을 살리는 노력을 해야 한다. 나의 행복을 먼저 추구하고, 봉사하는 이타적 행동이 이어져야 순서인 것이다.

돈을 추구하는 삶은 가치 있는 삶이라 할 수 없다. 돈은 욕심과 연결되어 이기적이고, 소외와 갈등의 원인이 되기도 한다. 물질은 상대적 가치이자 남에게 보여주기 위한 것으로 늘 부족을 느끼게 한다.

인생을 사는 데 필요한 대부분의 것들은 남들이 수고하여 만든 것이다. 빈손으로 태어났지만, 세상 살면서 꼭 필요한 것은 모두 얻었다. 집도 차도 옷도 가구도 다 남의 노력에 도움을 받아 만들어진 것을 사용하고 있는 것이다. 내가 직접 만든 살림은 거의 없다. 인간은 참 많은 것을 남에게 빚지며 사는 것이다.

내가 만들지도 않은 도로, 철도, 비행기를 돈만 내고 이용한다. 지구에 사는 모든 사람이 서로 주고받고 하면서 살고 있는 것이다. 인간이 혼자서 살아간다면 모두 불가능한 것들이다. 지금 입고 있는 옷이나 휴대폰을 혼자서 만들 수도 없다. 여러 사람이 힘을 합쳐야 만들 수 있는 것이다.

생각해 보면 우리 인간은 늘 서로 돕고 있다. 남이 필요한 것을 만들어

주고 대가를 받아, 내가 필요한 것을 구하는 것이다. 우리 지구는 생활 공동체이다. 특히 모든 동물은 지구상의 식물들에게 신세를 지며 살고 있다. 식물이 없다면 동물도 조만간 멸종할 것이다.

죽음을 기억하라

최근에 통증을 뿌리째 뽑겠다는 광고를 보았다. 아무리 광고라지만 과장이 심하다는 생각이 들었다. 통증을 뿌리째 뽑겠다는 말을 곧이곧대로 해석한다면 신경을 제거하는 것밖에 없다. 아니면 죽을 때만 통증이 뿌리째 뽑힌다.

역설적으로 들리지만 통증이라는 것이 있기에 우리는 산다. 통증이 없다면 우리의 수명이 무척 짧아질 것이다. 칼에 베이든, 찔리든, 넘어져 다치든 통증이 없다면 아픈 줄을 모르고 살아가게 되니 곧 죽을 수밖에 없는 것이다. 통증이 있기에 조심하고, 아픈 곳을 알게 된다. 그러니 통증은 참 고마운 것이다. 문제는 통증 때문에 고생한다는 것이다. 우리가 피하고 싶은 고통과 죽음은 좋은 약이 되기도 한다. 쓴 나물이 당뇨를 치료하고 예방하듯이 고통이나 죽음은 인생에 좋은 것이다.

"메멘토 모리, 죽음을 기억하라!"는 로마시대 개선장군 뒤에 사람이 따라다니면서 상기시켜 주었다는 문구다. 로마 초기에 정복 전쟁을 계속하던 때에 개선장군은 부러움을 한 몸에 받는 사람이었다. 그런 사람에게 지금의 성공과 언젠가는 죽을 몸이라는 삶의 유한함을 함께 생각해서 겸손하게 살라는 경고였다.

6세기 초 철학 입문서를 쓴 로마 최후의 철학자 보이티우스는 갑자기 모함을 받아 사형에 처해졌다. 그는 왕이 반역죄로 고발한 집정관을 변호하다가 반역 혐의로 감옥에 갇혀『철학의 위안』을 집필했다. 물질적 욕망은 그것을 얻을수록 탐욕의 갈증만 증가하니 최소한의 것에 만족하라는 것이다. 우리의 내부에서 정신적 진리인 선을 추구하라는 글을 남기고 사형되었다. 그가 살던 시대로 보자면 로마제국의 탐욕과 욕망이 결국 로마를 멸망으로 이끌 것이라는 예언이기도 하다.

죽음만이 죽음인가? 식물인간도 있고, 몸이 아프거나 마음이 아파서 사회적 삶에 장애가 발생하는 것도 죽음에 가까운 것이다. 우리는 잘나갈 때 어려운 때가 올 것을 생각하고, 어렵고 힘든 때는 좋은 때가 멀지 않음을 생각해야 한다.

잘나가다 보면 교만한 마음이나 뭐든 할 것 같은 생각이 들 것이기에 주변에서는 시기하고 덫이 될 만한 일도 생기는 것이다. 나도 직장 생활에서 잘나갈 때 오히려 문제가 발생했었다. 특히 세월호라는 국가적 재난은 나의 인생에 있어서도 최고점에서 최저점으로 날개 없는 추락을 가져왔었다.

살다보면 힘들어 지쳐갈 때 앞이 안 보이고 절망한다. 그러다 보면 어느새 새로운 희망이 생기고 길이 열린다. 퇴직하고 답답하던 때가 있었는데 이리저리 살 길을 찾게 되었다. 성균관대 연구교수라는 자리가 생겼을 때 정말 고마웠다. 도움을 주고자 하는 사람을 만나는 기회가 절망적 순간에 찾아온다는 생각이 들었다.

내가 사는 동네 뒷산, 이말산은 높이가 133m로 야산이다. 높지 않은 산이라 자주 산책을 한다. 조금만 천천히 걸으면 나무도 한 그루 한 그루 보이고 묘지도 자세히 보게 된다. 오래된 묘들도 있고 새로 만든 묘도 있다. 등산로에 최근 새 단장을 한 데다 조각품까지 설치해 놓아 깔끔하게 가꾼 묘가 있다. 화가와 희곡작가 부부의 묘와 아들 둘, 총 네 기의 가족묘이다. 이 가족묘는 등산로 옆에 크게 조성되어 각각의 묘비를 세우고 글을 새겨 놓았다. 어느 날 자세히 들여다보니 다복한 집안에서 부부가 유명 대학 교수와 예술계 원로가 되어 장수하고 세상을 떠났다. 아쉬운 것이 있다면 아들 둘이 일찍 세상을 떠나 함께 묻혔다는 점이다. 어머니는 자식의 죽음을 보고 눈 감았으니 얼마나 힘이 들었을까. 조금 더 살았다면 하는 아쉬움이 남았다. 세상일이란 것이 모두 다 아쉬움이 남는다. 나는 오늘도 죽음을 생각한다.

죽음

누구나 각자의 아픔을 간직한 채 살고
언젠가는 영원한 안식에 편히 쉬리

잘나간다고 자만하지 말고
힘들다고 낙심하지 말자

누구나 죽는 것이니
겸손하고 절제하면서 살아갈 일

아등바등 살아가는 인생
결국은 무덤에 눕는다

세속의 고통과 빈부격차도 없어지고
영원한 안식을 누리는 시간

나의 유언장

죽음이라는 누구나 가는 길을 떠나면서, 가족 모두에게 고맙다. 늘 곁에서 헌신해 주고 가족을 보살펴 준 아내에게 특히 감사드린다. 스물여섯 살에 나와 결혼해서 딸 아들 하나씩 낳고 성인이 되도록 잘 길러 주었다. 절약하는 가운데 가정을 꾸려 많지 않은 월급으로 알뜰하게 살아온 것에 늘 감사하다.

세월은 많이 흘러 아영이, 상현이가 서른 살이 넘었다. 항상 건강하고, 스스로의 삶에 만족하면서 행복했으면 한다. 예쁜 딸에게도 좋은 짝이 어디엔가 있을 것이고 결혼을 하고자 하는 마음이 있기 때문에 좋은 소식이 있게 되면 내 묘지에 와서 소식이나 전해 주렴. 살아서 결혼하는 모습을 보지 못해서 아쉽다.

상현이는 영주랑 결혼해서 잘 사는 모습이 보기 좋구나. 사랑하는 손녀 유나도 온 가족의 사랑을 받아가면서 잘 자라고 있어 대견하고 예쁘구나. 아직 경제적 어려움이 있겠지만 잘 극복하고, 늘 검소한 삶을 살도록 노력하자. 계속해서 좋은 가정을 이루어 나가기를 두 손 모아 빈다.

　일과 여가가 조화되도록 개인의 즐거움이 있는 직장 생활이 되었으면
한다. 산다는 것이 행복하고자 하는 것이니, 스스로 즐거운 삶이 되도록
노력할 필요가 있다. 특히 직장 생활이란 것이 개인의 사생활을 희생시키
려는 경향이 있다. 나와 가족의 행복을 추구하면서, 직장에도 성실한 노
력을 해야 할 것이다. 직장 생활을 통해서 우리가 경제적 수입을 얻는 것
이니 소홀히 해서는 안 된다.

　아영, 상현아, 혼자 남는 엄마를 잘 보살펴 드려라. 엄마 성격이 깔끔
해서 혼자도 잘 사실 것이나, 나이가 들어갈수록 힘들 수 있으니 조그만
도움이라도 드리는 노력을 해주길 바란다. 재산은 남길 것이 거의 없지만
집과 모든 것은 엄마에게 남기고자 한다. 대학 졸업하기까지 지원 받은
것으로 만족하고 각자 힘껏 잘 살기를 바란다.

　죽음을 준비하면서 나의 생각은 이러하다. 장례식은 가급적 간소하게
치르고, 수의도 내가 입던 양복 가운데 좋은 것으로 입혀서 장례 절차를
마치면, 화장을 해서 광주 영락공원 가족묘에 보관해라. 남은 옷은 좋은
것만 골라 기증해서 누군가 다시 입는다면 좋겠구나.

　혹시 사람 일이란 모르는 것이니까 하는 말인데, 내가 죽기 전에 식물
인간이 되거나, 치매가 오는 등 이와 유사한 일로 의사표현을 할 수 없을
때 불필요한 의료로 수명만 연장되는 것은 가능한 최소한의 기간, 내 기
준으로는 1주 이내만 하고, 의사와 상의하여 생명을 강제로 연장하는 일

이 없도록 해주길 바란다. 예를 들어, 관을 주입해서 음식물이나 영양분을 공급하는 것은 하지 말길 바란다. 못 먹으면 안 먹는 대로, 못 마시면 안 마시는 대로 사는 날까지 살다 가고 싶다. 나의 신체 중에 다른 사람에게 기증이 가능한 부분은 모두 다 기증하고 싶다. 이것과 관련해서 이미 오래전에 장기기증서약을 엄마와 함께 해둔 바 있다.

가족 모두 함께 만나서 행복하고 즐거운 시간이었다. 모두 고맙다. 사랑해, 여보! 결혼한 것이 엊그제 같은데 벌써 많은 세월이 흘렀네. 지난 세월 여러 가지로 고생 많았고, 생각해 보면 즐거웠던 시간도 많았었네. 사는 날까지 몸 성히 잘 지내소.

회자정리

청춘이 아직 기억에 선명한데
인생의 가을이 되었네

황혼이 깊어가는 가운데
낙엽은 한 잎 두 잎 떨어지고

나그네처럼 살아온 인생
벌써 회자정리 할 나이구나

이슬로 왔다가 바람처럼 사라지는
즐거웠던 인생이여, 안녕

인생 2막,
너무 걱정할 일도 아니다

요즘에는 신문이나 책에서도 은퇴에 관한 글이 자주 눈에 띈다. 58년 개띠들 대다수가 직업 전선에서 나와 인생 제2막으로 들어섰다거나, 1955~1963년의 베이비부머 세대들이 대부분 직장 생활을 정리했다는 것이다.

은퇴 관련 고민은 두 가지로 압축된다. 첫째는 경제적 고민이다. 평균 수명이 계속 늘어나고 있는데 과연 경제적 빈곤 상태에 빠지지 않을지 고민하는 것이다. 당연하다. 월급이 연금으로 바뀌면서 개개의 가정에서는 수입이 절반 이하 수준으로 떨어지거나 연금도 가입하지 않은 사람은 아예 규칙적인 수입원이 없어진다는 현실이 공포인 것이다.

두 번째 고민은 인생 2막을 어떻게 살아야 하는가에 대한 것이다. 인간은 일과 휴식의 균형을 추구하는 경향이 있다. 일만 하거나, 노동이 없이 휴식만 취하는 것은 행복하기 어렵다. 적당한 일이 수입도 보장해 주면 금상첨화지만 노년에는 소일거리만 있어도 행복할 것이다. 일은 보람과 기쁨을 주는 것이기 때문이다. 톨스토이는 농사짓는 노동이라도 해야 한다고 했다.

소일거리도 꾸준히 찾아야 한다. 봉사도 하고, 서예나 당구, 탁구, 외국어 공부도 가능하다. 김형석 철학교수 말씀대로 60~75세가 인생의 황금기라면 은퇴 이후를 걱정만 하고 있을 이유가 없다. 건강이 허락하는 한 적극적으로 살 필요가 있다.

내가 진짜 해보고 싶은 일은, 가보지 않은 곳은 어디든 가보는 것이다. 여행을 어떻게 하느냐에 따라 비용은 천차만별이다. 마치 우리가 먹는 밥이 비싼 호텔식이 있고, 다양한 종류의 식당이 있는 것과 같다. 경제적으로 어렵다면 시장에 앉아 저렴한 비용으로 한 끼를 때우는 식사도 가치가 있다. 여행 비용을 검소하고 절약해 쓰면서도 재미있게 보낸다면 경제적 부담이 큰 문제가 되지 않을 수도 있을 것이다.

요즘 절대적 빈곤은 거의 없어졌지만 상대적 빈곤 때문에 삶의 의욕을 잃는 시대이다. 남과 비교만 안 한다면 사는 데 지장이 없다. 최근 강원도 정선 산골짜기에 사는 어느 부부가 차량유지비를 포함해서 매달 50만 원이면 생활하기에 부족함이 없더라는 내용의 글을 읽었다. 국가에서 최소한의 생계유지를 책임지는 영역도 차츰 넓어지면서 조금만 노력하면 생물학적 가난은 극복할 수 있는 시대가 되었다.

농업은 노동력이 있는 한 생계유지의 수단이 될 수 있다. 미국 인구의 단 2%가 농업에 종사해도 수출까지 하는 것을 보면, 농업에는 무궁무진한 기회가 숨겨진 것 같다. 물론 농사짓는 일은 쉽지 않다. 윤구병은 『윤구병 일기』에서 농사가 쉽지 않음을 변산 공동체 경험을 통해 보여주고 있다.

어느 날 갑자기 로스쿨에 다니던 아들이 결혼을 했으면 한다고 했다. 여자친구와 사귄 지 1년 정도 되지만 알고 지낸 지는 수년 되었다고 했다. 나는 허락했다. 언제하든 할 결혼이라면 하고 싶을 때 해서 아이들도 빨리 키우는 것이 좋겠다고 생각했다.

갑자기 아들이 결혼을 하겠다고 하자 나를 돌아보게 되었고, 은퇴도 조만간 다가온다는 사실이 새삼 정신을 번쩍 들게 했다. 그렇게 멀리 보이던 은퇴가 다가왔고, 아들도 결혼을 하는구나. 어떻게 헤쳐 나갈 것인가? 고민이 시작되었다. 우선 무턱대고 은퇴나 인생 2막에 대한 책을 몇 권 집중해서 읽었다.

읽을수록 은퇴에 관한 책이 재미있었다. 나처럼 은퇴하면 무엇을 해야 하는지에 대해서 미리미리 고민한 선배들이 많이 있었다. 은퇴, 30-30-30(트리플 30년), 100세 시대 등 책을 통해 은퇴에 관한 내용을 배우게 되었다.

『100세 시대 은퇴대사전』, 『개코원숭이의 사막건너기』, 『행복한 은퇴 전략』, 『멋지게 나이 드는 법 46』, 『나는 매일 은퇴를 꿈꾼다』, 『은퇴 후, 40년 어떻게 살 것인가』, 『노후는 없다』 등 은퇴에 관한 책은 차고도 넘쳤다. 나에게 도움이 되고 재미가 있어서, 기쁜 마음으로 읽어나갔다.

곧 퇴직하는 마당에 아무런 2모작 준비가 되어 있지 않아서 불안했다. 아내도 약간은 불안한 눈치였다. 퇴직이 가까울수록 나가면 뭐 할 거냐고 묻는 사람이 많았다. 우선 할 일이 아무것도 없다고 대답하고, "은퇴는 놀고먹으라고 있는 것이지 일하라고 있는 것이 아니다"라고 한마디 덧붙이며 스스로를 합리화했다.

산업화 이후 은퇴가 생겨난 것은 월급쟁이들에게만 있는 제도이다. 은퇴의 주목적은 새로운 세대로 교체하고자 하는 것이다. 학교 다니고 군대생활, 직장 생활 등 모두가 구속된 생활이었다. 늘 일정한 시간에 오가면서 끊임없이 바쁘게 종종 걸음을 쳤다. 은퇴 후에는 은퇴의 진정한 목적대로 마음 편히 먹고 놀면서 자유를 만끽하고 싶었다. 경제적 여유가 없이 산 것은 인생 내내 그랬다.

약간은 불안해하면서 퇴직하고 어찌됐든 놀았다. 반년쯤 지나니 놀고 먹기도 지루했다. 더 이상 놀지 못하겠다고 생각이 들어 답답할 때, 운 좋게 두어 곳에 비상근 자리를 구한 것은 다행이었다. 퇴직하기 전에 10여 년 했던 재난안전 관련 경험이 비상근 일자리를 구하는 길을 열어주었다.

노동자나 월급으로 생활하는 사람에게 은퇴는 결국 오는 것이기에 현역으로 있을 때부터 고민하고 준비해야 한다. 요즘의 후배들은 상당수가 미리 준비하는 것을 보았다. 현명한 사람들이다. 미래는 늘 미리 준비하는 사람의 것이라는 말이 은퇴에도 적용된다.

책들을 통해 "은퇴는 누구에게나 오니 미리 준비하라" "재산을 자식들에게 모두 주어버리면 안 된다" "노인 건강관리, 대인관계, 친구는 나이 들수록 중요하다" "취미활동은 은퇴 전부터 개발해 두어야 한다"는 이야기 등 참 많은 것을 알게 되었다.

"은퇴 후에도 일을 계속해야 행복하고 건강하게 살 수 있다"는 것도 그중 하나이다. 일을 하지 않으면 건강과 행복을 동시에 잃을 가능성이 크다는 이유였다. 은퇴 후에도 일을 하고자 하는 것은 오늘날 대한민국 은퇴자들의 소망이기도 하다.

우리나라의 노령화가 매우 빠르게 진행되고 있다. 경로당에서도 60대는 이등병 신출내기 취급을 받고, 건강수명인 70대가 노인정 잔심부름을 도맡아할 정도가 되었다. 70대가 일등병, 80대가 상병, 90대가 병장, 100세가 넘으면 선임하사라는 우스갯소리가 나온다. 경로당에서는 나이 80은 돼야 그런대로 살았구나 하는 것이다.

65세에 지하철을 공짜로 타는(지공선사) 제도도 나이를 70쯤으로 높이고, 노인이라 부르는 연령을 더 높여야 한다는 목소리도 나온다. 게다가 평균수명 연장에 따라, 여성들의 수명이 더욱 길어졌기 때문에 혼자 사는 할머니들도 많아지고 있다.

바쁘게 살던 삶이 은퇴 후에는 전혀 바쁘지 않고 시간이 많은 삶이 계속된다. 은퇴한 남편의 입장에서는 큰소리치던 과거는 지나갔다. 우스갯소리이지만 남편 입장에서 이제는 아내, 집사람, 마누라, 애 엄마, 처가 필요한 것이다. 특히 요리를 할 능력이 없는 것이 가장 문제지만 그 밖의 집안일에도 익숙하지 못하다. 나처럼 세탁기 사용도 잘 못하고 밥도 안 해본 경우가 우리나라에서는 드물지 않게 있다.

반대로 나이든 아내는 돈, 건강, 딸, 친구, 찜질방 순으로 선호하고, 남편은 꼭 필요한 것도 아니고 오히려 귀찮은 존재란다. 특히 식사 때 맞추어 밥을 차려 주는 것이 큰 어려움 중 하나다. 반찬만 해두면 대충 차려 먹거나, 필요한 경우 간단한 요리도 할 줄 안다면 최고의 남편이다.

아내의 입장에서 보면 그동안 살아온 삶의 영역을 서로 존중해 주기를 바란다. 가능한 한 홀로서기를 하고, 점심 정도는 밖에서 해결하기를 바란다. 특히 아내들은 가사노동을 부부가 협동하여 해결해 나가는 것이 은퇴한 남편의 바람직한 모습으로 생각한다.

나의 경우도 가급적 하루 한번 정도는 나가서 먹으려 한다. 약속이 없으면, 가끔은 아내와 간단한 외식을 한다. 각자의 삶과 취미를 즐기고, 어떤 분야에서는 같이 즐기면서 살아간다. 수영이나 산책을 가끔 같이 하고, 여행은 같이 가기도 하고 각자 따로 다녀오기도 한다.

아들의 결혼 자금 등을 생각하면서 경제적 어려움을 느꼈다. 딸이 먼저 결혼할 것이라고만 생각해 오다 동생인 아들이 먼저 결혼하겠다는 것도 약간 충격이었다. 연년생이라 한 살 차이지만 결혼 순서가 바뀌게 된 것이다.

늘 경제적 여유가 없이 월급 받아 사는 사람에게 자식의 결혼은 고민이었다. 다행히 걱정했던 것보다 결혼에 많은 돈이 들지는 않았다. 검소하게 치르기도 했고 신혼집도 방 두 개인 소박한 빌라를 사돈과 분담해서 전세로 얻어 주었다. 결혼도 결혼이지만 아들이 아직 로스쿨에서 공부 기간이 두 해나 남아 있어 기본적인 생활이 되도록 뒷바라지를 해줄 수밖에 없었다. 고맙게도 아들은 힘들어도 늘 웃는 얼굴로 살아가면서 잘 극복했다. 로스쿨 학비는 계속 장학금으로 다녀서 부담이 없었다.

그리고 다행히 나도 은퇴 후 두 곳에서 매주 총 3일간 일하는 비상근 일자리가 생겼다. 이렇게 은퇴 후의 삶은 너무 걱정할 일도 아니라는 생각대로 잘 풀렸다. 주변 사람들의 도움이 컸다. 막막하던 일들이 하나하나 풀려나갔던 것을 생각하면 고마울 따름이다.

당신의 오늘은 안전하십니까

제3부

힐링과 자유

힐링: 몸과 마음이 지칠 때

최근에는 스트레스가 암의 원인이 된다고 해서 관심을 두고 있다. 적당한 스트레스는 오히려 좋지만, 과도한 스트레스는 병이 된다고 한다. 외부의 자극에 대해 체내에서 일어나는 심리적 반응이 극심하면 병적인 변화를 일으키는 것이다.

현대인은 여러 가지 정신적 고통에 시달린다. 만성적 피로와 스트레스 해소에는 충분한 휴식이 중요하지만, 제대로 관리가 안 되면 우울증으로 발전하고 심각한 경우 스스로 목숨을 끊기도 한다. 성공한 연예인들도 우울증으로 자살을 해서 우리를 놀라게 한 적이 있지 않은가!

누구에게나 스트레스는 있다. 우리는 육체적, 정신적 스트레스를 받으면서 살아간다. 가족 간에도 스트레스가 있을 수 있고, 이웃 간에도 스트레스가 있고, 층간 소음으로 살인까지 하는 세상이다.

나 역시 살아오면서 힘들 때가 많았다. 난감하고 의욕이 없을 때는 그 무엇도 하고 싶지 않다. 누구에게 하소연이라도 할 수 있다면 그래도 낫다. 정말 자살이라는 생각이 머리에 어른거릴 때를 잘 넘기고 나서도 여전히 삶의 의욕을 찾기 힘들 때가 있었다.

개인적인 경험으로 볼 때 가장 효과적인 힐링은 운동인 것 같다. 운동마저 할 수 없다면 얼마나 답답할까! 나는 스트레스가 느껴지면, 우선 몸이 힘들게 느낄 정도로 운동을 한다. 땀을 흘리고 운동을 하면 뭔가 기분이 좋고 스트레스도 줄어든다고 느껴진다. 땀나는 운동이 정신적 편안함을 느낄 수 있게 해준다.

또 누구나 할 수 있는 방법인 만사 포기하고 잠자기, 말벗을 찾아 대화하기, 종교적 기도, 뜨거운 목욕과 찜질방에서 근육을 이완하기, 심호흡과 명상, 차 마시기, 차분하게 느릿느릿 살아가기, 한두 잔의 술을 가볍게 마시거나 반려견과 산책하기도 힐링에 도움이 되었다.

자연 속으로 들어가 산책하거나 조용한 장소에서 쉬는 것, 책을 읽고 마음을 비우기 위해 노력하는 것, 배려와 겸손한 삶의 기술을 느껴보는 것, 글쓰기로 지나온 삶을 재구성해 보고 나의 영혼을 돌보기, 건강한 음식을 먹고, 여행을 하거나 특별한 곳으로 체험을 찾아가는 것 등이 나의 힐링이 되었다.

특히 심호흡은 몸을 이완하여 스트레스를 해소한다. "사랑한다, 행복하다, 평화를 느낀다, 고맙다, 아름답다"라는 말을 자꾸 되풀이하는 것도 스트레스를 해소하고 마음이 편안해지는 힐링 방법이다. 긍정적인 생각으로 부정적 생각을 씻어내도록, 하루에 여러 번 길든 짧든 기도와 명상 시간을 자주 갖는다. 그리고 고전 음악을 시간이 허락하는 한 하루 두세 차례 듣는다.

때로는 자포자기하고 때로는 스트레스 원인과 정면 돌파도 한다. 스트레스가 많다면 지금 당장 일어나는 일에만 집중해서 가장 중요한 현안에만 신경을 쓰기도 한다. 때로는 고민과 상처를 주위의 사람들과 이야기 나누어 도움을 청하고 조언을 받으며 방법을 찾아본다. 극복할 만한 스트레스라면 감사할 일이고, 극복한 스트레스는 지나가면서 나를 단련한다.

잘 놀아야 성공한다는 심리학자도 있다. 국가는 국민을 행복하게 해줄 책임이 있다고 주장하는 문화심리학자 김정운은 『노는 만큼 성공 한다』에서 잘 노는 사회가 건강하고 행복한 사회라고 한다. 그의 주장에 따르면 잘 노는 것은 충분한 휴식을 통해 마음의 평화를 찾는 힐링이다.

몇 년 전에 페루항공을 탔던 적이 있다. 페루항공의 승무원은 친절하되 꼭 필요한 일만 하고, 비행시간 동안 자기들끼리 수다를 떨었다. 우리나라의 대한항공이나 아시아나항공의 승무원은 무척 부지런하고 이른바 친절의 모범이라 할 수 있을 정도로 대조적이다.

페루항공 승무원이 인간적이고 창의성이 생길 수 있는 여유가 있는 것이라는 생각이 들었다. 승무원도 인간이다. 감정노동을 할 때 왜 힘들지 않겠는가. 늘 긴장되고 고약한 손님이라도 만나면 마음에 상처도 받을 것이다. 일터도 어느 정도는 놀이터 같은 기분이 들어야 한다. 우리나라보다는 페루항공이 더 바람직한 모델처럼 느껴졌다. 일과 삶의 균형(work-life balance)도 자연스럽게 이루어질 것이기 때문이다.

행복하기를 원한다면 친구를 사귀는 것이 좋다. 친구란 고민과 슬픔은 나누고, 행복은 배로 늘려준다. 친구와 함께 여행을 떠난다면 마음이 편안하고 가지고 있던 스트레스가 줄어들 것이다. 여행은 그 자체만으로도 즐거운 시간인데, 친구와 함께 간다면 얼마나 즐거운 일인지를 경험한 적이 있다.

몇 년 전에 처음으로 초등학교 동창들 남녀 총 28명이 중국 4박 5일 여행을 다녀왔을 때 좋았다. 스트레스가 다 날아가는 느낌이 들고 힐링 그 자체라는 생각이 들었다. 내 나이 60세였고 대부분이 60인데 어떤 친구는 59, 61, 62세까지 있었지만 서로들 편하게 야자로 통했다. 그 해 회갑인 친구들에게 회갑잔치라면서 웃고 즐겼다. 계산을 하지 않고 말을 나누고 서로 도와주며 소위 잘난 체 하는 것도 없다. 허물없이 편하게 대화하고 서로의 선은 지키면서 농담도 하고, 웃고 즐기다 보니 5일이 금세 지나가 버렸다.

혼자 자신에게만 몰두해서 생각할수록 우울하고 불안해진다고 한다. 긍정적 사고를 할수록 더 많은 사람들과 좋은 관계를 맺으며 살게 된다. 힘들고 우울하고 스트레스가 많을수록 만나는 사람도 줄어들고, 결국 나 혼자에게만 초점을 맞추게 되어 부정적 생각이 점차 많아진다. 더 스트레스를 받게 되는 악순환에 빠진다. 우리가 이런 불행에서 벗어나는 길은 긍정적 사고를 반복하고, 감사할 일을 찾아 행복을 느끼는 시간을 갖는 것이다.

우리 주변에 기대치를 조금만 낮추고 겸손한 마음으로 찾아보면 작은 행복은 늘 가까이 있다. 맑은 날씨도 감사할 일이다. 먹고 마시는 기본적인 생활을 할 수 있는 것만도 감사할 일이다. 오늘 건강한 것만도 감사할 일이다. 경제적 궁핍에 시달리지 않는 것만도 감사할 일이다. 작은 행복은 무궁무진하다.

운동은 치유의 길

40, 50대 중년기에는 등산에 푹 빠져 지냈다. 등산은 혼자서도 가능하고, 여럿이도 가능한 운동이며, 개인별 능력에 따라 난이도를 조정할 수도 있다. 그날의 몸 상태에 맞게 강약을 조절할 수도 있다. 이처럼 등산은 누구나 접근하기 쉬운 참 좋은 운동이다. 특히 우리나라처럼 산이 많은 나라에서는 언제 어디서든 가능한 운동이다.

현대인은 정신적 노동이 주가 되기 때문에, 누구나 몸을 관리해야 한다. 체중도 관리하고, 뱃살도 관리하고, 콜레스테롤도 관리해야 한다. 몸을 방치해서 아프면 그 피해가 나와 가족에게 오는 것이다.

평균수명이 급격히 늘어가지만, 병원과 각종 요양원에 죽지 못해 사는 사람들이 적지 않다. 이제 평균수명보다 중요한 것은 건강수명이 되었다. 오래 사는 것보다 건강해야 한다. 한 살이라도 젊을 때부터 자기관리를 해서 건강하게 사는 것이 나를 위하고 가족을 위하는 길이다. 건강하기 위해서는 잘 자고, 마음은 편하게 갖고, 자주 운동하고 소식(小食)해야 한다고 누구나 알고 있지만 아무나 다 하는 일은 아니다.

나는 2014년 세월호 참사 때 재난관련 업무를 보았기 때문에 개인적인 어려움을 겪었다. 머릿속이 하얗게 되는 경험이었다. 점차 조직의 주류에서 비주류로 밀려나고, 친구, 동료, 후배들이 승진하는 가운데 멈춰선 자신을 보는 것은 무척 힘들었고 때로는 모든 의욕을 잃었다. 고통의 시간이었다. 고통은 해결되기보다, 받아들여야 할 문제였다. 어느 날 받아들이고 인정하면 평화가 찾아오지만, 받아들이지 않으면 고통스러운 상황이 계속된다는 것을 깨달았다. 인생의 재난을 만난 것이라고 생각하고 받아들였다.

힘든 시간을 보내며 견딜 수 있었던 것은 운동 덕분이었다. 시간만 나면 등산과 산책을 했다. 괴롭고 힘든 생각을 곱씹으면 위축되고 의기소침해진다. 몸의 건강과 정신 건강까지 가져다주는 치유 기능이 운동에 있었다. 힘들다고 생각할 때가 운동을 해야 할 때였다.

하루에 만 보 이상 걷는다는 것은 나이 든 사람에게는 꽤 어려운 일이다. 예를 들어 젊은이가 만 보를 걷는다면 나이 든 노인은 오천 보만 걸어도 같은 강도로 힘이 들 수 있다. 건강이 안 좋은 사람은 2천 보도 건강한 사람의 만 보에 해당할 수 있다. 이러한 이유에서 우리는 건강관리를 위해 만 보를 걸어야 한다는 이야기를 꼭 실천해야 한다고 생각하지 말자.

때로 몸 상태가 안 좋으면 운동량도 줄여야 한다. 운동선수가 되고자 한다면 하루 10만 보도 걸어야 한다. 젊고 강한 체력을 기르는 중이라면 더 혹독하게 땀을 흘려야 할 것이다. 그러나 나이가 들어갈수록 너무 무리해서는 안 된다. 기초체력을 유지하는 선에서 적당한 운동을 해야 한다고 생각한다.

지속적으로 오랫동안 가볍게 하는 것이, 강하게 짧은 기간만 하다가 그만두는 것보다 나을 것이다. 갑자기 운동을 강하게 하고 싶은 욕망을 때로는 억눌러야 한다. 평생 해야 할 운동이니 서두르지 말자고 스스로 자제하면서 대신에 적당한 강도로 꾸준히 하면 될 것이다.

최근 약 2,000명의 회원을 가진 단체에서 하는 트래킹 소모임에 참여 신청을 했다. 문제는 이 모임의 회장이 하루 사만 보 이상을 걷는다는 것이었다. 깜짝 놀라서 뒤도 안 보고 그 모임을 뛰쳐나왔다. 하루에 칠천 보 걷기를 목표로 한 지 몇 년 된 나로서는 불가능해 보였기 때문이다.

며칠간 생각해 보았다. 다른 사람은 하루 사만 보를 걷는데 나는 칠천 보라니, 이것은 아니다 싶었다. 운동도 할 수 있을 때 해야 건강을 지킬 수 있다는 생각이 들었다. 칠천 보는 내 건강을 유지만 하는 것이고, 만 보 이상은 걸어야 건강을 증진시킬 수 있을 것이라는 생각이 들었다. 일단 만 사천 보를 목표로 세워 실천 중이다. 목표가 상향된 뒤로는, 하루 세 번 식사를 하고 나서 가급적 산책을 한다. 운동이 만병통치약이라고 생각하면서 오늘도 씩씩하게 동네 이곳저곳을 살피며 걷는다.

생활 체육

스쿼시, 배드민턴, 테니스를 영국에서 배우고 매주 한 시간 정도 즐겼다. 특히 스쿼시와 배드민턴을 통해 유학생들과 함께 매주 한 번씩 만나서 친선 경기도 하고 즐거운 시간을 가졌다. 귀국 후에는 등산 중심으로 바뀌고 다양한 스포츠 기회가 없었다. 시간이 지나며 우리나라도 점차 생활 체육을 장려하고 시설도 많이 늘어났고, 국가대표 중심으로 운영하는 엘리트 체육의 비중을 서서히 낮추고 있다.

우리나라의 경우 엘리트 체육을 배운 코치들이 운동선수 시절에 하던 습관이 남아 있어서 운동 종목마다 레슨을 할 때 기본 동작의 지속적 반복에 집중한다. 프로 선수를 만들고자 하는 훈련이 아마추어인 우리에게도 그대로 적용된다. 이런 방식으로 기초를 확실하게 다지는 훈련을 일반인에게 적용하다 보니 운동을 배우는 과정이 대단히 지루하다.

이와 달리 영국에서는 테니스와 수영 모두 수업 첫 시간에 전체적으로 필요한 기본동작을 모두 가르쳤다. 일주일에 한 번씩 하는 레슨이 끝날 때 코치가 꼭 하는 말이 있었다. 못해도 좋으니 테니스나 수영을 실제로 해보고 오라고 권한 것이다. 그때는 그 의미를 잘 몰랐다. 지나고 보니 그 말에는 운동을 즐기는 문화가 담겨 있었다.

우리나라에서 테니스를 6개월간 매주 세 번씩 배웠어도 실제 해보고 오라는 말은 안 했다. 아직 실전을 해보기에 부족하다는 말만 들었다. 골 프도 두 달 동안 배웠는데 필드에 한번 나가보라고 권고하기는커녕 기본 동작만 반복시켰다. 지루하고 재미가 없었다.

반면 영국에서 받은 골프 레슨은 정성껏 일주일에 딱 한번 30분 동안 가르쳐 주었다. 첫 시간 강습이 끝나자 5천 원 정도에 골프채도 빌려주고 골프까지 칠 수 있는 소규모 골프장이 근처에 있다고 약도까지 그려주며 가서 실제로 쳐보라고 권했다. 영국은 생활 체육 중심으로 운동을 권장해 서 일반인 중심의 즐기는 운동이 주류이고, 자연스럽게 운동을 즐기다가 자질이 있으면 운동선수의 길을 가는 것이다.

요즘 가끔 수영장에 가보면, 나이와 상관없이 수영대회를 앞둔 사람 들처럼 숨을 몰아쉬면서 경쟁적으로 운동을 한다. 60, 70대 노인까지 배 영-평영-자유영-접영을 자유자재로 하면서 메달을 따러 가는 사람처럼 수영을 한다. 개헤엄만 하는 나는 소외감을 느낀다. 영국에서는 개헤엄 하는 사람이 거의 대부분이었는데, 우리나라에서는 나 혼자만 한다. 나 머지 수영하는 사람들은 네 가지 수영을 하면서 운동선수처럼 속도를 내 려고 노력한다.

'취미로 즐기는 것'을 중시하는 문화가 운동에 대한 영국 사람들의 기본 적 사고다. 영국의 수영 선수들은 수영장의 마지막 한 레인(lane)만을 이용해 가끔 훈련을 했었다. 힘들면 수영장 밖에 나와서 쉬기도 했다. 선수들 각자가 조용하게 자기 주도적 훈련만 하고 코치도 목소리를 낮추어 1:1로 코치를 했기 때문에 시간을 가지고 자세히 보지 않으면 누가 코치고 선수인지 누군지 알 수가 없었다. 다만, 그들이 엄청난 속도로 오랫동안 수영을 했기 때문에 운동선수들이라는 것을 알 수 있었을 뿐이다. 코치가 할 말이 있으면 개인적으로 속삭이듯이 조용조용하게 지도했다. 수영선수들도 억지로 하는 표정이 아니고 밝은 얼굴로 자기 체력에 맞게 운동을 했다. 반면 우리나라는 '금메달을 획득할 운동선수'를 만드는 데 그 목표를 둔 것 같다. 이것이 심해지면 구타와 폭력으로 이어지는 것을 가끔 뉴스로 듣는다. 우리나라도 최근 조금씩 즐기는 운동을 강조하고 있다.

우리나라에서 달리기 운동을 몇 년간 할 때 시민공원 운동장에서 경보선수들을 볼 수 있었다. 땀을 뻘뻘 흘리며 힘껏 뛰고 있는 경보선수들이 보였다. 운동장에 일반 시민들이 늘 백 명도 넘게 운동하고 있는데도 불구하고 코치가 선수들에게 엄청 욕을 해댔다. 내가 운동하는 시간 동안 거의 내내 본부석에 앉아서 큰 소리로 고래고래 듣기 민망한 욕을 했다. 경보선수들이 마치 노예 같았다. 똑같은 선수들과 코치인데 영국과 우리나라는 왜 이렇게 차이가 많을까?

자기 주도적 삶의 전략

평균수명이 늘어날수록 요양원과 요양병원에서 본인은 물론 가족들까지 고생하며 수명만 연장하고 있는 안타까운 사례를 많이 보게 된다. 가족 간에도 오랜 병간호를 하다보면 서로 힘들어 반목하는 일도 벌어진다. 바람직한 죽음을 맞이하려면 건강관리가 꼭 필요하다.

노년이 되면 긴장이 풀려가는 나이인지라, 늘 어느 정도의 긴장을 유지하도록 노력을 할 필요가 있다. 외모도 잘 가꾸고, 죽음을 준비하고, 건강관리, 각종 질병도 잘 관리해야 한다.

노년에는 자칫 돌이키기 힘든 부상, 흔히 골절상을 입고 입원해서 세상을 떠나기도 하고, 다리 힘이 없어서 바깥출입을 못 하는 경우도 있다. 1930년생 일본어 번역가 김욱이 말하기를, 노인과 약자는 엄연히 다르다고 한다. 초 고령시대에는 노인도 허벅지 근육을 강화해서 초 노인이 되어야 한다고 주장한다. 김욱 선생은 2025년 아흔 다섯이 되면 지금의 일어번역가를 은퇴하고 중국어를 공부해서 루쉰의 『광인일기』를 번역

하겠다고 공언한다. 대단한 호연지기가 아닐 수 없다.

음식도 영양분을 골고루 먹는 노력이 필요하다. 고기는 오래오래 씹어 먹어야 한다. 채소를 데쳐 먹거나, 계란을 하루 한 개 정도 먹고, 치즈나 유산균(요구르트)도 챙겨 먹는 습관이 필요하다.

만나는 사람이 점점 줄어들어 혼자 지낼수록, 먹는 것이 건강에 참 중요하게 된다. 대충 먹는 일이 잦아지면 건강을 해치기 때문이다. 경제력이 허락한다면 엥겔계수를 높이자. 아파서 병원에 갖다 주는 돈은 줄이고, 잘 먹고 사는 것이 더 가치 있는 현명한 소비다. 가계의 전체 지출액에서 식료품비가 차지하는 비율을 높이는 것이 노년 건강이나 면역력을 강화하는 길이라고 생각한다.

나이가 들수록 모범생활을 하게 되는 느낌이다. 코로나 이전에 늦게까지 마시던 술자리는 어느덧 옛날이야기가 된 지 오래다. 요즘은 잠도 열 시에 자고 6시 기상을 원칙으로 한다. 집안일도 자발적으로 돕는다.

정신 건강과 재무계획도 중요하다. 치매를 예방하기 위해 외국어 공부를 하든, 책을 읽든, 할 수만 있다면 친구들을 만나 웃고 떠들어야 한다. 나이가 들수록 사업이나 집을 키우지 말고 적당한 시점에 정리할 필요가 있다. 재산도 많다면 분할해 주고, 적다면 가지고 있어야 한다. 나도 많지 않지만 가진 재산은 계획적으로 사용하고 정리하면서 살고 있다.

노년기를 살아가면서 수시로 질병이 찾아온다. 나도 나이가 더 들면 걱정되는 병이 있다. 우선 돌아가신 아버지가 전립선이 안 좋으셨던 탓에 예방적 차원에서 항문 조이기 운동을 매일 한다. 효과가 있는지는 정확히 모르겠지만 매일 10분가량 투자한다. 좌욕도 거의 매일 한다.

청력도 걱정이다. 귀가 잘 안 들리는 현상이 스스로 느껴질 정도로 점점 나타나고 있다. 이비인후과에서는 아직 보청기를 사용할 필요는 없지만 언젠가는 사용할 수밖에 없다고 진단했다. 아버지를 보면서 난청은 세상과 단절되는 것이고 적응하기 힘든 상황이라는 것을 깊이 느꼈기 때문에 보청기를 일찌감치 사용하고 있다. 요즘은 블루투스 기능까지 있어서 보청기가 아주 편리하다. 유튜브를 통해 음악을 자주 듣는다. TV 커넥터를 이용하면 TV 소리가 신기할 정도로 깨끗하게 들린다.

또한 어머니가 위암으로 돌아가셨기 때문에 술을 조심하고, 위 내시경을 통해 관리한다. 꽤 오래전부터 장상피화생과 위축성 위염이 있어왔다. 언제든 위암으로 갈 수 있는 조건을 갖추고 있는 것이다.

아내는 나이를 먹을수록 고집을 부리지 말라 한다. 아내와 자녀들이 하자고 하면 늘 긍정적으로 받아들이라는 것이다. 만약 애들이 피자를 먹으면서 권하면 먹기 싫어도 받아먹고, 영화를 보러 가자하면 별 생각이 없더라도 감사히 따라나서라고 가르친다.

유발 하라리가 정리한 큰 사회적 변화, 즉 혁명은 날로 주기가 빨라지고 있다. 7만 년 전 호모 사피엔스의 인지혁명이 맨 먼저 있었고, 12,000년 전에는 농업혁명으로 동물의 가축화와 식물의 재배가 시작되었다. 500년 전 과학혁명이 유럽에서 시작되었다. 250년 전 산업혁명, 60년 전 정보화혁명 등 인간의 발전은 더 가속화하고 있다.

오늘날은 인공지능 AI까지 등장해서 해마다 혁명적으로 변화·발전하는 시대다. 시대의 흐름을 부지런히 쫓아가지 않으면 안 된다. 이제는 늙어서도 고생길이다. 휴대폰의 새로운 기능도 배워야 한다.

가족 내에서의 역할 변화, 부부간의 갈등, 자식과의 갈등을 지혜롭게 헤쳐 나가는 것도 노년기의 삶에 있어 중요한 부분이다. 정답은 없다. 빠른 혁명적 시대의 변화는 나이 먹은 세대들도 꼰대소리 안 듣도록 변화하는 현실에 적응해 가야만 하는 것이다. 지금 여기에서 내가 나의 주인이기에 시대의 흐름에 적응하는 것은 나의 몫이다.

생명의 근원, 산

등산을 좋아해서 오랫동안 많이 다녔다. 짧은 시간에 땀을 많이 흘리고, 저절로 심호흡이 되는 운동이다. 특히 언제든 혼자서도 갈 수 있어서 좋다. 다른 사람과 함께하는 운동은 날짜와 시간을 맞추어야 하지만 등산은 언제든지 혼자 가능하다. 게으르고 싶으면 쉬거나, 천천히 가고, 비라도 올 것 같으면 빨리 다녀오면 된다. 체력의 근간이 되는 다리 힘을 길러 주기 때문에 많은 사람이 선호하는 운동이다. 나이를 먹어갈수록 다리 힘은 건강의 중심이다.

40대 초반에 마음도 괴롭고 힘든 시간이 있었다. 광주광역시청을 떠나 행정안전부가 있는 서울로 올라가려는데 이런저런 이유로 계속 지연되었다. 좋아하는 술만 마셔대다가 세월은 가고 정신적으로 스트레스가 많은 시기에 등산은 휴식이 되고 치유가 되었으며, 건강한 삶으로 이끌어 주었다.

어느 날 갑자기 새벽 등산이 나에게 적절하다는 생각이 떠올랐다. 직장에 다니는 낮에는 어렵지만 새벽에 등산을 한다면 출근시간에 맞출 수 있겠다는 생각이 들었다. 잠이 많아서 7시 이후에나 일어나는 습관이 있었지만, 잠을 줄여서 새벽 5시에 일어나 등산을 해보자고 결심했다. 등산로는 무등산 여러 갈림길 중에서도 가장 가파른 길 중의 하나인 '토끼등'이라는 곳을 오르기로 했다. 당시 주말이면 가끔 가는 등산로였다.

차가운 가을바람이 불고 캄캄한 11월 어느 날, 새벽 5시에 무등산 증심사 입구에 있는 절, 문빈정사 주차장에 차를 세우고 '토끼등' 방향으로 올라갔다. 사람들은 거의 볼 수 없었다. 그날은 달도 없이 어두운 밤이었다. 어렴풋이 보이는 등산로를 5분쯤 가다가 멈추기를 반복했다. 칠흑 같은 새벽이었고, 이런 산에서 무슨 일이 나더라도 아무도 모르겠다고 생각하니 더 무서웠다. 여기서 포기하고 돌아가자. 이건 쉬운 일이 아니다. 온몸의 신경이 곤두섰다. 산 아래 인가의 불빛이 저만치 보일 뿐이었다. 공포감이 느껴졌다.

한참을 서서 망설일 때 저 멀리서 손전등을 켜고 내려오는 사람이 보였다. 순간 생각이 바뀌었다. 벌써 등산을 하고 하산하는 사람도 있다니 나도 갈 수 있다는 생각이 들었다. 이왕 여기까지 온 거 용기를 내어 가자는 결론을 내리고 캄캄한 길을 더듬더듬 오르기 시작했다.

내려오는 사람의 불빛이 다가왔다. 무서움을 많이 느끼며 걷던 때라 그 불빛이 정말 반가웠다. 무등산 중턱인 토끼등에 오르니 어둠도 서서히 걷혔다. 아, 별거 아니구나. 토끼등에 있는 약수터에서 시원한 약수를 마시고 내려왔다. 기분이 최고로 상쾌했다. 내려오는 길은 어둠도 걷히고 등산객들이 드문드문 올라오기도 하고 내려가기도 했다.

다음날은 무서움이 훨씬 줄어들었고, 발걸음도 빨라졌다. 나름 새로운 세계였다. 그렇게 시작한 등산은 7년 동안 시간이 되는 새벽마다 계속되었다. 2009년 서울로 올라올 때까지 무등산 토끼등의 새벽 등산을 즐겼다. 새벽에 무등산을 등산하는 사람들의 개인별 특성까지도 파악이 되고 등산을 지속적으로 하는 사람, 어쩌다 하는 사람을 구분할 정도가 되었다. 등산로도 머릿속에서 눈감고 외워질 정도가 되자 지루함을 없애기 위해 가급적 빨리 갔다가 오는 나만의 기록 경신 놀이를 했다. 주차장에서 토끼등 약수터까지 힘껏 오르고 빨리 내려오는 방법으로 처음에 한 시간 반가량 걸리던 길이 점점 빨라져 41분이 가장 빠른 기록이 되었다. 더이상은 단축되지 않았는데 한번 다녀오면 땀으로 목욕을 했다.

봄이 되어 숲의 피톤치드 향인 것 같은 무척 상큼하고 약하면서 아련한 냄새가 느껴질 때는 발걸음을 멈추고 그 향기를 맡곤 하였는데 금방 사라져버렸다. 정말 좋은 냄새였다. 한참을 멈춰서 그 향기를 맡은 적도 있다. 새들이 우는 소리도 거의 매일 들을 수 있었다. 내가 '어절시구' 새라고(새 이름을 나중에 알았다. 검은등뻐꾸기였다) 나름 명명한 새도 거의 매일 그 특이한 울음, "어.절.시.구."라고 울며 내 귀를 즐겁게 해 주었는데 그 소리는 1년 중 상당 기간을 들을 수 있었다. 나만 빨리 걷는 것이 아니고, (천천히 걷는 사람이 대부분이지만) 나보다 더 빨리 걷는 사람들도 있었다. 달리는 사람도 있었다. 서울로 발령 나면서 무등산 토끼등 새벽 등산은 더 이상 할 수 없게 되어 아쉬웠다.

광주에 근무하던 때에는 주말이면 한길 산악회를 따라 명산을 찾아 다녔다. 눈이 많이 쌓인 날, 중간에 도시락 하나 먹고 10시간 넘게 걸었던 남덕유산 종주가 가장 힘들었다. 죽을 수도 있다는 생각이 들었던 아주 힘든 산행이었다. 두 번째로 힘들었던 등산은 설악산 오색약수에서 대청봉~봉정암~백담사로 가는 길이었는데, 도시락 하나 먹는 유일한 휴식시간을 제외하고는 이른 새벽부터 오후 4시까지 12시간 정도 걸었다. 두 번 모두 기력이 탈진하는 상태가 되었다. 지리산 1박 2일 종주도 아직 등산 초보였을 때 가서 참 힘든 산행이었다.

등산은 장점이 많은 운동이다. 전문 산악인들은 도전 정신이 중요하지만, 우리 같은 생활체육형 등산가들은 안전사고만 조심하면, 등산만큼 좋은 운동도 없다. 등산을 다닐 수 있는 것만도 축복이다. 나도 몇 년 전부터 약하게 느끼지만 무릎 통증으로 높은 산은 남의 이야기가 되었다.

등산을 열심히 하면서 스트레스도 치유되고, 삶은 활력을 찾게 되었다. 건강할 때 건강을 지키는 방법은 등산이 최고라는 생각이 들었다. 맑은 공기 마시고 자연의 변화도 관찰하면서 걷는 등산은 참 좋은 운동이다.

건강은 소중하다

오래 전 수원에 있는 행정자치부 자치인력개발원에서 1년간 교육을 받게 되었다. 교육의 방향이 수요자 중심으로 바뀌면서 개인별 측정을 한다고 했다. 모든 교육생은 외국어, 체력, 전산능력을 교육 초기에 측정하고, 교육 수료 직전에 측정해서 그 성과를 알아본다는 것이다.

그날은 체력을 측정하는 날이었다. 3분간 계단처럼 만든 40cm 높이의 나무판에 오르내리는 동작을 하고나서 심장의 박동이 정상 수준으로 돌아오는 시간을 측정한다는 것이다. 준비운동도 없이 100여 회를 반복해서 오르내리는 중에 왼발에 갑자기 통증이 오고 발을 딛을 수 없게 되었다. 결국 현장에 있던 의사가 근육이 파열된 것으로 의심되니 근처 병원으로 가야한다고 했다.

수원성모병원으로 갔다. 엑스레이 검사를 해보고 뼈에는 이상이 없다고 해서, 다른 병원으로 옮겨서 자기공명영상검사(MRI)를 했다. 그 결과 일부 근육이 파열되었다며 3주간 치료를 요한다는 진단을 받았다. 반 깁스를 해서 근육의 움직임을 최소화해야 했다. 통원치료하기로 하고 병원에서 나왔다.

깁스를 처음 해보는 데다 허벅지까지 올라오니 거동도 어렵고, 움직이는 동작도 부자연스러워서 불편한 점이 한 두 가지가 아니었다. 화장실 가기도 힘들고 목발에 의지하는 것이 서툴러서 저녁을 먹는 자리에서 일어서고 앉는 것이 힘들었다. 숙소에 돌아오는 것도 고역이었다. 교육 받는 동료의 부축을 받아 승강기가 없는 4층의 내 숙소까지 한 계단씩 오르는 것도 힘들었다.

결국 교육을 받기가 어렵게 되어 광주 집에 가서 치료하기로 하고, 내려갈 짐을 싸는데 이 또한 쉽지 않았다. 겨우 일어나서 짐을 정리했다. 겨우 겨우 힘들게 바지를 입었다. 걸을 때 다친 근육이 자극 받게 되면 강한 고통이 오곤 했다.

병원에 가서 다시 진찰을 받고 약 처방도 받았다. 고속열차를 타고 내려가는데 광명역까지는 교육원의 배려로 도착했다. 가방이 있어 표를 끊으러 가는 것도 문제였다. 건강할 때는 아무 일도 아닌 것이 이제는 쉽지 않았다.

광명역은 매우 커다란 건물이었고 역내 여행안내소에서 장애자를 위한 휠체어가 있느냐고 물었더니, 있다고 하며 친절하게 기차표도 대신 끊어주었다. 그리고 휠체어에 태워 승강기를 이용해서 타는 곳까지 안내해 주었다. 내리는 역에도 휠체어를 준비하도록 연락해 주었다. 정말 감사했다. 아파보니 장애인을 위한 시스템이 꼭 필요한 것이라는 생각이 들었다.

아내도 처음에는 크게 걱정했다. 나도 꿈만 같았다. 교육 시작 1주일

만에 집으로 돌아오게 되다니 사람 팔자 알 수가 없었다. 다행히 하루하루 지나면서 점차 차도가 있었다. 병원과 한의원에서 물리치료와 침을 맞았다. 빠른 속도로 좋아지는 느낌이 들었다.

치료 중에 평소 알고 지내는 분과 저녁을 하게 되어 식당에 가보니 승강기가 없는 2층이었다. 2층을 겨우 올라가면서 평소 다리가 건강한 것이 큰 축복이었음을 깨달았다. 승강기의 중요성도 새삼 느껴졌다.

역지사지(易地思之)라는 말이 장애가 있는 사람의 입장에서는 얼마나 소중한 의미를 담고 있는지도 깨달았다. 장애가 있는 사람과 약속을 할 때는 그 사람의 입장에서 약속 장소를 깊이 생각해 보고 잡도록 해야겠다는 생각을 했다.

등산도 하고, 마음대로 움직인다는 것이 그렇게 좋은 것이었음을 다시 한 번 느꼈다. 친구들을 만나러 가도 내 발로 걷는 것과 목발은 비교가 안 된다. 늘 감사하면서 살아야겠다는 생각이 들었다. 아프고 보니 그동안의 건강한 삶이 축복이었다. 다만 한 가지 아픈 것이 좋은 점은 시간이 많아 독서를 많이 할 수 있었다는 것이다. 이때 조정래『한강』과『태백산맥』, 박경리의『토지』등을 읽었다.

이렇게 약 40일간 아픈 것만으로도 나락에 떨어지는 느낌이었다. 회복되어 교육원에 돌아갔을 때는 과목별로 진도가 나가서 스포츠댄스 같은 일부 과목은 포기해야 했다. 이런 경험을 하고 난 뒤로는 장애를 가진 사람들을 달리 보게 되었다. 장애우가 겪고 있는 어려움을 깊이 공감하고 배려해야겠다는 생각을 하게 되었다.

심호흡과 명상

천식을 계기로 내 병은 내가 공부해야 한다는 생각이 들어 비염과 천식에 대해 여러 책을 읽었다. 코의 구조도 알게 되고 가래가 각종 이물질을 몸 밖으로 내보내는 몸의 신비스런 반응임을 알게 되었다.

호흡이 중요하다는 것도 알게 되었다. 들숨과 날숨. 입은 열린 상태로 호흡이 가능하지만, 입이 열리면 코로 호흡이 안 된다. 코는 호흡 시 코털과 목 근처 코 안쪽에 있는 접착제처럼 된 곳에서 먼지를 잡아준다. 코 안에 들어온 공기는 부비동에서 온도와 습도가 조절되어 폐로 넘어가지만, 입으로 숨을 쉬면 먼지가 그대로 폐로 들어가 가래에 섞여 나오게 된다.

비염, 천식과 아토피 완치 방법으로 "입으로 숨 쉬지 마라"고 주장하는 일본 의사 이마이 가즈아키와 치과 대학 오카자키 요시히데 교수는 입을 다물고 코로 숨을 쉬면 면역력이 높아져 비염과 천식이 자연 치유되는 경우가 많다고 한다. 두 사람의 책을 읽은 뒤부터는 계속 코 호흡을 신경 쓰며 산다.

천식이나 비염에 효과가 좋다는 복식 호흡이나 심호흡도 하고 있다. 단전이라는 부분, 배꼽 아래 복부가 부풀어 오르도록 들이마시고, 폐의 모든 공기를 서서히 배출하는 기분으로 내쉰다. 약 10초에 한 번의 호흡을 하는 것이다. 숨을 내뱉는 시간이 들이마시는 시간보다 두 배는 더 길어야 한다. 허리를 바로 세우고, 호흡 횟수를 줄여 심호흡을 천천히 하는 것이다. 숨을 쉴 때 힘을 주지 말고, 가볍게 쉬도록 한다.

얕고 잦은 호흡은 우리를 초조하고 긴장하게 만들지만, 단전호흡 같은 심호흡이 몸을 건강하게 만들고 정서와 마음의 평안을 돕는다는 것이다. 호흡에 집중하면 편안함을 느낄 수 있다. 숨이 차는 유산소 운동을 할 때만 빠른 호흡을 하고, 안정된 상태에서는 호흡을 코로 천천히 깊게 쉬도록 해야 한다. 숨을 마시고 나서 잠시 정지하고, 숨을 다 내쉬고 나서 잠깐 멈추어 주고, 천천히 호흡한다. 깊은 숨을 쉬면 편안해지고 몸 안에 긴장감을 줄이며 편안한 느낌을 준다. 깊은 숨은 마음의 평화와 행복을 느낄 수 있도록 하고, 면역 기능도 좋게 한다고 한다.

시간이 될 때마다 호흡에만 정신을 집중해서 잡념을 버리고, 느리고 깊은 호흡을 해본다. 들이마시는 것보다 내쉬는 호흡을 더 길게 하되 규칙적이며 깊은 호흡을 반복한다. 호흡을 하면서 편안하고 긴장이 없는 상태를 느껴본다. 느린 호흡을 위한 최선의 방법이 명상이고, 명상은 마음의 평화를 통해 스스로 충만해지는 시간이 될 수 있다.

심호흡의 좋은 점을 알게 된 뒤로는, 긴장감이 느껴지는 상황에서는 늘 복식호흡(횡경막 호흡, 단전호흡)을 통한 명상을 하려고 한다. 시간이 되면 5분 정도로 하루 서너 번 깊은 숨쉬기, 복식 호흡을 한다. 점차 습관화가 되어가고 있다. 많은 책에서 그 중요성을 강조하고 있어서 더 꾸준히 하고 있다.

아무리 바빠도 가끔 심호흡을 하면서 보다 더 천천히 살아가려고 노력한다. 가끔은 눈을 감고 내면의 세계를 들여다보면서 명상 호흡을 시도해본다. 호흡을 천천히 내쉬면서 욕심을 내려놓고, 나의 삶에 만족하려고 노력한다.

반려견과 함께 사는
즐거움

우리 집에서 키우는 강아지는 2013년 1월 딸이 갑자기 데려와서 이름을 '망치'라고 지었다. 그 후 망치는 우리 가족의 삶에 중요한 존재가 되었다. 가족 모두에게 사랑을 주고받는다.

이리 저리 알아본 바에 의하면 망치는 일본 스피츠 믹스견인데, 건강하고 식성이 좋으며 늘 활달하다. 집 근처로 산책이나 가벼운 등산을 거의 매일 함께 한다. 집에서 가까운 북한산 국립공원에는 동물을 동반하는 것이 금지되어 있어서 동네 산책 정도만 할 수 있다.

망치는 먹을 것을 향한 집념이 강하고, 먹을 것을 얻기 위해 본능적으로 아부한다. 또한 먹을 것을 줄 만한 사람에게 더 아부하고 마음을 빼앗을 정도로 아양을 떨고 몸을 밀착시킨다. 밥 먹고 있는 사람의 허벅지에 턱을 대고 있거나, 발로 발등을 지그시 누르거나, 가랑이 사이에 들어와 있거나, 눈을 마주쳐서 먹을 것을 바라는 간절한 눈빛을 보낸다. 어떻게 사회적 학습 없이 새끼일 때 우리 집에 와서 자란 개가 스스로 터득해서

'아부의 달인'이 되었는지 신기하기만 하다. 사랑하는 감정이 생기도록 스스로 귀여운 행동을 하는 것이다.

어느 날 TV를 통해 모래 속에서 갓 태어난 새끼 거북이들을 본 적이 있다. 그런데 그것들은 태어나자마자 바다를 향해 바쁘게 기어갔다. 본능적으로 바다를 향해 갈 수 있는 한 최고 속도로 간다. 그래야 천적의 공격을 피해 살아남을 수 있기 때문이다. 마치 강아지가 먹을 것을 얻기 위해 아부하는 본능이 있듯이, 새끼 거북이는 바다를 향해 본능적으로 질주한다. 모두 살기 위한 본능이다.

처음에 망치가 집에 올 때 나와 아내는 반대했었다. 딸은 데려다 놓고 필요할 때만 귀여워하고, 세세한 보살핌은 아내 차지가 될 것이 뻔했기 때문이다. 그러나 시간이 지나면서 망치는 우리 가족의 마음을 사로잡았다.

매일 1시간 정도 산책을 시키며 우리도 운동을 한다. 하루 종일 집에 있어서인지 산책을 좋아한다. 사람들이 없는 뒷산에서 강아지 줄을 풀어주면 마냥 즐거워하며 뛰어다닌다. 원초적 본능에 따라 자연 속에서 마음껏 즐거움을 만끽한다.

망치를 데리고 등산을 하다보면 몇몇 사람들은 "예쁘다" "와~ 잘 키웠다" 등 긍정적 표현을 적극적으로 해준다. 반려견을 키우는 사람으로서 무척 기분이 좋다. 반려견을 칭찬하고 지나는 사람들은 대부분 편안해 보이고 왠지 마음이 열린 사람이라는 생각이 든다. 마음이 열리지 않고서야 남의 강아지를 보고 칭찬하는 말 한마디가 쉽게 나오겠는가!

아내는 밖에서 들어오면 "망치~ 망치~ 뽕망치"라고 로고송을 부른다. 망치만 보면 바로 노래가 나오는 것이다. 너무 귀여워하다 보니 아내는 망치와 입을 맞춘다. 나는 동물과 입을 맞춘다고 기겁을 한다. 특히 외출하고 돌아오면 둘이 서로 좋아 어쩔 줄을 모르는 상황이 벌어진다. 강아지는 펄쩍펄쩍 뛰면서 반가움을 적극적으로 나타낸다.

미국의 정신과 의사인 데이비드 호킨스는 『놓아버림』에서 말하기를, 정신과 의사들이 반려견을 키우라고 권하는 것은, 개가 주인의 가슴에 사랑을 키우고, 그 사랑이 수명을 연장하기 때문이라고 한다. 그에 의하면 개를 키울 경우 주인의 생명이 10년은 늘어난다. 10년을 더 살 수 있는 이유는 반려견이 사랑 에너지의 방출을 통해 생명을 치유하고 연장한다는 것이다.

요약하자면, 반려견은 무조건적인 사랑과 충성심을 보여주고, 충실한 동반자이자 가족으로 때때로 느끼는 외로움과 스트레스로부터 해방시켜 준다. 우리의 일상에 활기와 즐거움을 불어넣어 주고, 아침에 일어나면 꼬리를 흔들며 다가와 늘 무조건적 사랑과 관심을 보여주며, 웃음과 행복을 준다.

심각한 비타민D 부족

우리가 어렸을 때는 자외선 차단제(선크림)가 무엇인지도 모르고 살았지만 요즘은 자외선 차단제를 필수 화장품처럼 바르는 시대가 되었다. 특히 하얀 피부를 원하는 여자들은 화장할 때 자외선 차단제를 꼭 바른다.

우리나라 인구 중 80~90%가 비타민D 결핍이라는 글을 읽은 적이 있다. 이 정도라면 농부처럼 야외활동이 많은 사람들을 제외하고 대다수가 다 부족한 것이다. 실제로 기차를 타다보면 햇볕에 상관없이 창문 커튼을 내리는 사람들이 많아졌다. 반대편에 햇볕이 드는데 블라인드를 내리는 극도로 민감한 사람들도 보게 된다.

가끔 산책을 하다보면 화장을 진하게 하고 걸어가는 여성들이, 햇볕을 안 쬐려고 손으로 얼굴을 가리면서 걷는 것을 보는 경우가 종종 있다. 심지어 나무가 터널을 이루어 햇빛이라고는 아주 조금 들어오는 등산로에서도 부채로 얼굴을 가리고 가거나 복면 마스크를 하는 사람도 본다. 햇볕을 정말 해로운 것으로만 인식하고 사는 사람들이 많다.

2019년 11월 말 어느 날, 자고 일어났는데 약간 어지러웠다. 아주 미세한 어지러움이었지만 기분이 나쁜 경험이었다. 그러나 그것으로 끝이 아니었다. 이틀간 몇 차례 가벼운 어지러움 증상이 느껴졌다.

무슨 병에 걸린 걸까? 가만히 나를 관찰하면서 생각해 보았다. 소금 섭취를 너무 적게 한 탓일까? 혹시 비타민D 결핍인가? 일단 상식적으로 이 두 가지를 생각해 내고 처방에 들어갔다. 내 방식으로 해보고 안 나으면 병원에 갈 생각으로, 일단 식사할 때 소금 섭취를 늘리고, 햇볕을 더 쬐기로 했다.

비타민D 결핍인지 모르겠다고 생각이 든 것은, 최근에 들었던 이야기가 있었기 때문이다. 이 일이 발생하기 약 한 달 전에 선배 한 분이, 특이한 경험을 했다고 하면서 이야기를 했다. 골프를 치는데 어지럼증을 가볍게 느꼈고, 그 뒤로도 약한 어지럼증을 몇 번 느끼자 병원에 갔다. 병원에서도 원인을 모르겠다며 여러 가지 검사를 했다. 결론은 비타민D 부족으로 판정을 받아 주사를 맞고 나았다는 것이다.

그 선배님은 의사에게 햇볕만 쬐면 생성되는 비타민D가 야외에서 골프 치고 다니는 사람에게도 생기느냐고 물었다. 의사는 비타민D가 부족한 사람 중에는 골퍼들도 있다고 했단다. 경제적으로 발전할수록 옷을 두껍게 입고 주로 실내에서 생활하는 데다, 야외에 나가도 자외선차단제를 짙게 바르기 때문에 햇빛이 사람 피부에 닿는 양은 적다는 것이다.

그 이야기를 듣고 며칠이 지나 사무실 직원들과 점심을 먹다가 그 선배님 이야기를 했다. 듣고 있던 한 직원이 자기 남편도 최근에 똑같은 증상으로 비타민D 주사를 맞았다고 했다. 같이 식사하던 모두가 그런 사례가 있다는 것에 놀라는 눈치였다. 이런 이야기를 들었지만, 나에게 그런 일이 발생하리라고는 전혀 생각지 않았다. 나는 시간만 나면 산책하고 걷기 때문이다.

그런데 며칠 전부터 근무 시간에 밖에 나가고 싶은 생각이 간절했던 기억이 났다. 당시 며칠간 흐리고 가끔 비가 내리는 날씨였다. 내 몸은 햇볕을 원하는데, 날씨는 계속 흐리고 비가 왔던 것이다. 게다가 아침에 지하 헬스장에서 운동하고, 출근해서 실내에만 있다가 점심 때 밖에 나갈 때에야 비로소 햇빛을 보는데, 비가 오는 날은 근무하는 건물 내에서 식사를 하고 사무실로 다시 돌아왔었다. 그러다 보니 근래 며칠간 햇빛을 거의 보지 못한 것이다.

어지럼증이라고 스스로 처방을 내린 그날부터 흡연구역인 옥상에 담배 피우는 직원들과 같이 올라가, 그들이 담배 피우는 동안 나는 햇볕을 쬐었다. 하루 서너 차례 바람도 쐴 겸 햇빛도 보았다. 그러자 어지러운 증상이 거짓말처럼 금세 없어졌다. 햇빛의 중요성을 다시 한 번 깨달은 경험이었다. 상식적인 이야기지만, 비타민D는 약이나 주사보다 일광욕이 좋다.

흡연자가 비흡연자보다 건강하다는 주장도 있다. 흡연자는 담배를 피우기 위해 밖에 나가 신선한 공기를 마시며 휴식을 취하고 햇볕을 쬐는 광선치료요법을 암암리에 하고 있기 때문이다. 사무실 내의 오염된 공기보다 바깥의 신선한 공기는 분명 좋고 덤으로 일광욕까지 하는 것이다.

요즘은 햇빛을 볼 수 없는 지하나 창문 없는 백화점 같은 곳에서 근무하는 사람들이 많아지고 있다. 자연과 멀어지는 삶이 우리의 건강을 위협하고 있다. 비타민D 결핍은 젊은 연령에서 조기 대장암의 가파른 증가세에 원인이 된다는 최근 연구 결과도 있다.

햇볕을 너무 많이 쬐는 것은 피부암과 노화의 원인이 되지만, 하루 20분 정도는 쬐어야 한다고 한다. 비타민D가 생성되어 우울증을 막아주고 뼈를 튼튼히 해주기 때문이다.

가능하면 햇빛을 보면서 운동을 해야 한다. 지하나 햇빛을 못 보는 곳에서 근무하는 사람들은 자기 몸을 관리함에 있어 햇빛이 중요한 요소이다. 자외선 차단제를 짙게 바르고, 햇빛에 노출을 전혀 안 하는 것은 늘 노출되는 생활을 하는 사람만큼 위험한 것이다. 여름의 따가운 햇볕은 차단을 하더라도, 겨울의 약한 햇볕은 안 쬐면 오히려 비타민D 부족 증상이 있을 수도 있다.

최근에 골프를 하는데도 비타민D 부족으로 병원에서 판정을 받았다며 햇볕을 더 많이 받고자 반바지를 입고 등산하러 오신 모임 회장님의 말씀을 듣고 더 실감이 났다. 이런 이야기를 자주 들을 정도로 우리나라 사람들 중에 비타민D 부족 현상이 일반화 되는 느낌을 받는다.

작은 습관

우리는 요즘 풍요를 구가하면서 건강을 생각하느라 점차 고기를 아예 안 먹는 사람도 있고, 어떤 사람은 고기류만 배불리 먹고 밥은 거의 안 먹는 사람도 종종 보게 된다.

의사협회가 발표한 건강수칙 십계명은 금연, 절주, 운동, 수면, 긍정적 사고, 건강 검진과 예방접종, 스트레스 관리, 미세먼지와 신종 감염병 예방, 모바일 기기 멀리하기와 함께 균형 잡힌 식습관을 권한다. 우리나라 의사협회가 권하는 '균형 잡힌 식습관'은 탄수화물:단백질:지방의 비율을 55:20:25로 섭취하고 탄산음료, 가당음료 줄이기를 실천하는 것이다. 탄수화물을 너무 적게 먹는 것도, 고기류를 안 먹거나 많이 먹는 것도 모두 건강관리를 잘못하는 셈이 된다.

고기 섭취도 우리나라 사람들의 경우 절반 이상이 부족하다고 한다. 고기가 있다면 피할 것이 아니라 먹어야 한다. 다만 과유불급, 적당한 양을 최대한 씹어서 삼킨다. 오래 씹으면 과식도 피하고, 침이 음식과 고루 잘 섞여서 소화도 잘된다.

의사들은 건강을 위한 좋은 습관을 권한다. 예를 들면, 노인이 3가지 이상의 약을 한꺼번에 먹는 것은 부작용 위험이 있으니 피하라. 약간 살집이 있고, 콜레스테롤 수치가 높을수록 장수하니 체중과 콜레스테롤을 크게 줄이지 말라. 천연 영양제인 달걀과 우유를 매일 먹고, 가급적 일찍 자고 일찍 일어나라. 무릎 통증과 오십견은 통증이 있더라도 움직여 주는 것이 회복에 도움이 된다. 이러한 조언은 귀담아 들을 필요가 있다.

또 하나 건강 관련 작은 습관으로 헌 신발을 과감히 버리라는 것이다. 요즘은 누구나 신발을 여러 켤레 사서 번갈아 가며 신다 보니, 좀체 떨어진 신발까지 안 되어도 10년 이상 된 신발이 생긴다. 나도 최근에 10년 이상 된 신발 다섯 켤레를 눈 딱 감고 버렸다. 아직도 신을 수 있는 좋은 신발이고, 아끼는 신발이라 아깝다는 생각도 있었지만 과감히 버렸다.

신발 내부에 누적된 균열이 다리 건강에 악영향을 미칠 수 있기 때문에 버려야 한다고 한다. 오래된 신발은 바닥이 닳거나 보이지 않게 탄력이 떨어져 우리 무릎에 악영향을 주게 된다. 헌 신발뿐만 아니라 유행이 지난 옷도 한 번씩 정리하면 마음까지 개운해진다.

몇 년 전 한라산 등산을 할 때 영실에서 윗세오름을 거쳐 노루목 산장으로 내려왔다. 이번 등산을 하면서 사회생활에서 만난 선후배들과 함께 이야기를 많이 나누었다. 공교롭게도 함께 걸었던 후배 둘이 역류성 식도염으로 고생하고 있었다. 둘 다 매우 힘들다고 고백했다. 최근 들어 가슴이 뜨겁고 쓰라린 통증으로 방문한 병원에서 역류성 식도염이라고 했다는 것이다.

나는 약물 치료보다 정상적 식생활 습관을 권했다. 우선 저녁 식사하고 나서 세 시간 정도 지난 후, 위에 음식이 비워진 상태에서 잠을 자라고 했다. 두 사람의 공통점이 술과 사람들 만남을 좋아해서 저녁 늦게까지 마시고는 취해서 집에 들어가면 바로 잤다는 점이다. 술과 안주를 과음, 과식하고 바로 쓰러져 잤으니 건강을 해칠 수밖에 없었던 것이다. 두 번째는 술도 줄이고 식사와 안주를 가급적 소식하면서 천천히 꼭꼭 씹어 죽이 되도록 씹은 후 삼키라는 것이다. 이 두 가지를 꾸준히 지키라고 했다. 얼마나 효과가 있을지 모르지만 조언을 해준 것이다.

문제는 이 두 사람이 내가 술을 조심하라고 한 그날 저녁 또 4차까지 마시고 새벽에 호텔로 돌아와 바로 잤다는 것이다. 습관은 쉽게 고쳐지지 않는다. 한꺼번에 변화하기는 힘들다. 천천히 나쁜 습관에서 빠져나와서, 조금씩 좋은 습관을 갖도록 노력하자. 작은 습관이 중요하다.

암 예방 생활 습관

누구나 암이 걱정되고 두렵다. 주변에서 가까운 사람들이 암 치료로 고통을 받고 있거나 세상을 떠난 경우를 흔히 보게 된다. 암이 많아진 것인지, 공포감 때문에 많아진 것처럼 착각하는지 모르겠다. 방사선 치료다, 항암 치료다 하는 말을 듣기만 해도 무섭다. 전이라든가 말기 암은 더 공포감을 준다. 친구나 친척이 암에 걸리면 마치 내가 걸리기라도 한 것처럼 두려움을 느끼게 된다.

김의신 교수는 『암에 지는 사람, 암을 이기는 사람』에서 현대의학이 암에 대해서는 모르는 것이 많으니 근심하고 걱정해 봐야 별 소용이 없다고 말한다. 김 교수에 의하면 암에 걸려 인간의 욕망을 접고 그야말로 모든 것을 내려놓은 사람들이 거짓말 같이 치유되는 역설적인 경우도 있다고 한다.

암을 예방하는 방법도 정확히는 알 수 없지만, 좋은 습관이 암에 걸리지 않게 하는 것으로 보는 것이 일반적이다. 이시형 의학박사는 『면역이 암을 이긴다』에서 암 예방에 도움이 되는 생활 방법을 제시한다. 충분한 수면을 취하고 스트레스를 줄이며 장 활동을 활발하게 하는 것, 약물 사용은 줄이고, 맑은 공기와 적당한 운동, 생활습관 개선 등 자연 치유 환경 조성이 필요하다고 한다. 통계상 암은 남자가 걸릴 확률이 여자보다 약간 높아 남자 5명 중 2명, 여자는 3명 중 1명으로 통계가 나온다고 한다.

위암으로 마지막 돌아가실 때 고통스러워하시던 모습과 복수가 차서 움직이지도 못하시던 어머니의 임종을 지켜보면서 인간이 할 수만 있다면 절대 걸려서는 안 되는 병이 암이라고 생각했다. 무서운 병이었다.

나도 몇 년 전부터 위가 부실함을 느끼고 있다. 위가 손상되어 장처럼 매끈해지는 장상피화생, 위축성 위염이 오래되고 많은 부위를 차지하고 있어서 걱정이다. 건강검진 때마다 걱정을 하지만, 자각 증상은 없어서 좀 느슨하게 관리해 왔는데, 급기야 2017년에는 위와 장이 모두 안 좋다는 검진 결과를 받았다. 대장도 용종이 6개나 한꺼번에 나왔다. 그중 세 개가 양성 종양이라는 판정을 받았다. 암으로 들어가기 직전까지 간 것이다. 비상이다 싶어서 일 년은 술도 끊고, 음식도 꼭꼭 씹어서 삼키는 습관을 지켰다.

요즘 다시 조금씩 술을 마신다. 술을 좋아하는 것도 있지만 한두 잔의 술은 백 가지 약보다 낫다는 이야기를 위안 삼아 마신다. 아예 안 먹느니 약이 될 한두 잔 정도만 마시고 살자는 생각이다.

암에 관한 책을 읽다 보니 건강한 사람에게도 도움이 되는 내용이 많다. 한편으로는 암에 걸리면 공황 상태에 빠져 정신이 없을 것을 대비해서 미리 암에 대해 공부를 해두자는 생각이 들었다. 알아야 암을 극복하든지, 암과 공생을 하든지, 예방을 하든지 할 것 아닌가라고 생각하면서 아마추어 암 연구가처럼 암에 관한 책이라도 틈틈이 읽으며 살아가기로 했다.

암 관련해서 에피소드가 있는데, 일전에 갑상선암으로 3년간 마음고생을 한 적이 있다. 광주에서 서울로 올라온 해 가을, 광화문에 있는 서울 정부종합청사 의무실에 무좀약을 처방 받으러 갔더니 의사가 초음파 검사를 해주겠다고 했다. 기계가 새로 들어와서 무료로 해 주겠다고 하니 고맙게 생각하고 응했다. 그런데 목 주변 갑상선에 모양이 안 좋은 것, 즉 암으로 의심되는 부분이 있다고 외부의 병원을 추천해주었다. 나도 알아볼 수 있게 'cancer'라고 쓴 진료의뢰서를 주면서 가보라고 했다.

내가 말로만 듣던 암 환자가 되었구나 생각하니 눈앞이 캄캄했다. 몇 군데 병원을 거치고, 3년이라는 시간 동안 불안하기도 했고 검사 비용도 꽤 들어갔다. 목에 주사바늘을 꽂아서 암으로 추정되는 지점의 피를 뽑아 암 검사를 한다고 주기적으로 다녔다. 한 번 하는 검사 비용도 30만 원이 넘었다. 최종적으로는 약 3년쯤 뒤에 서울대학교 병원 내과에서 암은 아니지만 6개월에 한 번씩 검사를 받으라고 했다.

그 뒤로는 아예 검사를 않고 지낸다. "긁어 부스럼"이라는 말이 생각났기 때문이다. 괜히 무료로 해준다는 말에 넘어가 초음파 검사를 해서, 3년간 갑상선에 주사 바늘을 꽂아 피를 뽑는 생고생과 암일지 모른다는 마음고생만 한 것 같았다. 어디에 하소연 할 곳도 없이 당한 느낌이었다.

아내도 광주 어느 산부인과 의사의 고의적인 거짓말에 6개월간 마음고생을 한 적이 있다. 다른 의사를 통해 거짓 진단을 했다는 것을 알게 되었지만 하소연할 곳이 없었다. 고의든 실수든 의사 한 사람의 진단을 100% 신뢰해서는 안 된다는 교훈을 얻었다. 중요한 문제에 있어서는 다른 병원에서 확인 검진도 할 필요가 있다. 의사만 믿기보다 스스로 자기가 겪는 병에 대한 책을 읽고 인터넷을 뒤져 보고, 생각해 보는 습관을 가지면 좋다고 생각한다.

장기 중 일부를 절단해내는 것이 수술이다. 칼이 꼭 필요한 곳만 절단하기는 어렵다. 암이 어디까지 퍼져있는지 모르기 때문에 멀쩡한 곳도 일부는 잘라낸다. 인간이 불완전한 존재이기 때문에 수술도 불완전하다. 수술이 잘 되어도, 암은 발견될 때 이미 암세포가 몸의 이곳저곳을 활보하고 있다. 이것 때문에 경과가 좋다가도 재발하고, 전이가 되기도 한다. 암은 최초 발생을 진단해내기까지 10년 가까이 걸린다. 그래서 어느 부위에 암이 있다고 진단이 될 때는 이미 몸 안의 곳곳에 소량의 암이 돌아다닐 가능성이 높다고 한다.

어느 의사가 쓴 글에 의하면, 전립선암은 노인에게 흔한 암으로, 치료를 안 해도 20년은 산다고 한다. 괜히 치료한다고 수술을 하다가 부작용이 따라올 수도 있다는 것이다. 수술이 잘못되면 배뇨나 배변에 장애가 올 수 있기 때문이다. 암과 싸울수록 고통에 시달리는 경우도 있을 수 있다. 지난 50년간 암 치료 기술이 발달했지만 암환자 사망률은 큰 차이가 없다는 것이 미국 의학계의 보고다.

암은 그 판단을 내리는 이가 아무리 권위자라 할지라도 한 분야의 판단과 의사 한 사람의 결정으로 될 수 있는 것이 아니다. 병원 내 여러 분야가 모여 협진을 한다. 진단 결과 암이어서 수술을 해야 한다고 하더라도 중대한 결정이라 최종 판단은 다른 병원을 한 군데 이상 더 가보고 수술 여부를 판단해야 한다. 암 치료는 꼭 수술이 필요한지, 치료비용과 치료 계획, 치료에 걸리는 기간 등 가능한 한 궁금한 사항을 정확히 알아야 한다. 완치가 안 되는 경우에는 고통을 줄이는 것이 중요하다. 남은 시간이라도 즐겁게 살면서 꼭 해야 할 일을 정리해야 한다.

암을 적으로 만들지 말고 벗으로 만들어 함께 살아야 한다고 전문가들은 권한다. 잘 먹고 잘 자면서 천천히 자신의 몸에 맞는 치료 방법을 찾아야 한다는 것이다. 다행스러운 것은 우리나라의 암 치료 수준이 세계적으로 최상위 그룹이고, 의료비는 다른 나라에 비해 저렴하다는 점이다. 저비용에 고품질 의료 서비스를 제공받을 수 있다는 점에 우리는 감사해야 한다.

암 치료라는 것이 죽음에 이르는 속도를 늦추는 것이기에 마음의 여유와 비움이 꼭 필요하다는 생각이 든다. 마음의 여유를 가지고 암에 휘둘리지 않고 사는 여유를 가질 수만 있다면 얼마나 좋을까. 인생의 밑바닥에 떨어져서도 넉넉한 마음을 가질 수 있다면 얼마나 좋을까. 긍정적 태도로 즐겁게 살고자 마음먹는다고 해도, 꾸준히 실천하기는 어려울 것이다.

암의 원인은 다양하고 성장과정도 복잡해서 아직까지도 정확하게는 모른다. 수많은 연구에도 불구하고 원인도, 치료법도, 암에 대해 모르는 것이 너무나 많다. 환자의 입장에서 암에 걸리면 내 병에 대해 공부하고, 새로운 정보를 끊임없이 파악해야 한다. 내 몸에 대한 중요한 의사결정은 내가 해야 하기 때문이다.

죽음을 대비해 할 일이 있다면 조금이라도 건강할 때 실행해야 한다. 만약을 위해 유언장을 써두는 것이 좋다. 죽음에는 순서가 없기 때문이다. 특히 갑작스럽게 교통사고로 사망하는 경우에는 이런 기회마저도 없다. '사전 의료 의향서'도 성숙한 죽음을 준비하는 데 꼭 필요하다. 식물인간이 되어 오래 사는 것은 의미가 없다. 미리미리 편안한 죽음을 축복처럼 받아들일 준비를 해두자.

죽음을 긍정적으로 생각하면 좋은 점이 많다. 힘들게 살아온 인생일수록 기꺼이 받아들여야 할 영원한 휴식이자, 돈이나 걱정거리, 병으로부터 자유롭게 해방되는 시간이기도 하다. 종교를 가진 사람들은 천국이나 극락으로 가는 시간이다. 육체적 장애나 고통에서 벗어나는 시간이다.

의사를 조심하라는
일본 의사

의학 상식을 모르거나 반대로 아는 경우도 있다. 예를 들어 50세가 되면 생활 방식이나 습관이 어떻게 늙고 어떤 병에 걸리는지의 80%를 결정하고 유전이나 체질은 20% 정도밖에 영향을 미치지 않는다고 한다. 생활 습관이 유전이나 체질보다 훨씬 중요한 것이다. 나는 지금까지 유전이나 체질이 80% 정도로 중요하고, 습관이 일부 유전인자를 개선해서 좋아질 수 있거나 좋은 결과를 가져오는 것으로 잘못 알고 있었던 것이다.

그 외에도 노화 방지를 위해서는 소고기와 돼지고기를 먹어야 한다는 것도 알게 되었다. 또한 내 몸의 근육 운동이 왜 뼈에 좋고 골다공증을 개선하는가에 대해서도 책을 통해 알게 되었다. 근육이 뼈와 연결되어, 근육이 움직이면 뼈가 자극을 받아 더욱 단단해진다는 것이다.

곤도 마코토는 의사로서 양심 고백을 했고, 일본에서 100만 부를 판매한 베스트셀러가 되었다. 그는 병원에 자주 가는 사람이 빨리 죽고, 암과 싸울수록 고통에 시달리다 죽기 때문에 방치하는 편이 낫다고 주장한다.

암을 방치하면 오히려 통증도 작다는 것이다.

일본은 상피 내 존재부터 암이고, 서구의 선진국은 상피보다 더 깊은 침윤이 있어야 암으로 친다고 한다. 그러다 보니 일본의 경우, 건강 검진을 통해 억지로 찾는 암이 80~90%에 이른다. 서양에서는 암이 아닌 경우도 포함되는 것이다. '진짜 암'이라면 이미 전이가 이루어진 상태이고, 그는 전이 암이나 말기 암 증상을 가진 환자가 다시 살아나는 경우는 보지 못했다고 한다.

일본 의사의 말이 맞든 틀리든, 일단 암과 건강에 대해 공부할 필요가 있다고 생각한다. 특히 건강할 때 암에 대해 관심을 가짐으로써 미리 조심하고, 암을 예방하는 방법은 무엇인지 알아두어야 한다.

일본 의학계의 비주류라는 점을 고려해야겠지만, 그가 주는 메시지는 의사만 믿고 따르기보다, 스스로 자기 병에 관해 읽어보고 연구해서 생각하는 습관을 길러야 한다는 것이다. 항암제도 고통에 비해 그 효과가 적은 경우도 있다는 점을 고려해 보아야 한다는 주장 등은 충분히 이해가 되고 공감이 가는 좋은 견해라 생각한다.

나의 어머니도 1년여 기간 동안 위암 치료를 받다가 세상을 떠나실 때까지 오로지 항암 치료에 매달렸다. 지금 와서 생각해 보면 어머니는 개복했다가 수술도 않고 닫을 정도로 말기 암이었는데도 항암 치료를 했어야만 했는지 의문이다. 어머니는 마지막 순간까지 나을 것으로 생각하면서 의사의 지시에 전적으로 따랐다. 어머니의 항암 치료 고통은 이루 말할 수 없었다. 애초에 불가능한 치료를 하느라 체력을 소진하고 불필요한 고생을 한 것이다.

수술은 부작용도 있고, 환자는 공포감에 휩싸인다. 수술 후에도 약을 많이 먹게 되고 수시로 주사 투약을 한다. 어머니도 항암 주사를 정기적으로 맞았다. 항암 주사를 맞고 나면 힘들어 하시고 식사도 며칠간 못할 정도로 입맛을 잃었다. 근처에만 가도 입에서 강한 소독약 냄새가 날 정도이니 어머니는 얼마나 힘이 드셨을까. 그러나 결국 고통의 연장이었을 뿐이다. 항암제는 암을 치료하기보다 암 덩어리를 공격해 일시적으로 작게 하는 것일 뿐이다. 때로는 생명 연장이나 삶의 질에 크게 도움이 되지 않을 수도 있다.

소수파 의사 곤도 마코토는 이러한 이유로 암은 건드리지 말고 방치하라는 의견을 제시한다. 생활의 질을 고려해 보라는 것이다. 특히 위암, 식도암, 간암, 자궁암 같은 암은 방치하면 오히려 극심한 고통이 없다고 한다. 설령 통증이 있어도 모르핀으로 조절하는 것이 오히려 낫다는 것이다. 입원이 시작된 날부터는 삶의 질이 뚝 떨어지기 때문에 노령이거나 말기 암일 경우에는 당연히 암 방치 요법도 고려해 볼 만하다. 암에 따라서는 방치하면 마지막까지 통증도 잘 느끼지 않고 오히려 편안한 죽음을 맞이하는 경우도 있다고 한다.

잘못된 의사의 처방으로 약을 먹기도 한다. 한 친구는 당뇨로 약을 오랫동안 먹었고 지금도 먹고 있다. 체중이 계속 빠졌다. 극도로 체중이 빠지던 중 복용하는 약에 설사를 촉진하는 약이 있었음을 알게 되었다. 1년 이상 설사를 유발하는 약을 먹은 것이다. 의사는 한 번 처방한 약을 재검토하지 않고 계속 똑같이 처방한 것이다. 친구가 항의하고 나서야 의사가 그 약을 빼고 처방을 했다. 몸도 정상 체중으로 돌아왔다. 기가 막힌다.

나에게는 이런 일이 발생하지 않는다는 보장이 있는가. 의사만 100% 신뢰해서는 안 된다는 생각이 든다.

내 몸은
내가 지켜야

건강하던 40대 중반에 어느 병원장의 권유로 전신에 대한 PET(양성자 단층촬영) 암 검진을 한 적이 있다. 병원장이 새로 PET 촬영 기계를 도입해 왔다며 찍어보라고 해서 좋은 것인 줄 알고 찍었다. 지금 생각하면 아찔하다.

PET는 방사선을 쪼이기 때문에 위험을 무릅쓰고 건강한 사람이 굳이 할 필요가 없다. 나의 경우는 몸에 어떤 암의 징후나 병이 없었음에도 의사의 권유에 따라 PET 촬영을 했다. 암이 없다고 해서 한동안은 쓸데없는 자부심을 가졌다. 암세포는 우리 몸에서 매일 만들어지고 매일 없어지기를 반복하는 점을 고려하면 엉터리 자부심이었다.

엑스레이도 자주 처방되는 느낌이다. 얼마 전 치과 치료를 하러 갔더니 치아의 상태를 알고자 엑스레이를 찍어 보자고 하였다. 한 장의 엑스레이 사진을 얻기 위해 세 번을 찍었다. 엑스레이를 담당하는 사람이 내 눈에도 서툴러 보였다. 우리나라에 살다보면 약을 먹고 방사선 엑스레이를 자주 찍는 것에 익숙해진다. 큰 피해는 없다지만 엑스레이를 찍을 때 환자만 두고 모두 안전지대로 피하는 것을 보면 몸에 해로운 부작용도 분명히 있을 것이기 때문이다.

또 군대에서 시작한 무좀이 잘 낫지 않아 서울의 유명한 대학병원에서 발톱을 뽑은 적이 있다. 아무 효과도 없었던 것을 의사가 하자고 해서 엄청난 고통만 겪었다. 그 무좀은 재발해서 지금까지 나를 괴롭히고 있는데 무좀이 재발한 것에 대해 의사는 책임이 없다.

이렇듯 내 몸과 병에 대한 기초 지식을 자기 주도 학습을 통해 알지 않으면 생고생한다. 동네 도서관에만 가도 의학 상식 관련 책이 많다. 아픈 곳에 대한 기초 지식을 갖추어야 의사의 설명도 정확하게 알아듣는다. 뿐만 아니라 책에서 어떤 부위를 문질러 주라든가, 어떤 스트레칭을 해야 한다든가, 어떤 음식을 먹거나 조심해야 한다는 등의 기초 지식도 얻을 수 있다.

우리나라 의료 현실상 의사들이 오랜 시간 진료하기가 어렵다. 저비용에 기초한 우리 의료의 한계가 있는 것이다. 의사의 입장에서 환자를 자상하게 진료하기보다 간단하게 보면서 많은 수를 상대하는 것이 수입과 관련되어 있기 때문이다. 정확한 의료 지식이 환자들에게 전달되지 않다 보니, 환자들은 잘못된 의료 상식을 갖는 경우도 있다. 요즘은 대학병원의 경우, 별도로 설명하는 사람이 있어서 보완되고 있다.

또 건강보조식품을 약처럼 광고하는 사람들도 있다. 특히 암 환자의 경우 진료실 앞에서 이런 유혹이 많다고 한다. 암에 걸린 사람들을 대상으로 돈을 벌려는 사람들이 있는 것이다. 특히 말기 암 환자들에게 접근해서 특별히 암 치료에 특효가 있다고 하면, 비싼 약에도 현혹되는 것이다. 시간도 시간이려니와 불필요한 지출과 고통이 따르게 되니 주의해야 한다.

의사의 처방이 없이 살 수 있는 건강보조제나 약은 멀리해야 옳다고 생각한다. 건강보조제가 암을 낫게 했다면 공인된 약으로 이미 개발되었어야 하기 때문이다. 영국에서는 감기약을 비롯한 모든 약은 꼭 필요한 경우에만 먹게 만들었다. 진정한 의사는 내 몸 안에 있는 자연 치유 능력인 것이다.

영국은 의사들을 국가가 고용하고 있기 때문에 예방 위주의 의료제도가 정착될 수 있었다. 큰 병원의 의사들이 국가로부터 월급을 받는 준공무원이다. 개인 영리사업이 아니므로 가능하면 투약을 줄이고 자연치유를 권한다. 환자들을 무료로 치료해주는 제도이므로 사회적 약자에게 좋은 제도이다. 우리나라에서 약 처방이 많은 것과는 대조적으로, 영국에서는 꼭 필요한 약만 처방한다는 것을 충분히 느낄 수 있었다.

영국에 가서 얼마 되지 않은 때였다. 아들이 네 살이었고, 초등학교의 병설유치원에 다니던 어느 날 학교에서 집으로 전화가 왔다. 아침에 아무 일 없이 학교에 간 아이가 난데없이 열이 높고 아프다고 하면서 보건소에 데리고 가보라며 선생님께서 연락을 주셨다. 아들은 교실 한쪽 바닥에 축 늘어져 불쌍하게 누워 있었다.

아들을 업고 보건소에 갔더니, 몇 가지 체크만 하고는 약도 안주고 괜찮다고 가라고 하면서 더 심해지면 오라고 했다. 아이를 다시 업고 보건소를 나오면서, 이것은 아니다 싶어 다시 들어가 의사 면담을 요구했다. 대한민국에서 왔는데 우리나라에서는 이 정도 열이 있으면 당연히 주사도 맞고 감기약을 준다, 영국에서는 아무런 약이나 주사를 안 주는 것이 이해할 수 없고, 지금 이 아이가 괜찮아 보이냐고 항의했다.

보건소의 나이 지긋한 의사는 우선 앉으라고 하고, 자연 치유가 감기의 치료 방법이라고 하면서 상세히 설명해 주었다. 그가 설명한 요지는 이러했다. 현재까지 감기는 치료약으로 개발된 것이 없다. 의사가 할 역할은 감기로 인한 합병증, 즉 폐렴, 중이염, 편도선염 등 2차 감염이 발생하지 않도록 하는 것이다. 현재 이 아이는 2차 감염 징후가 아무것도 없기 때문에 그냥 보내는 것이라고 친절하게 설명을 해주었다. 할 말이 없었다. 그 의사의 설명이 논리적으로 정확하다는 생각이 들었다. 감기약이 없다는 것은 상식으로 알고 있었기 때문에 수긍하고 돌아왔다. 그 뒤로 아들은 한두 번 정도 감기에 걸리더니 6개월 쯤 지나자 감기에 아예 안 걸리고 그 후로 2년을 더 지내는 동안 감기에 걸려 고생한 기억이 없다.

영국에서 귀국한 지 얼마 안 되어 아이들이 감기에 걸려서 병원에 갔더니 감기약을 처방하고 주사를 바로 놓아 주었다. 그 뒤로는 영국에 가기 전과 똑같이 감기에 자주 걸렸다. 감기약을 자주 먹고 주사도 자주 맞았다. 나는 지금도 모르겠다. 왜 영국에서는 거의 걸리지 않던 감기가 우리나라에서는 이리도 자주 걸리는 것인지. 국가가 책임을 지는 의료체계를 갖춘 영국과 개인이 의료비를 부담하는 우리나라의 차이가 감기 치료 방식의 차이를 만들어 놓은 것은 아닐까라고 생각되었다. 자연 치유라는 것을 너무 신봉해도 문제가 있겠지만 어느 정도는 신뢰해야 한다. 우리나라가 약을 많이 소비하는 나라임에는 분명하다.

삶의 자유를 찾아서

참다운 여행은 서서 하는 공부의 과정이며, 문화적·역사적 차이를 경험하고 배우는 것이다. 살다보면 생각하지도 않은 곳으로 여행을 가기도 한다. 나도 총무처 국비유학 선발 시험을 통해 영국으로 갑자기 유학을 떠났다. 덕분에 방학에는 유럽 여행을 다닐 수 있었다.

유학 중 첫 해외여행 때 영국 중부 동해안에 있는 항구도시 뉴캐슬에서 배를 타고 노르웨이의 항구도시 베르겐으로 갔다. 노르웨이의 경치는 자연 그대로 아름답다. 노르웨이 서쪽 빙하 침식 해안의 피오르(fjord)는 웅장한 매력을 느낄 수 있었다. 여름인데도 만년설이 도로 양쪽으로 높이 솟아 있었다. 스웨덴, 덴마크를 거쳐 독일을 지나 프랑스 항구 칼레에서 다시 배를 타고 영국 남쪽 항구 도버로 돌아왔다.

지도 한 권 들고 쌀과 김치, 텐트를 싣고 다녔다. 여행은 즐거운 시간이었지만 가끔은 어려운 일도 겪었다. 노르웨이에서 갑자기 자동차 엔진이 과열이 되었다. 차를 세운 뒤 시간을 보내서 식히고 운전을 하면 바로 엔진 과열이 반복되었다. 답답했다. 노르웨이에서 스웨덴으로 가려면 가파른 도로를 따라 스칸디나비아 산맥을 넘어가야 하는데 엔진이 계속 과열되어 조금 가다가 쉬면서 엔진이 식으면 다시 조금 가기를 반복해서 겨우 산중턱에 있는 조그만 휴게소에 다다랐다. 영국으로 오던 길을 돌아가야 할지, 이대로 차가 고장 나버리면 어찌해야 할지 막막했다.

주변 사람들에게 물어도 고개만 갸우뚱하고는 가버렸다. 운전을 많이 하는 사람이 알겠지 싶어서 관광버스 기사가 마침 문을 열어놓고 앉아 있길래 물어보았다. 처음에는 잘 모르겠다고 시큰둥하더니, 내가 절박해서 다시 설명하자 그는 차가 자동변속기어가 있는 오토매틱이냐고 물었다. 오토매틱이라고 했더니, 노르웨이처럼 급경사인 곳을 운전할 때는 D에 놓고 운전을 하면 안 된다고 설명을 해주었다. 2단이나 3단을 놓고 운전을 해야 엔진에 무리가 안가고, 내리막길도 동일하게 급경사인 경우는 D에 기어를 놓고 운전하지 말고 2단이나 3단으로 수동 기어로 바꾸어 주어야 한다고 했다. 말은 알아들었지만 설마 그럴까 생각했다. 그런데 실제로 2단으로 바꾸어주자 언제 그랬냐는 듯이 빨리 달리고 엔진과열도 없었다. 고맙게 배운 운전 방법이었다. 내리막에서도 급경사의 경우 D보다는 3단 이하로 엔진브레이크를 해주어야 한다.

두 번째 장거리 여행은 다음 해 여름 방학 중에 오스트리아 티롤 지방과 스위스를 다녀왔다. 경치가 정말 좋았다. 일주일을 스위스 인터라켄 근처 시골 농가에서 지내면서 적은 비용으로 알차게 보낸 여행이었다. 여행은 언제나 새로운 것을 보고 경험하는 시간이어서 유익하다.

이때도 차량이 고장 나서 뮌헨 외곽도로에서 구조를 요청하고 몇 시간

동안 기다렸지만 구조 차량은 오지 않았고 날은 어두워지고 있었다. 대도시 주변이라 범죄가 많은 듯했다. 날은 어둑어둑해 가는데 두세 사람이 도와주려다가 뭔가 두려움을 느끼는지 갑자기 가버리는 것을 보았다. 서너 시간 만에 어느 독일 중년 남자가 차를 세우더니 무슨 일이냐며 도와주겠다고 했다. 이것저것 묻고 시동을 걸어보라고 해서 걸었더니 시동이 걸렸고 이내 다시 꺼졌다. 휘발유가 없어서 갑자기 시동이 꺼진 것을 차량 고장으로 속단한 것이라고 그 사람이 설명을 해주었다. 그는 멀리까지 가서 휘발유를 사가지고 와 넣어주면서 자기 차를 따라오라며 주유소까지 안내해 주고 우리가 이상 없이 가는 것을 확인한 뒤 자기 길을 갔다. 당시의 절박한 상황으로 보면 그런 천사가 없었다.

그분의 주소를 받아 왔기에 집에 돌아와 감사 편지를 썼다. 답장은 없었지만 날은 어둡고 차는 쌩쌩 달리는 뮌헨 외곽 고속도로에서 어린 아이들과 함께 위험에 노출되었던 우리 가족에게 그분은 생명의 은인이다.

영국이 좋았던 것들

1993년부터 3년간 요크대학에서 유학을 하면서 생소한 나라 영국에는 보고 배울 점이 많았다. 넓은 들판에서 평화로이 풀을 뜯던 양들, 정리가 잘된 마을들, 소박하고 따뜻한 영국 사람들, 서로 배려하고 양보하는 운전문화가 떠오른다. 오랜 세월이 지났지만 지금도 좋은 기억으로 남아 있다.

영국에 여행을 간다면 6~8월 중에 가야 한다. 영국은 위도가 우리보다 높아 생각보다 더 추운 나라다. 영국 여행은 할 만한 곳이 많지만 잠깐 가는 여행은 런던과 에든버러, 요크 정도이다. 그 외에 각종 성(Castle)이 많으나 그중에 윈저성과 에든버러성이 볼 만하다.

정원 가꾸기(gardening)는 영국인의 가장 일반적인 취미고 즐거움이다. 우리는 주로 아파트 주택이지만, 영국은 크든 작든 정원이 있는 2층 집이 대부분이다. 조그만 개인 정원이 있는 주택이다. 시간적인 여유와 정신적 여유가 있을수록 정원을 더 정성껏 가꾸는 경향이 있다.

고층아파트는 거의 보기 힘들다. 아파트라고 해봐야 3층 정도 주택이고, 주로 거동이 힘든 노인들이 사는 곳이다. 영국인은 가능한 한 아파트는 꺼려한다. 독립된 가옥인 2층으로 된 주택을 선호하는데 1층에는 부엌과 거실, 욕실이 있고, 2층에는 침실이 있다. 1층이 주로 낮 시간에 생활하는 공간이고, 2층은 밤에 잠을 자는 곳으로 개인의 사생활이 보호되는 공간이다.

영국인 대다수는 각자의 조그만 정원을 정성 들여 가꾸는 것이 생활화되어 있는데 자연을 느끼고 사는 방법인 것 같다. 잔디만 깎고 마는 집도 있지만, 보통은 온갖 화초를 심어 가꾸는 집이 많다. 정원을 열심히 가꾸는 집은 영국인의 전형이면서 즐겁게 사는 집이라는 것을 한 눈에 알 수 있다.

여유가 있는 집일수록 정원도 잘 가꾼다. 주택가의 길이나 골목을 걷다보면 좁은 공간에도 정말 예쁘게 가꾸어 놓은 정원이 눈에 띈다. 지나가다가도 한참을 사랑스러운 눈길로 들여다보게 만든다.

영국은 국가 의료제도(NHS, National Health Service)가 확립되어 모든 국민은 무료 진료와 치료를 받는다. 1990년대에는 유학생들도 영국 국민과 차별 없이 완전 무료로 진료도 받고 치료도 받았다. 특히 서민의 입장에서 의료비를 전혀 낼 필요가 없으니 얼마나 좋은 제도인가! 살면서 큰 걱정거리 중 하나인 의료비를 국가가 전액 부담하는 것이다.

나는 이런 좋은 의료 제도를 그냥 지나칠 수 없어 우리나라에서부터 가지고 있던 대한민국 군대가 제대 선물로 안겨준 무좀을 치료 받아 보았지만 결국 안 되어 포기했다. 지금까지 훈장처럼 가지고 있다. (무좀, 넌 정말 대단한 끈기가 있어! 지구가 멸망할 때까지 살아남을 거다!)

그러나 하나는 건졌다. 자주 나오던 코피는 영국에서 무료 수술을 받아 지금까지 효과를 보고 있다. 유학 중이던 때까지 나는 세수를 할 때마다 거의(아주 조심하면 안 날 때도 있지만) 코피가 났다. 내 기억에 중학교 때부터 늘 그래왔고 당연하게 받아들였다. 영국에서는 의료비가 안 든다고 하기에 한 번 진료나 받아보자는 생각으로 대학보건소에 갔다. 고질적 습관이 되어왔던지라 코피가 나는 원인이라도 알아보고자 간 것이다. 사실 큰 기대는 안 했다.

보건소 의사가 코 안을 자세히 들여다보고 나의 설명을 듣더니, 코 안에 핏줄이 자주 터지는 곳이 있어서 그런다고 설명해 주었다. 수술도 간단한데 핏줄이 자주 터지는 곳을 불로 지지는 방법이 주로 사용되고 있다면서 큰 병원에 예약을 해주었다. 6개월 쯤 지나서 수술 날짜가 잡혔다고 연락이 왔다. 수술은 간단했다. 보건소 의사 말대로 불로 지지는 것이었다. 마취 없이 큰 고통도 없는 간단한 시술이었다. 의사는 이 간단한 시술을 해서 나으면 다행이고 안 나으면 다른 조치를 해보자고 했다. 이 시술 후 다시 재발할 수도 있을 것이라고 미리 설명했다.

시술은 간단히 끝났는데, 콧물이 줄줄 흘러 나왔다. 마치 어디서 물을 흘려보내듯이 계속해서 흘러 나왔다. 하루 입원을 해서 경과를 보자고 했다. 병원 입원실에서 몇 시간 쉬자 콧물이 멈추었다. 입원 준비도 안 한 상태로 여기에 왔고 콧물도 더 안 나는데 퇴원하면 어떻겠느냐고 물었더니 나가도 된다고 했다. 의사와 간호사가 무척 친절하게 대해 주었다. 유의사항도 전달 받고 나왔다. 비용은 모두 무료였다. 그 뒤로 재발도 않고,

그 지긋지긋한 코피를 그만 흘려도 되었다. 지금까지 완벽하게 성공한 고마운 치료였다.

딸이 일찍 안경을 끼게 된 것도 영국 의료제도 덕분이다. 영국에 도착한 지 얼마 지나지 않아 아이들의 발육 상태를 점검하러 보건소 직원이 가정방문을 했다. 가지고 온 장난감을 가지고 이런 저런 것을 해보도록 하고, 간이 시력 측정을 했다. 그 결과 당시 다섯 살이던 딸이 눈이 안 좋은 것 같으니 안과 정밀검사를 받으라고 했다. 보건소에 가서 안과 검사를 받고 난시가 있다고 하여 안경을 끼게 되었다. 모든 검사와 진료비는 무료였고 안경알도 무료였으나, 안경테는 여러 종류 중에서 고르고 비용을 부담하라고 했다. 적은 비용이었다.

영국에 사는 동안 딸은 어렸고, 늘 뛰어놀다 보니 두 번 안경테를 부러뜨렸다. 안경점에 가서 안경테를 고르고 돈을 지불하려 했더니 돈을 낼 필요가 없다고 했다. 이유는 보증기간이 1년인데 아직 남았다는 것이다.

두 번째로 부러뜨렸을 때도 새로 끼운 때부터 1년이 안 되었다는 이유로 무료로 바꿔 주었다. 요구하지 않아도 그들이 먼저 설명해 주고 보증기간이기 때문에 교체 비용이 무료라고 해 우리를 놀라게 했다. 우리가 놀랄 정도 감동을 준 대단한 나라다.

유학 중 요크대학에 같이 다니던 K사무관의 부인은 아이를 낳았다. 병원에서 모든 것을 다 해주고, 옆에 남편도 있을 필요가 없다고 했다. 영국은 입원을 해도 간병인이 필요 없다. 간호사들이 다 알아서 하기 때문에 보호자가 필요하지 않다고 설명하더라는 것이다. 다만 아쉬운 것은 산모에게 미역국은 안 끓여주고 빵과 수프를 주었다고 했다. 영국식 출산을 한 것이다. 병원 의사와 간호사는 아주 친절하고 편안했다고 한다.

쉬는 날에는 가끔 가족들과 집에서 가까운 선술집 펍(pub)에서 가장 흔한 요리인 생선튀김과 감자튀김(fish and chips)을 먹고는 했다. 펍에 가면 어린이 놀이터나 뜀틀 같은 공기를 주입한 시설을 갖추어 안전하게 놀 수 있었다. 다른 애들과 자연스럽게 함께 놀고 즐기는 동안 펍에서 식사도 하고 휴식을 취하면서 어른들끼리 대화를 나누기도 한다.

아이들 생일에는 친구들을 초대하여 놀이기구가 잘 갖추어진 큰 펍에서 서너 시간 같이 놀기도 한다. 친구들이 생일마다 돌아가면서 초대하다 보니 자주 그런 시간을 갖게 된다. 참 부러운 문화다. 우리나라도 요즘 유사한 문화가 생겨났다고 한다. 어린 아이들은 몸을 움직여 노는 것이 대단히 중요하다. 공부보다 또래들과 어울려 시간가는 줄 모르고 놀아야 한다. 특히 초등학교 저학년일수록 더 그럴 것이다.

영국은 어느 곳이나 어린이에 대한 배려가 잘 되어 있다. 영화관에 어린이와 함께 가면 어른은 일인당 천 원 이하만 받는다. 놀이 기구라든가 각종 박물관, 미술관, 유적지, 각종 관광지를 어린이와 가면 어른은 대폭 할인을 해준다. 이런 곳으로 어린이들을 자주 데리고 오라는 국가적 정책인 것이다.

또 아이들의 복지를 여러 가지로 신경 쓰고 있다. 한 예로, 아동수당(child benefit)이 있는데, 우유 값 명목으로 매달 통장에 입금을 해준다. 1993년 당시 1인당 50파운드, 6만 원가량을 매달 주니 상당한 돈이었다. 우리는 세금도 내지 않는 유학생이었음에도 불구하고 영국에 도착해서 떠날 때까지 3년간 매달 두 아이 몫으로 12만 원의 돈을 통장으로 넣어 주었던 고마운 정책이다.

영국에는 B&B(Bed and Breakfast)가 많다. 도시든 농촌이든 곳곳에 B&B 팻말이 보인다. B&B는 영국 사람들의 생활을 경험할 수 있는 민박인데 아침 식사만 빵과 우유, 삶은 콩, 베이컨, 계란 요리, 차나 커피를 제공한다.

대부분의 B&B는 깨끗하고 만족스럽다. 내가 이용한 곳들은 단 한 곳도 불만스러운 곳이 없었다. 친절하고 비용도 저렴하다. 영국 여행을 꽤 다녔지만 호텔은 딱 한 번 이용했고 늘 B&B를 이용했다.

영국 런던을 여행할 때는 우리나라 사람이 하는 한국식 B&B(하숙집)가 편리하다. 밥도 한식으로 잘 해주고, 우리나라 사람들을 만날 수 있기 때문이다. 나도 런던에서 이용했는데 가격도 비싸지 않고 친절하고 편안했다.

영국은 오랜 역사와 문화유산을 가지고 있고, 사람들도 매우 친절했다. 다양한 인종이 상호 존중하며 개방적으로 살아간다. 넓은 공원도 많고 사회복지 제도가 잘 발달해 있다. 무엇보다 나는 아직도 우리가 만난 영국 사람들의 따뜻함을 잊지 못한다. 특히 우리 아이들을 볼 때 미소를 머금은 채 말을 먼저 걸어오고 도울 일이 없는지 물어보는 영국 사람들이 그립다.

불레부 빨레 엉
앙글레 실부쁠레

국비 유학을 떠나면서 나라를 결정할 권리가 주어졌을 때 영국을 선택했다. 그동안 조금씩 준비는 해왔지만 갑자기 떠난 유학이고, 직장 생활 중에 틈틈이 한 준비가 완벽할 수 없었다. 대다수 유학생들이 그러하듯이 나 역시 준비에 어려움을 겪었다. 특히 미국 영어에 익숙해 있다가 영국 영어는 발음이나 억양이 약간 생소했는데, 특히 우리나라는 언어든 문화든 영국보다 미국 편향적 나라여서 더 그렇다는 생각이 들었다.

1991년 경제기획원에 1년간 파견을 갔다가 1992년 광주광역시청으로 돌아왔는데, 언제 보직을 받을지 모르는 상황에서 한두 달을 대기해야 했다. 이때다 싶어서 총무처가 실시하는 공무원 국비유학 경쟁시험에 뒤늦게 뛰어들어 40일간 공부해서 시험을 보았는데 운 좋게 합격하였다.

우선 가고자 하는 대학교 입학 허가를 받아 총무처에 승인을 받아야 했다. 갑자기 바빠졌다. 집도 정리하고, 영어 공부도 토플 시험만 합격했지 회화는 수업을 받기에는 아직 어려운 수준이어서 유학 생활을 위한 영어 공부를 열심히 해야 했다.

시한이 정해지고 절박하면 다 되게 되어있다. 영국문화원에 다니면서 영국 영어라는 것을 처음 접했다. 밤에는 영국문화원으로, 낮에는 외국어 대학교에서 운영하는 영어 과정을 다니면서 열심히 준비하여 영국으로 갔다. 영어만 해도 유럽 여행에 별 문제는 없다. 프랑스만 빼고는 문제가 없다.

알다시피 영국과 프랑스는 100년간 전쟁을 치른 견원지간이다. 프랑스인은 영국만 싫어하는 것이 아니라 영어도 싫어하고, 국제 외교의 공식 언어인 불어를 최고의 언어라고 자부한다.

우리는 살면서 다른 나라에 이방인이 되어 여행을 가기도 하고, 외국인이 우리나라에 여행을 오기도 한다. 외국의 생소한 곳에서 길을 묻기도 하고, 국내여행 길에도 종종 그러하다. 바쁘더라도 길 안내는 친절하게 해주고 싶다. 프랑스에서 겪은 경험 때문이다.

영국 유학이 끝나가던 1996년 가족과 함께 파리를 일주일간 자유 여행하려는데 고민이 있었다. 프랑스에 대한 안 좋은 기억 때문이다. 여름 방학 중에 스위스를 여행하고 프랑스를 경유해서 영국으로 가던 중 숙박할 호텔을 예약하지 않은 상황이었다. 프랑스 땅은 넓고 밤은 깊어 가는데 숙박할 만한 도시나 고속도로에서 보이는 호텔이 그날따라 보이지 않았다. 지금과 달리 내비게이션도 없이 유럽 지도만 가지고 길을 찾아 다녔다.

밤 11시가 넘어가고 있어서 고속도로 통행 요금소를 나가서 숙박할 만한 곳을 찾기로 했는데 늦은 밤이고 다른 차들도 보이지 않았다. 아이

둘과 아내까지 네 명이 탄 우리 차 말고는 없었다. 통행요금 수납원은 중년의 프랑스 여자였다. 통행료를 내고 가장 가까운 호텔이 어디 있는지 물었다. 수납원은 내 영어를 알아듣고 불어로 차분하게 자세히 설명했다. 나는 불어를 모르니 영어로 해달라고 했지만, 여전히 불어로 설명을 되풀이 했다. 똑같은 높이의 말로 오직 불어만 사용해서 가는 길을 그림을 그려가며 설명했다.

몹시 당황했다. 분명히 내 영어를 알아듣는데 불어로만 대답하다니! 의도적으로 불어만 사용하는 것 같았다. 불어는 완전 까막눈인 나와 아내는 도저히 안 될 것 같아 고속도로 요금소를 빠져 나왔다. 어찌어찌해서 힘들게 무인 모텔에 투숙을 하였는데 그 경험 이후 프랑스하면 불친절하다는 선입견과 트라우마가 생겼다.

유학을 마칠 무렵 파리 시내는 구경을 해야겠기에 일단 가서 말이 안 통하면 몸짓으로라도 할 생각이었다. 당시 영국 요크에서 우리 가족은 개척 교회에 다니고 있었다. 교회 목사님께 다음 주에는 파리에 다녀오기 때문에 교회에 못 나온다고 말씀드렸다. 목사님께서는 오래전 파리로 신혼여행을 다녀왔다고 했다. 무척 좋은 곳이니 잘 보고 오라고 했다. 나는 프랑스 여행이 겁난다면서 2년 전의 기억을 설명했다. 그랬더니 목사님께서 '봉쥬르' '위' '농' 등 기본 불어를 가르쳐 주었다.

그러면서 정말 중요한 꿀팁을 주셨는데 불어를 아끼는 프랑스 사람들한테 영어로 바로 질문하지 말고 "불레부 빨레 엥 앙글레 실부쁠레?(Voulez-vous parlez en anglais, sil vous plait?)"를 외워서 꼭 먼저 물어보고 "Oui(위)"라고 하면 그때 영어로 물으면 된다고 하였다. "영어로 말해주실 수 있으신가요?"라는 뜻이다.

이 말 한마디가 프랑스 사람들의 친절을 이끌어냈다. 프랑스 사람들이 그렇게 친절할 수가 없었다. 우리 가족은 이 한 문장으로 1주일간 파리 여행을 아주 만족스럽게 했다. 우리 가족에게 이 문장은 엉터리 불어 발음이지만 당시 6, 7살이었던 아이들이 지금까지도 기억하고 있다.

"핸들 이빠이 꺾어 부러~"가 한 문장으로 된 4개 국어라는 유머가 있다. 여기서 '부러'가 불어라는 것이다. 이것에 비하면, "불레부 빨레 엥 앙글레 실부쁠레?"는 아주 고급 불어다. 더군다나 발음도 안 좋은 우리 가족이 물었을 때 못 알아듣는 프랑스 사람을 본 적이 없다. 오히려 발음이 엉망이니까 더 친절하게 우리를 돕는 느낌이었다. 노력을 더 높이 평가해 주는 것이리라.

프랑스를 가는데 불어가 안 되는 분은 꼭 한번 써먹어 보시길 바란다. 아마도 그날 최고로 친절한 지구인을 만날 가능성이 높다.

어떤 프랑스 사람은 아침 출근 시간인데도 기차 타는 곳까지 안내해 주며 여기에 이 자리에서 타라고까지 말해 주었다.

귀국해서도 늘 생각이 났다. 그러면서 어느 날 깨달음이 왔다. 나는 검은 머리 아시아인인데 프랑스 땅에서 영어로 바로 길을 묻는 것은 실례라는 생각이 든 것이다. 특히 영국과 프랑스는 100년 전쟁 등의 영향으로 감정의 골이 깊은 관계다 보니 더욱 더 결례가 되는 것이다. 더군다나 영국이 프랑스를 괴롭힌 전쟁이었다.

만약 노랑머리 외국인이 우리나라에 와서 갑자기 일본말로 길을 물어온다면, 혹시 일본말을 알고 있더라도 대답해 주기가 싫지 않을까? 일본에 대한 불편한 감정이 있기도 하지만 더듬거리는 말로라도 우선 우리나라 말로 "혹시 일본말로 해주실 수 있으세요?"라고 묻는다면 모를까.

국제화 시대에 다른 나라를 방문할 때는 언어 예절 면에서 방문하는 나라의 기본적 단어나 문장을 기초라도 닦고 나갈 필요가 있다는 생각이 든다. 길을 안내할 때도 대충 설명해 주는 것보다 자세히 설명하고, 가능하다면 직접 데려다 주면 누구나 더 감동할 것이다.

스위스의 서민 생활

스위스 베르네 산골 '프로티겐'이라는 조그만 농촌 마을에 농가 1층을 빌려서 1주일을 지낸 적이 있다. 이 마을은 우연히 가게 되었다. 오스트리아에서 스위스로 건너와 하룻밤을 유스호스텔에서 잤는데 비쌌다. 호텔도 아니고 유스호스텔인데 비용이 생각보다 훨씬 비싸서 인터라켄에 가서 하루만 더 자고 대충 본 뒤 고물가의 나라 스위스를 벗어나야겠다고 생각했다. 그런데 인터라켄으로 이동 중에 도시에서 조금 떨어진 농촌으로 가서 캠핑촌을 찾아보자고 아내와 의견을 모았다.

당시 가지고 다니던 지도로 대충 보고 찾아간 곳이 산 속의 조그만 마을 프로티겐이다. 당시 하루에 20프랑의 캠핑촌을 구하러 여행안내센터에 갔더니, 스위스 농가 숙박이 같은 가격인데 지내기는 더 좋을 것이라고 추천했다. 그렇게 해서 간 농가가 마음에 꼭 들었다. 숙박비용은 싸고 시설은 좋아서 하루를 보내고 나니 더 있고 싶었다.

프로티겐은 스위스에 가면 꼭 가게 되어 있는 관광도시 인터라켄에서 자동차로 40분 거리에 있는 농촌이다. 스위스의 집은 독립된 3층 건물이 대부분이다. 지하에는 창고 겸 전쟁이 났을 때 대피할 시설과 장기간의 대피에 필요한 물품을 보관하고, 거실과 침실 등 지상 3층으로 구성되어 있다.

우리 가족은 1층을 빌려 지냈다. 침대 3개에 벽난로도 있고 그릇과 취사 시설이 충분히 구비된 집이었다. 마음도 편안하고 무엇보다 하루 숙박료가 아주 싸서 하루만 숙박하려다 마음을 바꾸어 1주일간 머물렀다. 일주일간의 임차 비용이 스위스 유스호스텔 하루 숙박료보다 더 적었다. 근처에는 가볼만한 관광지가 많아서 매일 편안하게 관광을 했다.

마음씨 좋은 집주인 아주머니는 자기네 방안까지 구석구석 보여주고 영어사전을 찾아가면서 말을 붙여 주었다. (스위스 사람들은 불어와 독일어를 쓰기 때문에 영어는 자주 사용하는 언어가 아니다.) 정말 친절한 분이었다. 남편과 아들은 집 한쪽에서 목공 관련 작업을 하는데 가끔 차에 싣고 가서 주문한 집에 설치를 하고 돌아온다고 했다. 딸은 제네바에 취직해서 일하느라 독립해 지내고, 주말에는 집에 와서 쉰다고 한다. 그 딸이 주말에 왔는데 우리 아이들을 보더니 아주 좋아하며 데리고 놀아주었다.

아주머니와 이런 저런 이야기를 나누다 보니 친해져서 스위스 농촌 사람의 생활을 자연스럽게 들여다보게 되었다. 우리가족이 머무는 동안 2층을 보여주겠다고 해서 올라가 구경을 했다. 방안에는 아주머니가 찻잔에 작업을 하다 놓아둔 것들이 여러 개 놓여 있었다. 시간이 날 때 찻잔에 금분으로 무늬를 그려 넣는 작업을 하고 계셨는데, 열흘 간격으로 재료를 가져오고 완성된 것은 가져가는 방식으로 소일거리 겸 부업을 하신다는 것이다.

2층 천장에는 놋쇠로 만든 워낭 방울이 빙빙 둘러 가득 걸려 있었다. 얼핏 보아도 작은 것부터 큰 것까지 백 개는 되어 보였다. 아들이 씨름 선수여서 상으로 받은 것을 천장에 매달아 둔 것이다. 워낭은 스위스 풍경 사진에 등장하는 소의 목에 달려 있는 방울이다. 큰 것일수록 큰 대회에서 우승하거나 성적이 좋았을 때 트로피처럼 받은 것이다. 아주 큼직한 워낭이 많이 매달려 있었다.

아들이 씨름을 잘 한다고 자랑하시더니, 경기가 있다는 날 함께 가자고 하셔서 아주머니를 따라가 구경하기도 했다. 손으로 잡을 곳이 있는 짧은 반바지를 입고 나와서 경기를 하는데 우리 씨름과 유사해서 재미있었다.

집에서는 가축을 몇 마리 기르는데 아주머니가 매일 아침 일찍 두엄을 치운 다음 새로 마른 풀을 깔아준다. 젖을 짜 매일 신선하게 마시는 용도로 집안 축사에 가축을 몇 마리 두고, 산에는 아주머니네 소와 양이 3,000마리 정도 있다고 했다. 세 곳에 목장이 있어서 일정한 기간마다 돌아가면서 동물들을 옮겨서 풀을 뜯게 한다고 설명했다.

스위스에서 지내는 거의 모든 밤은 총소리가 들렸다. 궁금해서 물었더니, 사격장이 가까이 있기 때문이라고 했다. 사격장에 가보지 않겠느냐고 해서 가족들과 함께 밤에 따라가 보았다. 사격장은 조그맣고, 사격 연습 후에 레스토랑에서 맥주 한 잔씩하고 헤어지는 것이다. 스위스는 영세중립국이지만 국민 개병제도를 채택하는 나라이다. 일정한 연령에 달한 남자 모두가 군 복무를 하는 의무 병역제도를 시행하고 있다. 그런 이유로 스위스에서는 평소에도 늘 사격 연습을 한다.

주인 아주머니는 많은 일을 하면서 하루하루를 살고 계셨다. 돈은 안 되어 보이지만 사격장 레스토랑도 운영하시면서 부업으로 찻잔에 그림도 그리고, 일주일에 두 번은 슈퍼마켓에서 계산원(cashier)으로 일하신다. 그리고 집의 1층은 여행객들 민박시설로 빌려 주기도 하는 것이다. 목장도 하고 남편과 아들은 목수 일을 한다. 그야말로 하루를 쪼개어 산다. 이것이 부자 나라 스위스에서 서민이 사는 최선의 방법일 것이다.

강한 것이
오히려 약하다

십여 년 전 중국 천진시의 진남구청을 공식 방문한 적이 있다. 당시 내가 근무하던 구청과 자매결연이 되어 있었다. 한 해는 우리가 가고, 다음 해에는 그쪽에서 오는 방식으로 상호 방문을 했는데, 그해에는 우리가 중국을 방문하는 차례였다. 방문단 15명이 짧은 기간 방문을 했다.

중국에서는 꽤 성대하게 대우했다. 과거 방문 시에는 경찰 차량이 호위한 적도 있었다고 한다. 내가 방문할 때는 그러한 호위는 없었지만 성의껏 손님을 맞이하고 예우했다. 당시에는 우리나라 위상이 중국의 입장에서 꽤 커보이던 시절이다.

환영 만찬을 구청장이 베풀어 주었다. 천진시는 인구가 천만 명이 넘는 곳으로 13개 구청 중 한 곳이다. 우리는 보통 구청에 부구청장이 한 명인데, 중국 천진시 진남구는 부구청장이 여덟 명이나 되었다.

저녁 자리에 초대를 받아 가는 길에 전에 이런 방문단으로 이미 와 보았던 분들이 술을 걱정했다. 중국인들은 손님이 술에 취해야 대접을 제대로 하는 것이라고 생각하는 전통이 있다고 한다.

우리는 모두 대한민국을 대표해서 온 것이니 조심해서 술을 마시자고 했다. 우리 방문자 중에 술로 대표할 만한 분이 누구냐는 이야기가 나왔다. 모두가 공감하는 가운데 김 모, 배 모 두 분을 지목했다. 내가 보기에도 두 분은 말술이었고, 평소 술 마시는 매너도 깨끗한 분들이었다. 모두 인정하면서 중국 고량주는 독하니 조심해서 마시자고 서로 걱정 반 기대 반 하면서 만찬장에 들어섰다.

큰 방에 마련된 만찬장에서는 대형 중국식 원형식탁에 30명 정도가 둘러앉았다. 서로의 공식적 인사말을 교환하고 소개가 끝나 저녁이 시작되었다. 중국 진남구에서는 구청장과 부구청장 8명 그리고 당서기라는 분이 나왔다. 구청장은 사람 좋게 생긴 분으로 절도가 있었다. 당서기라는 분은 거의 60대 후반으로 보이는 할머니였다.

당서기는 공산주의 국가에서 정치사상을 맡아 공산당의 당성을 강조하는 역할을 한다. 공산당의 이념에 따라 구청장도 감시하고 견제하는 것이다. 직접 집행 업무를 보는 것은 아니다. 이 할머니 당서기는 술을 전혀 안 했다. 오히려 내가 술을 조심스럽게 마시는 것을 보고, 술잔에 물을 따라주며 편하게 해주었다.

식사가 시작되자마자 중국 측 사람들이 바람을 잡아왔다. 손님을 취하게 하지 않는 것은 결례라면서 적극적으로 술을 권해 왔다. 고량주를 브랜디 잔에 가득 따라 건배를 하자고 했다. 나는 한 잔은 마실 수 있지만 실수를 하면 안 되겠기에 한 모금씩만 마시고 잔을 내렸다. 계속 사양하며 조금씩만 마시기를 반복하니, 나하고 건배하자는 사람들이 줄어들었다.

분위기가 무르익을 무렵, 우리 측에서 두 사람이 인사불성이 되었다. 바로 우리 대표로 술을 잘 마실 수 있다고 일행 모두가 지목한 바로 그 두 분이 취한 것이다. 어떤 사명감을 느낀 것 같다. 말하자면 전사할 각오로 마신 것이다. 두 분 모두 예절을 잃지는 않았지만, 결국 밖에 대기 중이던 버스에 가두어야(?) 했다. 미안하지만 전체 분위기를 위해 식사가 끝날 때까지 버스 안에 있었다.

　다음날 두 분은 수모를 겪어야 했다. 술 대표 선수로 선발했더니, 선수 두 사람만 취해버렸다는 조롱 섞인 농담을 참아내야 했다. 중국 공무원들도 대부분 많이 마셨고, 아주 많이 마시는 사람이 서너 명 되었다. 그러나 중국 참석자들은 한 명도 자세가 흐트러지지 않았다. 여러 잔을 우리 모두가 보는 앞에서 벌컥벌컥 마시는 부구청장도 있었다.

　여기서 강한 것이 오히려 약하다는 교훈을 얻었다. 술이 강하다고 대표 선수로 장난삼아서 선발했는데, 오히려 대표 두 분만 술이 취해버린 것이다. 평소에 술이 강했던 분들이라 자신감이 있었겠지만, 국가 간 대결이라는 자존심 경쟁이 과음을 불러 오히려 다른 사람보다 취하게 만들었다. 나와 다른 사람들은 조심해서 마셨기에 정신이 초롱초롱하기까지 했다. 무엇이든 강하다고 생각될수록 더욱 조심해야 한다는 생각이 들었다.

바이칼 호수에서 보낸
여름휴가

광주에 사는 친구가 만든 2019년 여름휴가 팀에 뒤늦게 합류했다. 총 19명의 일행들은 주로 광주 H산악회에 소속된 사람들이었다. 마음이 열린 사람들이어서 모두 재미있었고 서로 호흡이 잘 맞았다. 특히 고등학교 동창 정석희의 노력으로 여행의 재미가 배가하였다. 여행 일정은 바이칼 호수와 이르쿠츠크 인근 시베리아를 보는 게 주된 내용이었다.

바이칼 호수는 민물이 세계 최대로 담겨진 곳이다. 호수 깊이가 1,600m나 되고 수량이 많아 겨울에도 대부분의 물은 연중 수온 4도를 유지한다. 물이 깨끗한 것은 물에 산소가 풍부하며 물 밑에 죽은 동물의 찌꺼기를 청소하는 벌레가 살고 있고, 산호초가 많이 분포해 있기 때문이라고 한다.

바이칼 특산물, 오믈(omul)이라는 절인 생선을 곁들여 점심을 먹었는데 약간 비린 맛 때문에 썩 맛있지는 않았다. 아직 문명의 때가 묻지 않은 바이칼 호수를 배를 타고 가면서 호수에서 직접 물을 떠 마시기도 했다. 물이 맑아서 흔히들 그냥 마신다고 한다. 갈매기 떼가 우리 배를 따라 다니며 빵 부스러기를 받아먹었다. 날씨도 좋아 편안함을 즐기는 한가로운 뱃놀이였다.

사우나를 좋아하는 러시아인들은 혈액 순환과 노폐물 배출을 위해 자작나무 가지로 몸을 두드리는데 달구어진 열선에 물을 부어 뜨거운 수증기가 나게 하는 '바냐'를 하다가 땀이 많이 나면 바로 옆에 있는 차가운 안가라 강에 들어가 몸을 식혔다.

우리가 있는 숲속의 숙소는 인근에 사람들이 전혀 보이지 않는 곳이었기 때문에 단체로 뒷모습 나체 사진을 찍으며 어린 애들처럼 웃고 놀았다. 모두가 어른이고 회사 대표들이 대부분이었지만 함께 사우나로 몸을 데우고, 바로 옆에 있는 강에 들어가 몸을 식히던 러시아식 바냐는 가장 기억에 남는 재미있는 놀이였다. 다음날도 다시 하자는 의견이 많아 일정에 없던 바냐를 연이틀 즐겼다.

우리의 무의식 속에는 어린 시절과 같이 천진난만한 시간을 갖고 싶은 마음이 깊이 자리하고 있는 것이 틀림없다. 좁은 사우나에 모두가 알몸으로 서로 맞대고 앉아서 땀을 흘리다가, 차디찬 안가라강으로 뛰어들어 몸을 식히는 러시아식 사우나를 함께 즐기는 시간은 모두 어린 시절로 돌아간 기분이었다.

하루는 시베리아 대평원을 끝없이 버스로 달려서 부랴트(Buryat) 소수민족 마을을 방문했다. 이 부족이 칭기즈칸 어머니의 후손이라는데 몽골 언어와 유사해 몽골인과 만나면 서로 말을 알아듣는다고 한다. 몽골인은 어쩌면 우리 민족과도 사촌지간이다. 몽골 기마민족의 한 지류가 우리의 조상이기 때문이다. 생김새도 비슷했다. 우리 민족의 뿌리와 관련이 있는 부랴트족은 인구 40만의 러시아 소수 민족으로 자치 공화국을 이루고 산다. 러시아의 부랴트 자치공화국이나 중국의 네이멍구 자치구에는 주로 몽골족들이 살고 있다.

부랴트족은 바이칼호 주변에 사는데 솟대나 서낭당도 우리와 비슷했다. 우리의 강강술래 비슷한 춤을 함께 추며 잠시 즐겁게 놀았다. 그들이 사는 모습을 박물관으로 만들어 놓은 곳도 구경했다. 샤먼, 즉 무당이 그들에게는 중요한 존재였다. 지금도 그 전통은 남아있다. 특히 샤먼이 쓰는 모자가 신라의 왕관과 비슷한 것을 보니 무언가 고대에 같은 민족이었을 것 같은 느낌이 들었다.

이 지역의 샤먼은 조셉 캠벨의 『신화의 힘』에도 소개 되었다. 샤먼은 특이한 경험을 한 사람으로서 지도자 역할을 했다. 매년 7월 이곳에서 국제 샤먼 대회가 열린다고 한다. 특히 바이칼 호수 부랴트의 게세르 신화는 단군신화와 닮은 것으로 유명하다. 러시아가 모피 사냥을 위해 17세기 시베리아를 침략해 복속시킬 때, 먼저 들어와 살던 부랴트족도 정복되었다. 부랴트족은 몽고반점이 있고, 전래동화로 '선녀와 나무꾼' 이야기를 가지고 있다.

시베리아 횡단 열차 일부 구간을 세 시간 정도 타기도 했다. 시베리아 횡단 열차는 알렉산드르 3세 때인 1908년 완공되었는데, 블라디보스토크에서 모스크바까지는 기차로 꼬박 7일이 걸린다. 이르쿠츠크는 횡단 열차가 통과하는 시베리아 중심도시다.

이르쿠츠크에서 바이칼 관광열차를 타고 바이칼항으로 가는 길에 열차 안에서 중국 관광객 십여 명을 만났다. 우리가 탔던 곳은 특실이었는데 전에는 안 보이던 중국인들이 같은 열차에 탔다고 가이드가 놀라는 표정이었다. 불과 얼마 전까지만 해도 중국인이 특실을 타기는 가격 때문에 어려웠다는 것이다. 그만큼 중국의 경제가 급성장하고 있다는 증거다.

저녁에는 이틀 연속으로 바비큐 파티를 했다. 러시아 식품회사의 별장을 빌린 숙소가 자작나무 숲속에 있었는데 바로 옆에는 인가가 거의 없어서 조용한 데다, 안가라 강가에 있어서 연이틀 바냐라는 사우나를 하다가 강물에 뛰어들어 몸을 식히곤 했다.

이곳 러시아인들은 서두르지 않고 여유가 있다는데 비행기가 도착하자마자 일어나서 자기 짐 챙기고 내리기를 기다리는 모습은 우리와 같았다. 특이한 것은 이르쿠츠크 국제공항에 비행기가 착륙했을 때 러시아인 승객들이 박수를 쳐서 무사히 도착함을 자축했다. 그런데 우리나라 인천공항에 도착했을 때는 러시아인들이 박수를 치지 않았다. 남의 땅에서는 박수를 치지 않는 모양이다.

소련 초대 대통령으로 사회주의 체제 개혁을 추구했던 미하일 고르바초프는 소련을 쪼갠 지도자로 인기가 없지만 옐친 때 총리였던 푸틴 대통령은 독재는 하지만 국민의 높은 지지를 받는다. 러시아라는 큰 나라를 다스리기 위해서는 독재도 필요하다며 국민들이 강력한 지도자를 선호하기 때문이다.

과거 공산주의를 통해 구소련이라는 국가가 운영된 결과 지금의 러시아는 100여 개 민족이 큰 갈등이 없이 함께 살아가고, 사투리가 거의 없는 언어의 통일을 이루었다는 점, 여성의 지위 상승 등 긍정적 영향도 있다고 평가한다. 물론 부정적 측면도 있다. 스탈린이 천만 명을 학살하였고, 당시 공포 속에서 살았던 국민들은 상호불신과 감시, 고발이 많았다. 무뚝뚝한 러시아인들의 성격이 그때 만들어진 것 같다고 한다.

농토는 거의 무상이지만 농사를 지으려 하지 않는다. 집단 농장이 실패하면서 땅이 남아돌고 농촌은 피폐하고 가난하다. 밀주를 만들어 마시고 힘들게 사는 농촌생활이 계속되고 있다. 러시아에도 북한의 노동자들이 건설 현장에 와서 일용근로를 하고 있다. 그러나 대부분의 벌이를 북한으로 송금하고 어렵게 살아간다고 한다.

6·25 전쟁 때 소련군은 중공군 옷을 입혀 참전했다. 소련 공군도 참전했다. 격추될 경우 동해나 서해 바다로 떨어져 흔적이나 증거를 남기지 말라는 교육을 받았다는 증언을, 가이드가 우리나라 TV 방송 취재를 안내하면서 6·25 참전 러시아인에게서 직접 들었다고 한다. 최근 러시아가 그동안의 입장을 바꾸어 참전했다고 공식적으로 인정했다.

눈으로 직접 본 러시아는 가난한 나라라는 느낌이 곳곳에서 느껴졌다. 자본주의가 정착되지 않아서인지 아직 활발한 생산 활동이 부족해 보였다. 땅도 넓고 자원도 풍부하기 때문에 가능성은 무한한 나라인데 현실은 전혀 활발한 모습을 볼 수가 없어서 안타까웠다. 모스크바와 큰 도시는 활기가 있지만 농촌 지역은 경제적으로 미래가 없고 생각보다 뒤떨어진 듯하다.

인도는 특이한 나라[*]

2020년 1월 7박 9일 인도 여행을 다녀왔다. 심리적으로 놀라운 경험을 한 여행이었다. 인간이 산다는 것이 이런 삶도 있구나 하고 놀랐다. 인구 14억 명이 사는 거대한 나라에 질서라곤 찾아볼 수 없었다. 가장 그럴듯한 설명은 '세상은 요지경'이라든가, '6·25때 난리는 난리도 아니다'랄까. 어디가 끝이고 시작인지 알 수 없이 실타래처럼 얽히고설킨 나라였다. 삶과 죽음이 하나이기에 갠지스 강은 삶의 젖줄이고 정신적으로 다시 태어나는 곳이면서, 한쪽에는 줄지어 화장을 하는 곳이다. 수많은 이질적인 언어와 많은 인구, 넓은 땅, 다신교와 함께 일반화된 무질서가 뿌리 깊다.

인도는 불편한 것이 한두 가지가 아니지만 처음 접한 문제는 인도의

---

* 이 글은 저자 저서의 본문 중 일부를 인용하였습니다. (김종섭 외 46인, 『삶의 향기와 품격』(공저) 중 「인도의 문화적 충격」, (주)서광문화, 2021, 461~477쪽.

비자 발급이었다. 비자 발급 비용으로 일인당 30달러를 받는데 일이 서투른 건지 원래 절차가 그러는지 모르지만 너무 오래 걸렸다. 돈을 받아 일일이 개인 인적사항을 적고 영수증을 수기로 써서 발급하는데 오랜 시간이 걸렸다. 입국비자 도장을 받기까지 두 시간이 걸리는 나라는 지구상에 인도뿐일 것이다. 인도는 참을성을 길러야 하는 나라다. 중국의 만만디는 인도에 비하면 참을 만하다.

인도에서는 개나 소, 말이나 돼지 등 많은 동물들이 아무렇게나 길거리를 돌아다니고 있다. 사람처럼 돌아다니는 자유를 만끽한다. 새벽에 갠지스강으로 나가는 길 골목에 소떼가 모여 앉아 되새김질을 하고 있는 것을 보았다. 개들은 군데군데 길에서 자고 있었다.

개나 소뿐만 아니라 노숙자들도 곳곳에서 남루한 이불을 머리까지 뒤집어쓰고 길가와 강가 여기저기에서 누워 자고 있다. 인도에서는 소를 먹지 않는다. 시바신이 타고 다니는 소는 사람이 먹을 수 없다는 교리 때문이다. 길이든 아니든 곳곳에 소가 돌아다닌다. 개도 길거리에 무제한으로 돌아다닌다. 새끼를 낳은 개도 보인다. 심지어 돼지도 길거리에 돌아다닌다. 쓰레기를 뒤져 아무거나 먹는 개, 소, 돼지들이 어디서든 눈에 띈다. 아내는 돼지가 쓰레기에서 마른 바나나 껍질을 먹는 것을 보고 마음 아파했다.

소똥은 인도 연료의 절반을 차지한다. 소똥은 동네 길 곳곳에 지뢰밭을 만들고 있다. 원숭이도 지붕이나 담장 위에서 돌아다닌다. 도시에도 원숭이가 많이 보인다. 낙타는 주로 운송수단으로 이용된다. 관광객들이 타는 코끼리도 눈에 띈다. 인도에서는 인간과 동물이 뒤엉켜 살아간다.

영연방국가인지라 인도에서는 우측에 운전대가 있고, 신호등보다 회전식 교차로(round-about)가 많다. 운전은 마음대로이고 도로에는 온통 경적소리다. 계속 경적을 누르고 틈만 나면 끼어든다. 차는 빈틈없이 도로를 점령하고 있고, 머리를 먼저 들이밀면 되는 최악의 운전 습관이 일반화 되어있다.

자전거는 많지 않고 오히려 자전거를 이용한 인력거, 오토바이를 택시처럼 만든 인력거, 오토바이, 소형 차량이 교통수단의 주종을 이룬다. 대형 트럭도 많은 편이다. 특히 고속도로에서는 대형 트럭들이 무언가를 가득 싣고 분주히 움직인다. 버스는 단체 관광객용과 일정 구간을 운행하는 영업용이 반반이다.

오토바이와 오토 인력거가 고속도로에 들어와 다른 차들과 같이 이리저리 엉켜있다. 양보란 없고 양쪽 차가 겨우 부딪히는 것을 피하는 아슬아슬한 묘기가 자주 연출된다. 차의 몸체도 인간처럼 유연성이 있는 것 아닌가라는 생각이 들 정도였다. 분명히 부딪힐 것 같은데 서로 잘 피해간다.

고속도로를 횡단하는 사람도 간간이 눈에 띈다. 운전하는 사람도 무단횡단 하는 사람도 모두 "노, 프라블럼 (문제 없어~)"이다. 차와 인간이 곳곳에 뒤섞이고 엉켜서 가고 온다.

인도 갠지스 강변 도시인 '바라나시'에서 수도 '델리'까지 가는 국내선이 예약되어 있었는데 탑승하기로 한 날 네 시간 전에, 비행기 출발이 두 시간 지연된다고 연락이 왔다. 가이드는 여기는 인도이기에 네 시간 전에도 비행기 운행 지연이 가능한 것이라고 설명했다. 게다가 인도에서 지연되는 비행기는 운행 취소하기 전 단계라는 것이다. 우리는 모두 놀랐다. 세상에 이런 일도 있구나! 설명한 대로 그 비행기는 운항이 취소되었다. 인도답다.

할 수 없이 다른 비행기로 예약을 바꾸었다. 예약이 바뀌면서 프로펠러 구식 비행기에서 오히려 더 좋은 제트엔진 비행기로 출발은 30분이 당겨졌으니, 우린 횡재했다. 인도판 새옹지마라고나 할까.

아그라에서 카주라호까지 가는 기차여행은 인도를 좀 더 이해하는 체험이었다. 늘 그러하듯이 역 앞에도 극빈자들이 줄지어 있었고 평일 오전인데도 기차를 타러 나온 사람들이 인산인해였다.

기차를 기다리는 동안에 어떤 기차는 갑자기 취소되기도 하였다. 가이드 설명에 의하면 인도에서 기차는 간혹 이유를 밝히지 않고 갑자기 취소되기도 한단다. 우리가 기차를 타는 플랫폼도 기다리던 중간에 변경되었지만 안내 방송도 없다. 인도에서 여행할 때는 수시로 기차 시간표를 들여다보아야 한다.

인터넷 검색을 해보니, 인도여행 선배들이 말하기를, 우리가 타는 구간은 기차로 7~8시간이 정상 운행 시간이지만, 얼마가 걸릴지는 알 수 없고 그때그때 다르니 대충 11시간가량 걸리면 다행이라는 글이 실려 있었다. 타기도 전부터 각오를 단단히 했다.

기차에 올라타는 것도 쉽지 않았다. 짐꾼들이 우리 가방을 들고 올라와서 침대 아래 공간에 이리저리 맞춰가며 넣어주고 내려갔다. 기차 출발은 당초 오전 11시 예정이었으나 30분정도 늦어졌다. 우리가 탄 침대칸이 비교적 고급이었는데 일반 칸은 아주 많은 사람들이 정원을 무시하고 타고 있는 것을 보았다. 법정 스님이 『인도 기행』에서 기술한, 화장실 사이에 있는 공간에 앉아 꼬박 하루 길을 타고 갔다는 기차다.

우리는 먼 거리를 가야했기 때문에 기차에서 도시락을 먹었다. 어느 정도 먹다가 내 손을 보니 반짝반짝 빛이 났다. 무슨 일인가 싶어 자세히 들여다보니 인도 빵, 계란 등 점심을 포장한 비닐에서 벗겨진 반짝이는 은분가루 같은 것들이 양손에 가득 묻어 있는 것이었다. 조금 전에 삶은 계란까지 까서 먹은 손에서 뒤늦게 안 보아야 할 것을 본 것이다. 토할 수만 있다면 토하고 싶었다. 급성 식욕감퇴로 식사는 중단하고 손을 닦고 씻었다. 기차 바닥에는 바퀴벌레가 몇 마리 기어 다녔다.

기차는 모든 역에서 쉬었다가 출발하기를 반복했다. 철로에는 철조망이 없다 보니 고삐 없는 소가 철로 인근에서 어슬렁거리기도 했다. 차창 밖으로 앵무새와 비둘기가 자주 보였다. 특히 인도에서는 어디를 가든 아름다운 앵무새가 많이 보였다. 편안한 느낌을 주는 푸른 밀밭, 유채꽃이 활짝 핀 노란 꽃밭들이 계속해서 이어졌다. 어디나 농촌은 아름답다. 출발한 지 9시간 반 만에 목적지 카주라호에 도착했다. 인도로 보자면 대단히 양호한 기차여행이었다.

인도에서는 대소변을 아무 곳에서나 본다고 책에서 읽고 왔지만 막상 보고 있자니 심난하다. 길가에서 많은 사람들이 소변을 본다. 아무리 사람이 많이 다녀도 한 쪽에 벽만 있으면 거리낌 없이 앞만 보고 일을 본다. 멀쩡하게 잘 차려입은 사람도 기차에서 내리자마자 화장실을 찾지 않고 바로 울타리에다 소변을 보았다. 더 기가 막히는 일은 기차가 어느 역에 잠시 서있는 동안 내 자리를 향해 어떤 젊은 사람이 다가와서 기차를 향해 소변을 보았다.

IMF 통계를 보면 인도의 일인당 국민소득이 2019년 2,900달러이다. 믿어지지 않는다. 아마도 빈부격차가 심하다는 증거이리라. 길거리에 다니는 많은 사람들은 아주 가난해 보인다.

인도 거리 곳곳에 있는 광고판 대부분은 정치인들 광고였다. 모디 인도 총리가 가장 자주 등장하고, 사용하는 광고판도 컸다. 다른 정치인들도 얼굴과 주요 정책요지를 광고하고 있었다. 경제적인 상품 광고가 있어야 할 광고판을 인도의 정치인들이 주로 차지하고 있는 것을 보니 무언가 잘못되었다는 생각이 들었다.

인도의 수도 델리는 포장도 잘 되어있고 비교적 깨끗했다. 내가 여행한 나머지 도시 자이푸르, 아그라, 카주라호, 바라나시는 도시 내에도 비포장도로가 더 많다. 노후 차량과 오토바이에서 나오는 매연도 가세했다. 호텔에서 씻으면서 보니 콧속에서 검은 것이 묻어 나왔다. 심각한 대기오염이다. 우리나라 미세먼지는 미세먼지도 아니다.

인도 여행 중에 별일 없이 귀국했으면 하고 자주 생각했다. 여행하는 과정에서 위험하다는 생각이 들었다. 사람마다 다른 느낌을 갖겠지만, 내가 보는 인도는 여러 곳에서 사고 가능성이 있어 보였다.

시인 류시화는 대단한 사람이다. 이런 인도를 자주 혼자 여행하고 가격을 협상하면서 돌아다닌다. 법정 스님도 인도 여행기에 잠자리와 교통수단 면에서 겪는 황당함을 정리했다. 인도를 다녀온 사람은 불평이 없어진다는 것이다.

용감한 한비야는 인력거를 잘못 만나 우범지대로 납치되던 중에 간신히 빠져나온 인도 경험을 책에 기술한 바 있다. 인도는 얼마든지 사고 위험성이 있다. 특히 여성 혼자 인도를 다니는 것은 더 위험해 보인다.

책들을 읽고 마음의 준비를 나름 하고 왔지만 인도는 한수 위의 무법천지였다. 여행객의 입장에서는 매일 먹는 식사나 식수에 문제가 있을 수도 있다. 교통도 혼잡해서 사고 가능성이 높았다. 버스는 늘 혼잡한 길을 헤치고 경쟁하듯 운전했다. 자전거를 이용한 인력거는 타기는 하지만 불안했다. 조그만 접촉사고라도 나면 탑승자는 바로 부상을 당할 수 있는 상태로 안전벨트도 없이 혼잡한 거리를 헤집고 다녔다. 자전거와 차량, 오토바이, 보행자가 경쟁하듯 비집고 아슬아슬하게 서로 피해 다녔다.

삶과 죽음이 공존하는 도시 바라나시는 갠지스강과 화장터로 유명하다. 힌두교 종교 행사가 매일 반복되는 곳이다. 갠지스 강에 몸을 씻고, 죽은 사람을 화장하고 재를 갠지스 강에 뿌린다. 인도인의 대부분이 믿는 종교, 힌두교의 가장 중요한 성지이다. 생각보다 지저분한 갠지스 강은 크기가 엄청났다. 우리와는 전혀 다른 종교이기에 이번 여행은 힌두교를 조금 이해할 수 있는 기회였다.

인도는 큰 나라다. 땅 넓이는 호주 다음가는 세계 7위이고, 인구는 2023년 14억으로 중국을 처음 앞질러 세계 1위가 되었다. 경제는 날로 발전하고 있다. 인도는 자본주의를 택했고 민주주의가 날로 발전하고 있다. 조그만 상가들이 즐비하고 과일과 먹거리 소매상인들이 살기 위해 발버둥치는 모습을 볼 수 있었다. 아직 영세하지만 과일 판매상들이 많이 보였다.

복잡한 인도를 쉽게 알 수는 없고, 극히 일부분을 보고 왔다. 워런 버핏, 조지 소로스와 함께 '세계 3대 투자가'로 불리는 짐 로저스(Jim Rogers)는 인도를 아직까지는 '진정한 국가'라고 말할 수 없지만, 만약 평생 한 나라밖에 가볼 수 없다면 인도로 가라고 권한다. 인도는 지금까지 본 적이 없는 특별한 나라이기 때문이다.

캐나다 로키 산맥 여행

캐나다 로키 산맥을 2023년 여름 다녀왔다. 산악 지방 장거리를 움직이는 매우 힘든 여행이었는데 여러 가지 어려움이 있었다. 시애틀 (Seattle) 공항에 도착해서 수하물을 찾는 데 두 시간이 걸리는 나라가 선진국 미국이라는 점에 놀랐다. 나태한 선진국이 되었는지, 짐이 나오다 말다 하면서 이코노미석인 내 짐은 두 시간 만에 나왔다. 짐을 찾으니, 길고 긴 입국심사가 시작되었다. 한 시간쯤 줄을 서서 지친 나그네에게 입국심사 도장을 찍어주었다.

미국 시애틀에서 캐나다 밴쿠버(Vancouver)로 가서 갔다. 다음 날은 버스를 타고 북으로 계속 달렸다. 일행은 45명으로, 여러 여행사에서 보낸 사람들을 모아서 캐나다 오케이여행사가 꾸린 현지 합류 상품이다. 프랑스 파리에서 사춘기 아들 둘을 데리고 온 아주머니, 미국과 캐나다 동부에서 온 두 아주머니, 어학연수 중인 여학생들 10여 명, 광주에서 온 네 명의 가족 등이 함께 했다.

캐나다 5번 고속도로를 타고 깊은 산속에 위치한 발레마운트 (Valemount)에 저녁 8시쯤 도착해 피곤한 몸을 끌고 밥을 먹은 뒤 잠자리에 들었다. 매일 버스 탑승 시간으로 거의 대부분을 보냈다.

셋째 날은 발레마운트에서 새벽에 출발했다. 식당이 없는 산골이라 아침 대용으로 받은 김밥 두 줄로 점심까지 때우는 날, 경치는 최고였다. 가는 길에 로키 산맥에서 제일 높다는 설산 랍슨산(3,954m)을 보면서 재스퍼 근처까지 차는 계속 달렸다. 설상차를 타고 빙하 물을 떠서 마시고 사진을 찍었다. 중간에 잠깐 들른 아싸바스카(Athabasca) 빙하가 녹아서 흐르는 강의 폭포는 소리가 웅장했다. 주변 경치가 영화같이 아름다웠다.

대자연의 경관을 조망하며 캐나다 로키 산맥에서 가장 크고 유명한 만년설을 가진 콜롬비아 아이스필드에서 설상차를 타고 빙하를 체험하고 만년설이 녹은 빙하수를 마셨다. 밴프(Banff) 국립공원은 이번 여행의 하이라이트였다. 빙하수가 가진 석회석 때문에 에메랄드빛이 나는 호수들은 아름답다.

다음 날 밴프 국립공원의 곤돌라(Banff gondola)를 탑승했지만 시간 낭비였다. 캐나다에 산불이 450여 곳에서 났기 때문에 국립공원에도 뿌연 연기가 희미한 안개처럼 덮여서 오전 내내 시야를 가렸다. 가까운 거리만 보이고 산봉우리는 보이지 않아 경치의 진면목을 볼 수 없었다.

오후에는 시야가 깨끗하게 바뀌었다. 요호 국립공원(Yoho National Park)의 에메랄드 호수(Emerald Lake)는 아름다운 빛깔과 호수에 비친 경치가 황홀했다. 5개의 유명한 호수 중에 내 눈에는 에메랄드 호수와 모레인 호수가 더욱 아름다웠다.

캐나다 로키 산맥 여행은 말로 형용할 수 없는 멋진 시간이었다. 오전에는 산불 때문에 설산의 빙하를 제대로 못 보고 실망했는데, 오후에 호수가 많은 곳에서 다시 하늘이 맑아지면서 잘 볼 수 있어 다행이었다. 하늘은 맑았고 강물은 옛날 서부 영화의 한 장면처럼 흘렀다. 가이드 설명으로는, 캐나다 로키 산맥 여행은 우리 추석 무렵 9월 중순~10월 초에 최고의 단풍 경치를 즐길 수 있다고 한다. 겨울에는 12월 성탄절부터 1월 5일까지가 풍경이 좋다고 한다.

이번 여행에서 보는 곳이 지구촌 다른 지역과 유사한 경치가 많다는 것을 느꼈다. 예를 들어, 노르웨이의 서쪽 해안 지형 피오르(fjord)와 가파른 산의 모습, 길게 떨어지는 폭포는 상당히 유사한 경치였다. 스위스와 오스트리아 티롤 산맥의 봉우리에 눈 덮인 바위산과 에메랄드빛 호수는, 로키에서도 유사하게 볼 수 있었다. 아무 생각 없이 멍하게 보내는 시간이 필요했는데 단체관광 일정에 쫓겨 다니는 것이 아쉬웠다. 뉴질랜드의 밀포드 사운드에서 비와 안개 때문에 구경을 제대로 못한 빙하를 볼 수 있었다. 친환경 차원에서 특수 제작한 설상차를 타고 올라가서, 빙하 녹은 물을 마시고 사진도 찍고 놀 수 있었다.

다섯 개의 시간대가 있는 나라, 넓은 땅을 가진 캐나다의 여러 가지 정보를 들을 수 있었다. 인구 4천만이면 우리보다 적은 인구인데 50배 큰 면적을 가지고 잘 살고 있다. 최근에는 이민을 적극 받는다고 한다. 2022년에는 50만 명이 넘는 이민자가 들어왔다고 한다. 이번 코로나 때도 상상을 초월하는 지원금을 받았다고 한다. 이민을 간다면 캐나다가 좋아 보였다. 넓은 땅에서 생산되는 지하자원과 농산물로 일정 수준의 삶의 질이 보장되는 나라이기 때문이다. 석유와 천연가스, 목재, 밀이 많이 생산된다.

선진국을 여행하다 보면 선진국이 맞나 의문이 생기는 부분도 있다. 미국의 느린 입국절차와 입국심사 직원들의 불친절한 태도, 부족한 서비스 정신이 아쉬웠다. 캐나다 호텔은 우리나라와 비교할 때, 마실 물이나 간단한 세면용품도 제공하지 않고, 직원들은 불친절했다. 조식은 채소 한 조각 없이 저가 장사만 하는 호텔로 느껴졌다. 우리나라 여행사도 살아남고자 이윤극대화라는 생각으로 장사를 하는 느낌이 들었다.

결론적으로 캐나다 자연은 절경이고 가슴을 뛰게 만들었지만, 호텔과 우리가 이용한 여행사의 서비스는 질이 떨어지는 느낌을 받았다. 가이드의 쇼핑 안내는 장사꾼이라는 느낌을 받았다. 점차 자유여행이 늘어나면서, 설 자리가 줄어든 패키지 투어가 수익이 줄어 힘들어 한다는 느낌이 들었다.

그리고 해외여행을 건강나이에 마쳐야겠다는 것을 새삼 느꼈다. 건강나이 이후는 다른 사람에게 폐를 끼칠 수 있기에 해외보다는 국내여행을 할 생각이다. 이번에 밴쿠버에서 만나 로키산맥 여행을 동행한 70~80대 노년층 세 부부는 좀 불안해 보였다. 그분들은 체력이 달려 힘들면 관광을 포기하고 차에서 쉬기도 했다.

한편으로 생각해 보니, 여행하는 지금 이곳이 천국이다. 혼자는 갈 수 없는 어려운 여행을 여행사가 예약하고 안내해 주고, 먹여주고 재워주는 것이다. 과일도 사먹고 음료수도 사서 마시면서 다녔다. 가이드는 중요한 정보도 주고 우리를 간간이 웃겨주는 역할을 자처했다.

나에게는 돌아갈 집이 있고, 맛있는 반찬을 준비해서 기다리는 아내가 있다. 나로서는 지금이 인생의 황금기이고, 우리나라가 잘 살기에 외국에 나가서도 불필요한 비용은 절약도 하지만, 크게 어렵지 않게 결제하면서 다닐 수 있다.

비행기를 타고 시속 800km 속도로, 10km 고도에서, 새처럼 날아간다. 비행사와 스튜어디스들이 힘껏 도와주어 공동목적을 가진 사람들과 미국 시애틀을 거쳐 캐나다 로키 산맥 구경까지 다녀오는 것, 이 모든 것이 천국이 아닌가? 비행기가 없다면 불가능한 여행이다.

이번 여행길에 캐나다인 데이비드가 73세의 고령에도 최고의 버스 운전 실력을 보여주었다. 5박 7일 3,000km를 안전하게 운전했다. 어떤 날은 열두 시간을 운전했다. 간간히 쉴 때는 웃음을 잃지 않고 말을 걸어왔다.

가이드는 이민 와서 25년을 이 직업에 종사해 왔다. 옆에서 지켜보니 참 힘든 직업이다. 가이드가 이민 올 당시는 캐나다가 좋았는데 지금은 우리나라가 무척 발달해서 부럽고 좋은 나라가 되었다고 솔직하게 이야기 했다. 택배와 비데, 인터넷을 예로 들면서 선진국이 된 우리나라가 자랑스럽고 어느 나라보다 앞서간다는 이야기도 했다. 호주나 뉴질랜드 가이드들도 똑같은 이야기를 했었다.

만년설을 머리에 이고 있는 로키 산맥은 실로 장관이었다. 거대한 자연을 보면서 우리 인간이 얼마나 작은 존재인지가 새삼 느껴졌다. 친한 고향 친구와 함께 했는데 아내와 같이 못간 것이 아쉬웠다. 여행은 고생길이지만, 나의 버킷리스트 하나를 완수했다.

제주 거문오름

　제주도는 우리나라에서 차지하는 위치가 대단하다. 섬이라는 색다른 맛도 있고 편안한 휴식처 역할을 하는 곳이다. 언제 가도 즐겁고 기다려진다. 그렇게 반가운 제주여행인데 식중독에 걸려 고생한 적이 있다. 20여 명의 부부가 몇 년 전 비행기에서 내리자마자 점심을 먹은 것이 식중독 사고로 이어졌다. 절반이 식중독으로 구토와 설사를 했다. 아내는 멀쩡한데 나는 심하게 구토와 설사를 했다. 병원에 가서 치료를 받아도 그렇게 심할 수 없이 구토와 설사를 반복했다. 결국 모든 일정을 취소하고 돌아왔다. 제주 관광객이 많아지면서 가격 경쟁이 심해졌고, 위생 관리는 다소 떨어져 가는 느낌을 받았다. 자연스럽게 제주가 마음에서 멀어져 갔다. 잊고 싶은 기억이다.

　몇 년 전부터 제주에서 한 달 또는 일 년 살기가 유행이다. 한 친구도 제주도에서 한 달간 지내고 있었는데 한번 내려오라고 해서 아내와 가볍게 다녀오기로 했다. 첫날은 중문단지 해안 올레길을 걷고 둘째 날은 친구와 조천읍에 있는 거문오름을 갔다.

올레길은 제주도에 26개 코스가 있고, 총 연장 445km라고 한다. 몇 차례 한두 코스를 걸은 적이 있지만, 늘 중문단지 해안길을 한 번 더 가고 싶었다. 아내와 둘이 중문단지 바닷가 올레길을 편하게 걸었다.

중간에 해변이 내려다보이는 카페에서 차를 마시며 30분가량 쉬었다. 바다가 보이는 카페인데 젊은 연인들이 많았다. 침대 열두 개를, 바다가 보이는 벼랑 위의 넓은 마당에 놓아두어서 쉬기에 좋았다. 중문해변과 그랜드하얏트 호텔이 보이는 높은 언덕이다. 기억에 남을 낭만적인 카페였다. 해변과 주상절리를 보면서 걷는 제주 올레길은 아주 좋은 추억을 만들어 주었다.

중국 우한 발 코로나19가 유행하기 시작하던 직후였다. 제주도에 온 첫날, 대구에서 신천지 교도인 31번째 환자가 20여 명에게 전파한 것 같다는 보도가 나오기 시작했다. 코로나19 확진자가 30명에서 단숨에 100여 명을 넘어갔다.

그 여파로 공항은 북적이지 않았지만, 제주도를 여행하는 중간에는 젊은이들이 곳곳에 많이 보였다. 젊은이들이 취업도 안 되고 대학도 휴교한 참ㅇ 비행기 값도 반값 이하로 떨어져서, 힘든 마음에 생기를 불어넣고자 쉬러 온 듯했다.

둘째 날 간 거문오름은 국가지정 천연기념물로 지정된 곳이었다. 사전 예약해서 50명 이내로 자연유산 해설사의 안내에 따라 둘러본다. 좀 더 쉬운 코스를 선택했는데도 걷기에 약간은 뻐근한 거리였다. 봄의 전령사, 노란 복수초가 곳곳에 활짝 핀 거문오름은 참 좋았다. 제주도에 이런 숨겨진 생태관광지가 있다니 놀라웠다. 산 높이 456m 중 350m는 차를 타고 오르니, 높이로는 106m만 등산한 셈이다. 산 정상을 거쳐 용암협곡과 붓순나무, 식나무 군락지, 숯 가마터, 풍혈, 수직 동굴을 볼 수 있다. 풍혈은 특이하게 자연적으로 만들어진 바람구멍으로 여름이면 서늘한 바람이 늘 불어 나오는 바위틈이다.

삼나무를 조림해서 피톤치드가 많아 공기가 신선한 곳이었다. 일부는 베어내고 있다고 한다. 삼나무가 무성하면 다른 나무가 자라기 힘들어지기 때문에 건강한 숲이 아니라는 전문가들의 의견 때문이다.

우리가 걷는 길 아래에는 세계적으로 드문 용암동굴이 있어서 결정적으로 세계자연유산이 되었다고 한다. 김녕굴, 만장굴 등 5개굴이다. 당초 먼 옛날에는 하나였는데 중간 중간이 무너져 다섯 개 굴로 나뉘었다고 한다.

제2차 세계대전의 흔적도 곳곳에 남아있다. 일본군이 최후까지 전쟁을 치르기 위한 대비로 제주도민을 동원해 파놓은 굴이 곳곳에 있었다. 일본군은 결사항쟁의 보루로 생각하고, 제주도 곳곳을 전투요새화 했었다. 이곳 거문오름에도 곳곳에 흔적이 남아있어 볼 수 있다.

환경을 보전하기 위해 트레킹코스를 만들어 운영하고 있고, 문화해설사가 제주에 관한 설명까지 곁들여 박식하고 구수한 해설을 해주었다. 언제 다시 오고 싶은 곳이었다.

당신의 오늘은 안전하십니까

재난안전을 넘어 삶의 자유를 꿈꾸는 이들에게

© 윤재철, 2024

1판 1쇄 인쇄__2024년 02월 05일
1판 1쇄 발행__2024년 02월 15일

지은이__윤재철
펴낸이__홍정표
펴낸곳__작가와비평
　　　　등록__제25100-2008-000024호

공급처__(주)글로벌콘텐츠출판그룹
　　　　대표_홍정표 이사_김미미 편집_임세원 강민욱 백승민 권군오 기획·마케팅_이종훈 홍민지
　　　　주소__서울특별시 강동구 풍성로 87-6
　　　　전화__02) 488-3280 팩스__02) 488-3281
　　　　홈페이지__http://www.gcbook.co.kr
　　　　이메일__edit@gcbook.co.kr

값 16,500원
ISBN 979-11-5592-316-0 03810